O'r Canol i Lawr

Diolch i Gyngor Celfyddydau Cymru am gyfraniad ariannol a'i gwnaeth yn bosibl i mi gael fy rhyddhau o'm gwaith i ysgrigrifennu'r nofel hon.

O'r Canol i Lawr

Emyr Huws Jones

y Lolfa

Argraffiad cyntaf: 2000

Clawr: Keith Morris
Llun yr awdur: Jeff Morgan

Rhif Llyfr Rhyngwladol: 0 86243 523 4

Cyhoeddwyd yng Nghymru
ac argraffwyd ar bapur di-asid a rhannol eilgylch
gan Y Lolfa Cyf., Talybont, Ceredigion SY24 5AP
e-bost ylolfa@ylolfa.com
y we www.ylolfa.com
ffôn (01970) 832 304
ffacs 832 782
isdn 832 782

RHAN I

— 1 —

Cyn y dydd Gwener hwnnw, a'r ffrwgwd cyntaf hefo'r tramp, doedd 'na neb erioed yn hanes tref Llanddeiniol wedi colli gwaed yn enw llyfrgellyddiaeth. Syfrdanwyd rhan helaeth o'r dref fechan glan môr gan y digwyddiad.

Fel arfer, roedd llyfrau a llyfrgelloedd yn isel iawn ar y rhestr o bethau y byddai ymladd neu hyd yn oed ddadlau drostynt. Yn wir, gellid dweud fod criced, pregethwrs, crancod a phlismyn a channoedd o bethau dibwys cyffelyb wedi achosi mwy o ymladd yn eu tro nag a wnaeth llyfrgellyddiaeth erioed.

Ond roedd hynny cyn y dydd Gwener hanesyddol hwnnw y daethpwyd i gyfeirio ato byth wedyn, ymysg ffrindiau a chydnabod Emlyn Finch o leiaf, fel dydd Gwener y Tramp.

—Llongyfarchiadau, meddai Maureen Lloyd, gan godi ei gwydr a sipian yn sidêt ar ei shandi, os bydd gan ryw ffŵl, rhyw ddiwrnod, yr amser, a'r amynedd i gofnodi hanes y twll lle 'ma mi fyddi di'n siŵr o ga'l pennod gyfan i chdi dy hun yn y gyfrol anorecsig.

—Doniol iawn, meddai Emlyn Finch, heb chwerthin.

—O ddifri. Faint o bobol fedri di eu henwi, 'ta, sy 'di t'wallt eu gwaed mor ddewr yn amddiffyn llyfrgell?

Cododd Emlyn fymryn ar gongl ei geg mewn ystum o wên – gwên rhywun nad oedd yn gwerthfawrogi'r jôc, ac wrth wneud gallai deimlo'r grachen a oedd wedi ffurfio yn ei ffroenau. Roedd y gwaed a gollwyd dros achos y gair printiedig bellach wedi ceulo, a dim ond crachen a chwlwm tyn yn ei stumog oedd yn aros i'w atgoffa o ddigwyddiadau'r prynhawn.

—Doedd o ddim i'w wneud hefo amddiffyn y blydi llyfrgell. Jest â thagu isho peint o'n i.

Newidia'r record er mwyn dyn; mae'r hen stumog yn corddi digon fel y mae.

—Cofia di, dwi ddim yn meddwl y bydd Parry-Edwards yn edrych ar dy weithred yn yr un golau arwrol rhywsut, meddai Maureen gan ei anwybyddu, a rhoddodd ei geiriau dro bach sydyn arall yn y cwlwm.

—Twll 'i hen din fawr o. Be ŵyr o, wedi cau ei hun bob awr o'r dydd yn yr hen ogof ddrewllyd 'na mae o'n ei galw'n offis?

Gwenodd Maureen arno, a llaciodd y cwlwm rhyw fymryn.

—Na, o ddifri, digon hawdd ydy iddo fo rwdlian am theori llyfrgellyddiaeth a'r dulliau delfrydol o drin y cyhoedd, a'i ddrws o wedi'i gau yn dynn fel'na drwy'r dydd. Dydy o ddim yn gorfod wynebu'r cyhoedd, nac'di? Does dim raid iddo fo ddiodda'u hogla nhw, a gweld y llanast maen nhw'n 'i adael ar eu holau.

—Geiriau dyn sydd wedi ymroi ei hun yn llwyr i'w ddewis yrfa, meddai Maureen. Dyn sy'n byw i lyfrgellyddiaeth.

—Hy. Dyn diuchelgais, sy 'di derbyn y peth cyntaf ddaeth i'w gyfeiriad nad oedd yn mynd i roi gormod o straen ar na chorff nac enaid.

—Ti'n wastio dy amser, 'sti. Dydy llyfrgell ddim yn lle i freuddwydiwr.

Gwthiodd Emlyn ei sbectol yn ôl ar ei drwyn, rhywbeth a wnâi yn gyson boed angen gwneud hynny ai peidio.

—Fydd dim rhaid i mi fod yno'n breuddwydio am lawer

mwy, na fydd? meddai Emlyn. Mi welodd y blydi Hafina Jenkins 'na'r cwbwl, do. Mi fydd yn saff o fod wedi deud wrth Mam, fatha tasa gin y graduras ddim digon i boeni amdano. Ac wrth blydi gwrs, mi fydd wedi deud wrth Parry-Edwards bydd, ar ôl capal ddydd Sul, os medrith hi ddal mor hir â hynny. Wedyn, bore dydd Llun ar ôl pregeth hirach a mwy *boring* nag arfer mi fydda i allan o job.

—Paid â siarad lol. Dydy Parry-Edwards ddim yn fwgan llwyr a chdi gafodd dy frifo wedi'r cyfan, cysurodd Maureen. Beth bynnag mi ddyla Hafina Jenkins wybod yn well na dy yrru di i glirio'r stafell ddarllen.

—Diolch am dy ffydd. Ond deud y gwir, diawl o bwys gin i beth bynnag. Pan ddaw petha i'r pen ella ei fod o jest yr esgus dwi'i isho. Er mae'n siŵr na fydd pawb yn meddwl 'run fath.

Roedd pwyslais ar y gair 'pawb' ac fe wyddai Maureen mai at Elaine yr oedd Emlyn yn cyfeirio.

Eisteddai Maureen ar y sêt yn ffenest yr Unicorn. Drwy gornel y ffenest disgleiriai haul diwedd y prynhawn a'i gorfodi i grychu ychydig ar ei llygaid nes ymddangos i Emlyn hyd yn oed yn fwy deniadol nag arfer.

Roedd yr haul yn benderfynol ei fod am orffen y diwrnod gyda sioe i'w chofio. Ar ôl bore digon symol roedd y dydd Gwener hanesyddol hwnnw wedi datblygu'n ddiwrnod o wanwyn cynnes erbyn amser cinio. Erbyn 5:25 roedd gwres annhymhorol yr heulwen wedi cilio a'r awel ysgafn yn dangos nad oedd wedi colli ei dannedd yn llwyr. Serch hynny, roedd gwres anarferol y prynhawn wedi golchi'r dref yn yr ysbryd dyngarol hwnnw a ddaw wrth sylweddoli fod gafael y gaeaf yn llacio a bod y gwanwyn yn brasgamu'n ôl i'r tir.

Yn gynnar y prynhawn, roedd rhai o weithwyr y Cyngor a oedd wrthi'n agor twll arall eto yn y stryd fawr wedi diosg eu crysau. Felly hefyd y dynion oedd yn gosod sgaffaldiau y tu allan i Fanc y Midland. Ac os mai llwynog oedd yr haul ai peidio roedd wedi bod yn ddigon cyfrwys i ddenu dau fyfyriwr eiddil yr olwg i drafod tiwtorial yn llewys eu crys ar y prom.

Yng ngardd gefn Cae Bach, roedd George Lloyd, taid Emlyn, wedi mentro i estyn cadair gynfas o'r sièd. Ond wedi iddo frwsio'r llwch a'r fflyff oddi arni a'i gosod yn ofalus, hanner yn y cysgod a hanner yn llygaid yr haul, aeth yn ôl i mewn i'r tŷ i wylio'r snwcer.

Ar fainc gerllaw iard gychod a siop Huw Stamp eisteddai dyn mawr wedi ei wisgo mewn anorac. Roedd wedi ymgolli mewn copi carpiog o *Teach Yourself Welsh*.

Ond erbyn 5:25 roedd y dewrion a'r myfyrwyr wedi gwisgo rhywbeth ychydig yn fwy addas i'r tywydd ac roedd mainc y dysgwr yn wag.

Wrth ddrws gwesty Min-y-Môr roedd ymwelwyr cynta'r tymor yn edrych yn ôl ar hyd y traeth ac yn anadlu gwynt y môr yn ddwfn.

Roedd tri phlentyn bach yn chwarae pêl ar y traeth, er bod ci bach nad oedd yn perthyn i'r un ohonynt yn mynnu ymuno yn y gêm, a hynny er gwaethaf sgrechiadau perchennog y bêl.

Mewn *dory* bach ger y creigiau, rhyw ddau gan llath o'r traeth, roedd Dei Stamp newydd osod ei gawell a thanio ffag. Yna eisteddodd yn ôl i'w smocio'n hamddenol a gadael i'r *dory* siglo'n rhydd tra gwrandawai ar y tonnau bychain yn torri yn erbyn y cwch.

Yn y Stryd Fawr llechai Sarjant McAndrew yn nrws siop Piggot and Jones a'i smôc slei wedi ei chuddio dan

gledr ei law. Dyna'i arferiad dyddiol wrth fynd o gwmpas y dre ar ddiwedd y prynhawn, ond doedd o'n twyllo neb ond fo'i hun. Wrth i ferched Woolworths ei basio ar eu ffordd i'r orsaf bysys, gwenodd y sarjant arnynt yn flysiog.
—Be 'dach chi'n feddwl o'r helmet, genod? meddai gan wincio ar y rhai prydferthaf, a theimlo'n fwy o dderyn fyth wrth i'r weithred honno eu gyrru'n gryndod o gigls.

Ac erbyn diwedd y prynhawn roedd ystafell bapurau newydd y llyfrgell yn drewi o sanau budron a cheseiliau chwyslyd. Doedd ffenestri'r ystafell heb agor ers iddynt gael eu peintio ym 1952, a chan fod yr ystafell yn denu rhai o gymeriadau mwyaf ansawrus y dref, ac yn derbyn siâr go lew o sylw'r haul, roedd yr awyrgylch yno'n fwy afiach fyth ar ddiwrnod o wanwyn cynnar fel hwn. Cyn gynted ag yr oedd wedi rhoi ei ben heibio'r drws crychodd Emlyn ei drwyn rhag y drewdod.

Edrychodd o'i gwmpas.

Roedd yr ystafell yn wag ar wahân i un person.

Yn y gornel bellaf eisteddai hen drampyn blêr, â stwmp pensil yn ei law, yn ymlafnio hefo croesair y *Sun*.

Hwn oedd yn bennaf gyfrifol am awyrgylch ffiaidd yr ystafell. Bron na allai Emlyn weld y drewdod yn codi'n gymylau oddi ar ei gefn, ond rhywsut llwyddodd i fagu digon o blwc i fynd yn nes ato i gyhoeddi ei neges. Roedd golwg ddychrynllyd ar y tramp, yn union fel petai wedi ei adeiladu o bridd.
—'Dan ni'n cau rŵan.

Chymerodd y tramp ddim sylw dim ond llyfu blaen y bensil a sgwennu yn y croesair.
—Esgusodwch fi, ond 'dan ni'n cau rŵan. Mae hi bron iawn yn hanner awr wedi pump.

Cododd y tramp rhyw fymryn ar ei ben, ond heb edrych

i gyfeiriad Emlyn.
—Cau dy geg, cachu!

Edrychodd Emlyn yn syn arno am ychydig.

—Mae'n ddrwg gen i. Be ddudist ti?
—Glyw'ist ti'n iawn y tro cynta. Cau dy geg, cachu!
—Cachu? Nid y fi sy'n blydi drewi, mêt! Rŵan g'leua hi am allan neu mi fydda i'n nôl plisman.
—Dyna'r unig beth fedri di a dy siort feddwl amdano fo, 'te? Nôl plisman? Wel cachu ffycin plisman hefyd, yli!

A phlygodd y tramp drachefn dros y croesair.

Jest be dwi'i isho ar bnawn Gwener. Wel naci a deud y gwir. Peint ydy jest be dwi'i isho ar bnawn Gwener.

***

Roedd y dydd Gwener hwnnw, a oedd wedi addo cymaint, yn dod i ben yn dawel ac yn ddigyffro ar hyd a lled Llanddeiniol.

Am y tro cyntaf a'r olaf y flwyddyn honno daeth I Defi, perchennog clwb y Jabbi Bab, i'r golwg o'r tu ôl i gwmwl tew o fwg sigars. Edrychodd o'i gwmpas ar bawb a dweud 'Wbidwb' wrth neb.

Yng ngwesty Min-y-Môr roedd Mr a Mrs Wordley o Bolton yn eistedd wrth eu bwrdd yn yr ystafell fwyta yn edrych ymlaen at eu swper. Roedd gwynt y môr a sieri bach wedi agor eu stumogau. Ar yr union amser hwnnw rhywbeth yn y dyfodol agos oedd y siom o gael eu hatgoffa mai bach iawn oedd prydau Min-y-Môr ac mai cyffredin i'r eithaf oedd y safon. Cof byr neu ysbryd masocistaidd oedd yn eu denu'n ôl yno flwyddyn ar ôl blwyddyn.

Ar y traeth roedd y gêm bêl-droed drosodd gan fod y ci blêr wedi llwyddo i roi ei ddannedd drwy blastig tenau'r bêl. Ysgydwai hwnnw ei gynffon yn llawen ac yn falch ohono'i hun cyn mynd i gyfarth ar y colomennod ar y prom. Roedd y plentyn bach gwallt coch yn crio a gweddillion plastig llipa'r bêl yn ei law.

Yn nrws siop Piggot and Jones roedd y sarjant wedi gorffen ei smôc ac yn paratoi i ddilyn siâp pen-ôl rhyw stiwdant siapus i lawr y stryd a'i law yn ei boced yn rhwbio. Ac yn yr Unicorn, dros y ffordd i'r llyfrgell, roedd Janet Myfanwy'n rhoi trefn ar ei brashyr er mwyn dangos ei bronnau ar eu gorau i gwsmeriaid cynta'r noson.

Ond yn y llyfrgell y munud hwnnw roedd pethau'n bopeth ond tawel a digyffro.

Roedd tymer parod Emlyn Finch ar fin ffrwydro.

Peth prin oedd ei amynedd ar y gorau ond ar ddiwedd dydd ac wythnos fel hyn doedd ganddo ddim o gwbl i'w sbario ar gyfer cwsmer lletchwith, a hwnnw'n drewi fel ffwlbart ar ben hynny.

Aeth Emlyn yn nes at ffynhonnell y drewdod gan geisio dal ei wynt cystal ag y gallai. Gafaelodd yn dynn ym mraich y tramp a'i throi'n uchel y tu ôl i'w gefn.

—Aw! Aw! 'Esu bach! Dal dy ddŵr! bloeddiodd y tramp. Taswn i'n fy mhreim ar f'enaid i!

Daliodd Emlyn ynddo mor dynn nes yr oedd ei figyrnau'n wyn, a dechrau'i fartsio tua'r drws allan.

—Mi ca i di am *assault* am hyn, y cachu diawl!

Roeddent bellach wedi cyrraedd y coridor.

—Jest tria hi'r bastad drewllyd i ti ga'l...

Fferrodd y frawddeg ar wefusau Emlyn yr eiliad honno gan i'r tramp daflu ei ben yn ôl a'i daro ar flaen tendar ei drwyn. Gollyngodd Emlyn ei afael yn y tramp yn syth ond, er gwaetha'r boen a'r sioc, bu'n ddigon sydyn i roi gwadn ei droed dan din y tramp a'i wthio'n ddiseremoni i'r stryd. Glaniodd y tramp gyda chlep yr ochr arall i'r lôn nes peri i'w anadl adael ei gorff yn un rhuthr swnllyd.

Gafaelodd Emlyn yn dyner yn ei drwyn. Roedd gwaed yn diferu'n araf o un ffroen ac roedd cwlwm tyn ym mhwll ei stumog.

Be ti 'di 'neud rŵan, 'to? Omaigod.

Roedd y tramp yn dal i orwedd yn y lôn ond yn raddol daeth ato'i hun ddigon i godi dau fys ar Emlyn.

—Fasat ti'm 'di medru gwneud hynna i mi pan o'n i'n fy iwnifform.

Clodd Emlyn y drws allan a throi yn ei ôl i gyfeiriad yr ystafell ddarllen. Ar ben y grisiau roedd Miss Hafina Jenkins, a aned yn ganol oed, yn edrych arno dros ei sbectol.

Roedd yn amlwg wedi gweld y cyfan. Edrychodd ar Emlyn am ychydig cyn troi ar ei sawdl a brasgamu i gyfeiriad swyddfa Parry-Edwards, y prif lyfrgellydd.

Aeth Emlyn ati i dacluso ychydig ar yr ystafell ddarllen yn yr ychydig funudau oedd yn weddill o'r diwrnod gwaith. Edrychodd ar groesair y *Sun* wrth iddo blygu'r papur a sylwi fod y tramp wedi sgwennu 'cachu' ym mhobman y gallai ei ffitio yn y sgwâr.

Gwenodd Emlyn ac aeth allan o'r ystafell i nôl ei gôt.

— 2 —

Am bum munud ar hugain i chwech cerddodd Emlyn Finch allan drwy ddrws mawr dwbl y llyfrgell yng nghwmni Maureen Lloyd, y llyfrgellydd plant. Ar draws y ffordd i'r llyfrgell safai'r Unicorn, a'i ddrysau ar agor led y pen fel gwên groesawgar. Roedd y penwythnos ar ddechrau ac roedd heulwen hwyr y dydd yn codi awydd peint arno. A dweud y gwir, roedd awydd peint wedi bod arno ers amser cinio pan basiodd ddrws y dafarn ar ei ffordd yn ôl i'r gwaith a chlywed arogl cwrw hudol, hyfryd a sŵn mwynhau yn dod trwy'r drws.

—Fasat ti'n lecio glasiad bach cyn mynd adre, Maureen? holodd Emlyn, gan ddisgwyl iddi gynnig rhyw esgus dros wrthod ei wahoddiad.

—Ddo' i am shandi bach, ond fedra i ddim aros yn hir, mae Malcolm a finna'n mynd allan i dŷ ffrindia am swper heno.

Roedd Emlyn yn casáu Malcolm, er nad oedd o erioed wedi ei gyfarfod.

—O, *dinner party*! Neis iawn wir! Petha fel'na 'dach chi'n ei wneud yn y wlad gyda'r nosa, ia? *How the other half lives*, myn uffarn i.

Roedd Maureen Lloyd yn byw yn Llanandras, pentre bychan yn y bryniau rhyw ugain milltir neu fwy o Landdeiniol.

Safodd Emlyn wrth ddrws y dafarn i adael i Maureen fynd i mewn o'i flaen.

—Dim o gwbl. Ffrindia i Malcolm ydyn nhw. Neu y fo o leiaf, mae o'n rhyw gydnabod busnes. Hen foi iawn a deud y gwir ond fod ei wraig o'n hen drwyn o beth. Ond mi ddeuda i un peth amdanyn nhw, mae ganddyn nhw rac win werth ei gweld. Esgus i rywun gael yfed ei hun i fyd bach arall ydy o. Siarad busnes fydd Malcolm a Gwyn beth bynnag, felly fydd raid i mi yfed fel diawl i ddiodda sgwrs Marilyn... a Malcolm.

Aeth Maureen i eistedd wrth y ffenest ac aeth Emlyn at y bar.

Gofynnodd am beint o lagyr a hanner o shandi.

Gwenodd ar Janet Myfanwy, gwraig yr Unicorn. Gallai weld y blagur ar ei bronnau llawn yn caledu ac yn gwthio yn erbyn ei chrys-T. Roedd wedi ei geni i fod yn wraig tafarn.

Tra oedd yn tynnu ei beint, edrychodd i fyw llygaid Emlyn, ysgwyd ei gwallt coch a llyfu ei gwefus ucha mewn ffordd rywiol amlwg.

—Watsia di, blodyn, rhag ofn i Elaine gael clywed dy fod yn prynu lysh i genod diarth. Fasa dy fywyd di ddim yn werth ei fyw.

—Paid â malu. Mae'n fy nhrystio i siŵr iawn.

—Caria di 'mlaen i feddwl felly os helpith o chdi i gysgu, ond derbyn o gin i, does 'na'r un ferch gall yn trystio dyn.

—Beth bynnag, tydi hi ddim yn mynd i gael gwybod nac'di... os na fydd rhywun yn agor ei cheg, 'te.

Rhoddodd Janet Myfanwy'r ddau wydryn llawn i lawr ar y bar.

—Ti *yn* dal i fynd hefo Elaine, dwyt? gofynnodd gan edrych dros ysgwydd Emlyn ar Maureen, a dal ei llaw allan am yr arian yr un pryd.

—Yndw, Janet, diolch am ofyn.
—Yn dal *in love* a ballu?
—Mae 'na sôn am briodi os mai dyna wyt ti'n ei feddwl.
—Dim o gwbl, aeth Janet Myfanwy yn ei blaen er bod Emlyn bellach yn gafael yn y ddau wydryn ac yn barod i fynd i eistedd, dwi ac Arthur wedi priodi, do? Faswn i ddim yn deud 'mod i *in love* hefo'r mochyn, chwaith.
—Dydy pawb ddim 'run fath felly, nac'dyn.

Ond y gwir oedd nad oedd Emlyn yn siŵr o ddim byd. Roedd meddwl am drennydd cyn meddwl am yfory yn ormod i'w ofyn, ac roedd meddwl am heddiw yn llawer haws na dim.

Eisteddodd Emlyn gyferbyn â Maureen, gan wynebu'r ffenest a throi ei gefn ar Janet Myfanwy.
—Iechyd da.
—Dydy honna ddim yn credu mewn siarad yn dawel, nac'di?
—Janet? Na, dydy hi rioed wedi credu gormod mewn cadw yn y cefndir. Yn wahanol i Arthur druan.

Dyma'r tro cyntaf i Emlyn fod ar ei ben ei hun hefo Maureen y tu allan i oriau gwaith. Nid oedd yn siŵr iawn beth i'w ddweud wrthi felly adroddodd hanes ei drafferth hefo'r tramp.
—Pam na fasa'r blydi Hafina Jenkins 'na wedi gwneud y job ei hun? Ma'r diawlad drewllyd yn sgrialu am y drws dim ond gweld yr hen sgriwan yna'n dŵad yn agos.
—Hafina *Shite*, ia? Syrthiodd o'n eitha caled ar y lôn, 'sti. Faswn i wedi medru lladd y c... radur.
—Duw paid â phoeni. Galwyn o feths heno a bydd o ddim yn cofio lle mae o heb sôn am be ddigwyddodd.
—Tasat ti wedi clywed ei sŵn o! A dydy o ddim yn ifanc, nac'di?

—Anghofia fo. Be sy'n fy synnu i ydy sut fuest ti mor ddewr i fynd mor agos ato fo. Heb sôn am afael ynddo fo. Y mochyn drewllyd iddo.

—Mae rhywun yn ffendio rhyw nerth pan fo angen, 'sti.

—Ych, meddai Maureen ac aeth ias drwyddi.

Gorffennodd Maureen ei diod.

—Un bach arall?

—Mi faswn wrth fy modd, wir yr, ond well i mi fynd. Fedrith Malcolm ddim dioddef neb amhrydlon.

Na fedrith, mwn.

—Mwynha dy hun, meddai Emlyn, ond heb swnio fel petai'n ei feddwl.

Edrychodd Emlyn yn ddyheus ar siâp godidog ei phen-ôl yn ei throwsus tyn wrth iddi gerddded at y drws. Cyn iddi fynd allan drwy'r drws trodd yn sydyn a chwythu cusan at Emlyn.

Bu bron iddo dagu ar lwnc o lagyr. Doedd hi erioed wedi gwneud peth fel'na o'r blaen.

—Be 'di dy berthynas di hefo honna, 'ta cyw? gwaeddodd Janet Myfanwy yn goman o'r tu ôl i'r bar ar ôl i Maureen fynd allan.

—Ffrindia. Mae hi'n gweithio hefo fi.

—Ffrindia agos ar y diawl os 'dach chi'n chwythu cusanau fel'na at eich gilydd. Gwatsia di dy hun.

—*Come on*, Janet. Paid â thrio gwneud rhywbeth allan o ddim byd.

Drachtiodd weddill ei beint a tharo'i wydr ar y bar ar ei ffordd allan. Roedd awydd peint arall arno ond ni allai ddioddef mwy ar Janet Myfanwy a'i thynnu coes. Fyddai'n synnu dim arno petai Elaine yn cael clywed am gusan ddiniwed Maureen, a beth bynnag, roedd y ffaith ei bod wedi chwythu cusan ato o gwbl yn ei boeni braidd. Roedd ei galon yn curo ac yn sydyn nid oedd awydd swper arno. Dychwelodd y cwlwm tyn i'w stumog ond am resymau cwbl wahanol y tro hwn.

— 3 —

Tra oedd Emlyn yn croesi'r lôn tuag at yr Unicorn yng nghwmni Maureen Lloyd roedd Mrs Cadwaladr-Pugh yn cael ei gosod yn gyfforddus dan y sychwr gwallt yn yr Élan Beauty Salon, a'r copi diweddaraf o *Hello* yn ei dwylo.

Busnes newydd Elaine Rees ac Ann Evans – El-ann! – oedd y salon ac roedd plesio rhywun fel Mrs Cadwaladr-Pugh yn bwysig iawn gan gymaint oedd ei dylanwad hi a'i gŵr yn Llanddeiniol a thu hwnt. Roedd gan y ddau ohonynt fys ymhob brywes o bwys a rhyngddynt roeddent yn perthyn i'r seiri rhyddion, y WI, y Rotary a phob sefydliad arall lle'r oedd crafu cefn neu lyfu tin, neu'r ddau, yn rhan o'r drefn. Roedd yn hanfodol felly fod pob blewyn piws ar ben Mrs Cadwaladr-Pugh yn ei le ac yn plesio.

Dim ond awr a hanner arall ac fe fyddai Elaine Rees hefyd wedi gorffen gweithio am y dydd.

Ond yn wahanol iawn i ddiwrnod Emlyn, iddi hi a'i busnes yr oedd hi wedi bod yn ddiwrnod gwerth chweil. Rhyw chwarter awr cyn i droed Emlyn gyffwrdd â phen-ôl y tramp roedd car mawr Mr Cadwaladr-Pugh wedi stopio o flaen y salon a'r *chauffeur* yn agor drws y car ac yn helpu Mrs Cadwaladr-Pugh i godi o foethusrwydd lledr y sêt gefn. Dyma brawf pendant fod y si yn mynd ar led am y salon a phe gellid plesio Mrs Cadwaladr-Pugh yna fe âi'r si ar led yn gyflymach gan fod gan Mrs Cadwaladr-

Pugh gylch eang iawn o ffrindiau crachaidd a cheg fwy na neb arall yn y sir.

Roedd Elaine, fel y drinwraig gwallt mwyaf profiadol yn y busnes, wedi rhoi ei sylw personol i Mrs Cadwaladr-Pugh. Wnâi dim arall y tro.

—Setlwch yn fan'na, Mrs Cadwaladr-Pugh, dwi jest isho picio i'r cefn.

Gwenodd wrth fynd. Gallai weld dyfodol cyfforddus yn agor o'i blaen. Petai Emlyn ond yn derbyn ychydig mwy ar ei gyfrifoldebau yn hytrach na byw o ddydd i ddydd â'i ben yn y gwynt, gallent yn hawdd brynu un o'r tai Georgaidd newydd sbon ar stad Maes Afallon ar gyrion y dre, parcio dau gar yn y dreif a chael gwyliau yn yr haul bob haf a gwyliau yn yr eira yn y gaeaf. Wrth gwrs, byddai'n rhaid newid un neu ddau o ffrindiau Emlyn hefyd, os nad y cyfan; dyna'r unig ffordd i ddechrau bywyd newydd ac roedd yn hwyr glas i Emlyn ddechrau derbyn hynny.

Dyna fyddai ei phregeth heno pan fyddai'n cyfarfod Emlyn yn yr El Cordobes Bistro.

Roedd yn arferiad ganddynt gyfarfod yno ar nos Wener ar ôl gwaith a chael stecan a charáff o win y tŷ a thrafod eu dyfodol. I'r El Cordobes hefyd y byddai ffrindiau gorau Elaine yn mynd ar nos Wener i ddathlu diwedd wythnos arall. Roedd yn glwb trendi a chŵl ac roedd Elaine wedi gwirioni ar y lle ac yn ffrindiau mawr â Manuel y perchennog. Roedd Emlyn ar y llaw arall yn casáu'r lle, yn mynnu galw'r perchennog yn Mansel ac yn honni mai pythefnos yn Alicante oedd ei unig gysylltiad â Sbaen.

Torrwyd ar draws ei meddyliau gan lais awdurdodol Mrs Cadwaladr-Pugh.

—Dydy'r peth 'ma ddim braidd yn boeth, d'wch 'ngeneth

i? Daydrimio oeddach chi. Mae o'n *bad habit*, w'chi.

Aeth Elaine yn ôl ati.

—Mi ddyla fod ar y *setting* iawn. 'Rhoswch funud.

Gwnaeth rhyw sioe fawr o ffidlan hefo'r sychwr a gwneud rhyw fân newidiadau ond newid dim mewn gwirionedd.

—'Dach chi bron yn barod rŵan beth bynnag. Rown ni rhyw bum munud bach i chi eto. Fasach chi'n lecio panad?

—Dyna chi, cariad. Earl Grey hefo'r mymryn lleiaf o lefrith *and no sugar*.

Bodiodd Mrs Cadwaladr-Pugh ymlaen drwy dudalennau'r cylchgrawn ac aeth Elaine yn ôl i'r cefn at Ann Evans.

—Rhed i Perfect Price i nôl te Earl Grey. Os na phlesiwn ni hon ddaw hi byth yn ôl.

—Duw rho de normal iddi hi a rhyw ddropyn o sent ynddo fo. Fydd y dyrcan ddim callach.

—Ann, dwi ddim yn meddwl bod chdi'n dallt. Mae gin hon bres, lot o ffrindiau a gŵr sy'n tynnu pob llinyn sydd 'na sy'n werth i'w dynnu. Fedar hi wneud petha'n ddrwg inni. Neu gwneud daioni mawr i ni.

—Jôc.

Edrychodd Elaine ar y cloc. Am saith yr oedd y salon yn cau ei ddrysau. Nid oedd yr un enw yn y llyfr apwyntiadau ar ôl un Mrs Cadwaladr-Pugh felly gallai Elaine fod yn yr El Cordobes yn brydlon heno. Unwaith y byddai Mrs Cadwaladr-Pugh a'i chwch gwenyn piws wedi setlo ar sêt gefn y Daimler gallai adael i Ann a'r gweddill dacluso ar gyfer y Sadwrn.

Ac am hanner awr wedi chwech roedd y Daimler wedi ei barcio y tu allan a Mrs Cadwaladr-Pugh wedi talu ei bil a gadael cil-dwrn hael iawn.

—Diolch yn fawr, 'ngeneth i. *Thank you awfully*. 'Chydig bach llai o lefrith yn y te tro nesa.

Lapiodd Mrs Cadwaladr-Pugh ei hun yn ei chôt ffwr.

—Mi ffonith *secretary* Mr Cadwaladr-Pugh i wneud *appointment* arall i mi mewn mis.

Gwenodd Elaine.

— 4 —

Cerddodd Emlyn i lawr Stryd y Llyfrgell a'i ben yn troi. Beth oedd Maureen yn ei feddwl yr oedd hi'n ei wneud yn chwythu cusanau ato? Roedd Emlyn, fel pob dyn arall, yn ffansïo Maureen. A beth ddywedai Parry-Edwards pan glywai am y ffrwgwd hefo'r tramp? Mwy na thebyg fod Miss Jenkins wedi dweud wrtho bellach a bod ei wyneb hyll yn troi'n biwsach nag arfer os oedd hynny'n bosib.

Hafina Ball – Hafina Spew – Hafina Breakdown.

Ond roedd meddwl am gusanau Maureen yn fwy na digon i dynnu ei sylw oddi wrth ymateb Parry-Edwards. A sut yn y byd fyddai'n bosib iddo wrando ar Elaine yn siarad am dai a dodrefn a cheir a chlytiau drwy'r nos ar ôl peth fel'na? Roedd yn teimlo'n nerfus ac yn gynhyrfus yr un pryd; yn hapus ac yn sâl.

Tra oedd yn pasio'r Ceffyl Gwyn torrwyd ar draws ei feddyliau gan sgrech aflafar drwy ffenestr agored y dafarn.

—Finchy! Y blydi coc oen!

Edrychodd Emlyn i mewn drwy'r ffenest i'r ystafell dywyll. Doedd dim modd gweld dim. A chyn i'w lygaid gael cyfle i gynefino â thywyllwch yr ogof o ystafell daeth y llais eto.

—Wel ty'd i mewn 'ta'r lembo, lle sefyll yn fan'na fatha llo.

Roedd Emlyn yn adnabod y llais yn iawn, ond ni fedrai gredu fod ei berchennog yn ôl yn y dre. Y tu allan i'r dafarn safai criw o hogiau ifanc – rhy ifanc i yfed – a'r palmant o'u blaenau yn un llyn o boer. Roedd poeri yn amlwg yn ddiddordeb mawr ymysg pobl ifanc Llanddeiniol fel ymhob tref arall yng Nghymru a thu hwnt.

Pan aeth i mewn i'r Public roedd John 'Pugwash' Parry yn eistedd wrth fwrdd dan ei sang o wydrau gwag a gwên lydan ar ei wyneb.

Roedd Pugwash Parry'n wirioneddol falch o weld Emlyn. Gwasgodd ei law yn dynn wrth ei hysgwyd.

—Finchy bach, be ti'n gael?

—Lagyr. Gin i ormod o syched i Guinness.

—Newyddion da, meddai Pugwash dan wenu.

—Poeth 'di, 'de?

Archebodd Pugwash y ddiod ac yna arwain Emlyn tuag at y bwrdd yn y gornel.

Gwisgai gap pêl-fas Man U a chrys-T oedd yn dangos dwy fraich gyhyrog yn garnifal o datŵs. Roedd y crys-T wedi ei wthio i mewn i'w jîns ac roedd pâr o esgidiau dal adar, rhai drud, ar ei draed.

Y Ceffyl Gwyn oedd un o dafarndai mwyaf poblogaidd Llanddeiniol, yn enwedig ymhlith y bobl ifanc. Dyna un o'r rhesymau pam na allai Emlyn ddiodde'r lle. Rheswm arall oedd fod y dafarn ar nos Wener yn llawn mwg ac roedd y jiwc bocs yn sgrechian. Credai Emlyn fod jiwc bocs mewn tafarn bron cymaint o elyn cymdeithasol â theledu ac roedd lefel annaearol y sain yn y Ceffyl Gwyn yn denu criw o hogiau na fyddai Emlyn yn cymysgu â nhw fel rheol.

Ond roedd Pugwash yn wahanol. Roedd Pugwash yn fêt, a doedd Emlyn heb ei weld ers amser maith.

—Chdi 'di'r boi call cynta i mi ei weld ers dod adre, meddai Pugwash. Ro'n i'n dechrau meddwl 'mod i wedi dod yn ôl i'r dre anghywir. Ma' hyd yn oed landlord y lle 'ma wedi

newid. Gerddais i mewn 'ma yn disgwyl gweld Collwyn ond pan welais i'r peth tew acw roedd raid i mi fynd allan i jecio 'mod i yn y pyb iawn.
—Pryd landist di'n ôl? Ble fuest ti tro yma?
—Bora 'ma. Yn Llanddeiniol beth bynnag. Dydd Mawrth yn Southampton.
—Ble fuest ti?
—Bob man, 'de boi. Wsnos yn ôl ro'n i'n tapio hwrs i fyny ym Maracaibo. A Rio. A chyn i ti ofyn, ydyn, mae'r genod yno yn betha handi. Handi ar y diawl hefyd. Gwalltia duon, croen brown gola a thina y basat ti'n medru byta dy frecwast 'ddarnyn nhw.
—Nofio'n ôl wnest ti? Ti'm di bod adre erstalwm.
—Dewis peidio dŵad, 'te. Does 'na sod ôl yma a deud y gwir – dim ond ambell i hen fêt a phwdin blew.
—Mae hwnnw i'w gael ym mhobman, debyg?
—Un Cymraeg, 'te Finchy.
—Ydy hwnnw mor wahanol, 'ta?
—Llai o ogla arno fo fel rheol. A sut mae pethau hefo chdi beth bynnag?
—'Run fath, 'te. Bygyr ôl yn newid yn fan'ma, nagoes. Y rhigol yn mynd yn gulach a'r ochrau'n mynd yn uwch.
—'Run hen Emlyn Finch hefyd. Yn dal i gwyno am ei fyd ac yn gwneud dim amdano. Yn dal yn yr hen lyfrgell 'na?
—Be arall wna i? Mae'n rhy hwyr i newid dim rŵan, tydi.
—Yn dri deg pedwar? Be ti'n drio'i ddeud, dy fod ti'n riteirio yn dri deg pump? Ji-sys!
—Rho hanner cyfle i mi. Dwi 'di cael llond bol ar y lle 'ma, 'sti, llond bol ar y blydi job yn sicr. A lot o betha eraill. Dwi'n mynd drwy gyfnod digon cachlyd, Pugwash, a deud y gwir. Dwi'n rhyw ama 'mod i'n dechra drysu, 'sti. Gwneud a deud petha gwirion ac yn poeni dim am

hynny. A dwi'n dri deg pump ddiwedd y flwyddyn. Hanner ffordd at oed yr addewid. Addewid o be leciwn i wybod?
—Blydi hel! Be fasat ti'n lecio'i 'neud?
—Gweithio tu allan. Gwneud rhywbeth dim ond fod 'na fymryn o awyr iach i'w gael.
—Wel blydi chwilia am rywbeth, 'ta, yn lle jest deud bob tro.
—Ia.
—Wel yr un hen dôn gron ydy hi bob tro dwi'n dŵad adre. Dim ond chdi fedrith newid petha, 'sti.
—Ia? Ia.
—Dydy gweithio allan ddim yn fêl i gyd, 'sti. Tasat ti at dy ganol mewn eira buan iawn y basat ti'n gweld colli'r hen lyfrgell 'na.

Cymerodd Emlyn ddracht helaeth o'i beint. Bu distawrwydd rhyngddynt am ryw ddau funud.
—Clywed dy fod wedi cael dy weld yn sbio ar fodrwya.
—Paid â malu. Pwy oedd y geg fawr? Wel, i ti gael gwybod, mae Elaine a fi wedi bod yn rhyw sôn am ddyweddïo. Ond 'na'r cwbl.
—Ingejio? 'Sdim rhyfedd fod dy ysbryd di'n isel.
—Dim dyna be sy!
—Naci? Ti'n siŵr?
—Yli, dwi'n gwybod nad wyt ti ac Elaine yn dŵad ymlaen ond...
—Dim fy mai i ydy o.
—Ella. Ond ma' hi'n ocê, 'sti. Wir. Ond ti'n gwybod sut mae rhywun.
—Ydw i? Dwi'n gwybod sut un wyt ti beth bynnag.
—Dyna dwi'n feddwl. Dwi ddim yn siŵr be dwi'i isho. Yr unig beth dwi'n wybod ydy be dwi ddim isho — a gweithio yn y blydi llyfrgell ydy un o'r rheini. A phaid â dechra sôn

am fynd i'r môr. Dwi'n rhy hen i ddechra chwarae *pirates*. Beth bynnag, ma' Capten Morgan acw'n hen ddigon o longwr i un teulu.

—A sut ma' dy daid?

—Mae'r Ancient Mariner yn iawn diolch am ofyn. Rwdlian mwy nag arfer ella, ond ar wahân i hynny mae o siort ora.

Cododd Emlyn a mynd at y bar hefo'i wydr gwag.

Roedd yn saith o'r gloch.

— 5 —

Roedd wyneb Elaine Rees yn goch a'i gwefusau yn dynn.

Edrychodd ar ei horiawr.

Roedd yn naw o'r gloch ac roedd yn eistedd ar stôl wrth y bar yn yr El Cordobes Bistro ar ei phen ei hun. Ystafell fawr dywyll oedd yr El Cordobes gyda llwch lli ar y llawr a rhwydi pysgota a bwngiau ar y waliau. Yn un pen roedd man ar gyfer bwyta, gyda byrddau confensiynol; hen gasgenni mawrion a stolion uchel oedd y dodrefn yng ngweddill y clwb. O bob piler pren yn y lle crogai hen boteli gwin yn gragen o wêr cannwyll a mwy fyth o rwydi pysgota a bwngiau. Gwibiai gweinyddion mewn bratiau gwynion byrion o gwmpas y lle yn cario gwin a phlatiau dur poeth a'r steciau'n ffrio a phoeri arnynt. Roedd arogl stêcs, sglodion a mwg sigaréts yn gymysg rhyfedd yn y lle.

Teimlai Elaine yn anghysurus iawn ond ceisiai ei gorau i edrych yn hamddenol, fel petai eistedd wrth y bar ar ei phen ei hun yn rhywbeth arferol.

Roedd y lle yn llawn bwrlwm nos Wener, yn llawn o grwpiau o ddynion a merched a chyplau yn dathlu diwedd wythnos arall o waith. Wrth i'r gwin a'r Sol fynd i lawr roedd y lleisiau'n codi nes yr oedd y bar yn un cymanfa aflafar o leisiau'n cystadlu â'i gilydd. Ac wrth i'r bar lenwi a'r sgyrsiau annealladwy gynyddu ac wrth i'r chwerthin fynd yn amlach ac yn uwch, ac wrth i ffrindiau gyfarch ei gilydd fel petaent wedi croesi moroedd i fod yno ar gyfer nos Wener, teimlai Elaine yn fwy a mwy unig.

Cododd y ffôn oedd ar y bar, rhoi'r derbynnydd yn dynn wrth un glust, deialu a rhoi bys yn y glust arall.

Gallai glywed y ffôn yn y pen arall yn canu dair gwaith, bedair gwaith (o dewch 'laen), bum gwaith cyn i rhywun ei godi.

—Helô, meddai Elaine cyn i godwr y ffôn gael cyfle i siarad, ydy o wedi dŵad yn ei ôl?

—Elaine fach, chi sydd yna eto? Ro'n i'n amau. Dyna ddudis i wrth Tada. Elaine 'di honna gelli fentro.

—Ydy o...

—Ac ro'n i'n iawn. Ond wedyn doedd hi ddim yn anodd dyfalu. Tydach chi wedi ffonio sawl gwaith yn yr awr dd'waetha 'ma.

—Saith gwaith rŵan. Dyma'r seithfed tro. Ydy o'n ôl?

—Nac'di, cofiwch. Dim golwg ohono fo. Ond mi fydd Tada yn mynd allan am dro cyn bo hir i lawr i'r King's Head. Geith o gadw golwg rhag ofn y gwelith o fo yn rhywle.

—Dydy o ddim yn gweithio'n hwyr. Dwi wedi ffonio'r llyfrgell. Dim ond Miss Jenkins oedd yno.

—Be wnawn ni hefo fo, d'wch? Ellith o fentro bod yn fwy cyfrifol pan briodwch chi.

—Os priodwn ni. Ac mae hwnna'n 'os' mawr ar hyn o bryd, Mrs Finch.

—Rhaid i chi fod yn fwy *strict* hefo fo, chi. Rhoi'ch troed i lawr. Oes 'na neges iddo fo tasa fo'n digwydd dŵad 'nôl neu os daw Tada ar ei draws o?

—Oes. D'udwch 'mod i wedi ffonio... lot o weithiau. A d'udwch nad ydw i'n siarad hefo fo.

Tarodd y ffôn yn ôl yn ei grud gyda chlep a thywallt gwydraid arall o win iddi hi ei hun. Trodd i edrych ar y dorf, a phawb yno yn uchel eu cloch ac yn llawen. Gallai

weld rhywun yn codi ei llaw arni ac yn cerdded tuag ati drwy'r mwg.
—Haia, Elaine. Grêt 'ma heno, dydy?
—Manon. Haia. Dwi wedi cael llond bol yma a deud y gwir. Dydy o ddim yn lle braf i fod heb gwmni, 'sti.
—Ble mae Emlyn? Fydd o yma hefo chdi fel arfer ar nos Wener.
—Mochyn! Basdad! Cachwr!
—Heb ddod i'r golwg?
—*In one*. Be wyt ti? *Psychic*?
—Tyrd draw aton ni, 'ta. Gynnon ni fwrdd yn y gornel bella.
—Hefo Dewi wyt ti?
—Ia. A Beryl a Chris.

Dilynodd Elaine Manon drwy'r dorf yn cario ei gwydr gwin a'r gweddill oedd ar ôl yn y caráff.

Pan gyrhaeddodd y ddwy'r bwrdd yn y gornel roedd Dewi yn edrych ar y fwydlen.
—Edrychwch pwy ffeindiais i, meddai Manon, ar ei phen ei hun bach wrth y bar.
—Elaine, cododd Dewi a'i chusanu ar ei dwyfoch, ti'n nabod Beryl a Chris siŵr.
—Ydw. Haia.
—Ti 'di cael swper? gofynnodd Beryl.
—Dim briwsionyn.
—Ti jest mewn pryd felly, meddai Dewi gan basio'r fwydlen iddi.

Edrychodd ar y fwydlen gan wybod yn iawn mai stecan wedi ei gwneud yn dda fel nad oedd yr un dafn o waed yn agos ati, madarch mewn briwsion, nionod mewn batyr a sglodion fyddai yn ei archebu, fel ar bob nos Wener arall.
—Emlyn heb gyrraedd, meddai Dewi. Roedd tôn undonog

ei lais yn ei gwneud yn anodd gwybod ai gofyn cwestiwn ynteu datgan ffaith yr oedd o.

—Ar gwrs hwyrach? *How to get the most out of book-stamping*? holodd Beryl, gan grechwenu'n anghynnes ac edrych yn hunanfodlon.

Nid atebodd Elaine hi, dim ond edrych arni gyda dirmyg, er ei bod yn ysu am gael taflu ei gwin i'w hwyneb caled a llusgo ei hewinedd miniog ar draws ei llygaid.

—*Ten ways to say 'Shush'*, meddai Chris, a dechreuodd ef a Beryl chwerthin.

—Be ti... 'dach chi'n ei wneud nos fory? holodd Manon yn sydyn.

—Dwn i'm eto.

Trodd Elaine ei chadair fel ei bod yn wynebu mwy ar Manon a Dewi ac yn gweld lot llai ar Beryl.

—Tyrd draw acw. 'Dan ni'n cael parti. Dim ond criw bach. Mae Dewi wedi cael ei wneud yn bartnar felly 'dan ni'n cael rhyw ddathliad bach. Tyrd ag Emlyn hefo chdi.

—Os daw o, meddai Dewi.

—O mi ddaw o, meddai Elaine gyda gwên benderfynol, mi blydi daw o. Os bydda i'n dal i siarad hefo fo wrth gwrs.

—Dydy o ddim byd tebyg i Dewi, nac'di, meddai Manon. I feddwl bod y ddau ohonyn nhw wedi bod yn yr un dosbarth yn yr ysgol. Ac yn dipyn o ffrindia hefyd.

—Wel am y blynyddoedd cynta ella. Dim cymaint wedyn, meddai Dewi.

—Peth gorau ddigwyddodd i mi oedd priodi Dewi, 'sti Elaine. 'Dan ni wedi cael pum mlynedd hapus iawn.

Lledodd gwên hunanfodlon ar draws wyneb Dewi.

—A rŵan ei fod o'n bartnar, allwn ni fforddio dechra teulu.

Aeth gwên lydan Dewi yn lletach.

—Does 'na ddim lot o waith yng nghroen Emlyn, 'sti, torrodd Chris i mewn, ond mae'n siŵr dy fod wedi gweld hynny. Breuddwyd o foi ydy o mewn gwirionedd. 'Run fath yn 'rysgol.

Teimlai Elaine ei hun yn cochi. Pwy ddiawl oedd y Chris 'ma'n ei feddwl oedd o? Roedd yn gas iawn ganddi glywed pobl yn siarad fel hyn am ei darpar ddyweddi, hyd yn oed os oedd hi wedi gwylltio hefo fo a ddim am siarad efo fo byth eto. A hyd yn oed os yr oedd hi'n cytuno.

—Mae o'n dal i stampio llyfrau yn ei oed o, ychwanegodd Beryl. Tasa fo wedi gwneud rhywbeth ohoni yn 'rysgol ella y basa fo ar y ffordd i fyny rŵan. Ond heb goleg, ar y gwastad fydd o'n mynd am weddill ei oes.

Roedd Beryl wedi penderfynu ei bod yn noson dda iawn i ladd ar rywun tu ôl i'w gefn, ac roedd Emlyn yn amlwg yn gwneud y tro'n iawn.

—Wel mae'n amlwg nad ydach chi'ch dau yn ei nabod felly, meddai Elaine yn gwta, gan droi i edrych i fyw llygaid caled Beryl. Mae 'na lot mwy iddo fo nac mae pobl yn ei feddwl. Isho arweiniad mae o. A beth bynnag, pa fusnes ydy o i chi? Dim blydi busnes o blydi gwbl, nac'di?

Edrychodd Beryl i lawr ei thrwyn arni.

—Ti'n iawn, Elaine, cytunodd Dewi.

Trodd Beryl a Chris eu pennau ac edrych ar Dewi. Cochodd hwnnw.

—Y… Ynglŷn â bod isho arweiniad dwi'n feddwl.

—Dewch draw nos fory beth bynnag. Fyddi di wrth dy fodd hefo'r tŷ dwi'n siŵr. Ac mi fydd yn gyfle i Dewi ac Emlyn hel atgofion. Mi fydd na gwmni joli iawn yno.

Fedar Chris a Beryl ddim dŵad yn anffodus.

Gwenodd Elaine yn llydan ac edrych ar y cwpwl anlwcus.

—Lyfli. Edrych ymlaen.

— 6 —

—Mae 'na glybiau yn Rio, was, fasa'r hyn sy'n mynd ymlaen yno yn codi gwallt pen Linda Lovelace. O ddifri. *Wall to wall* fflewj.

Roedd Pugwash yn gwenu – gwên rhywun oedd wedi gweld y byd yn adrodd ei hanes wrth rywun oedd â'i fyd yn fach.

—Gest ti lond twll o ofn felly.

—Es i ddim iddyn nhw, siŵr Dduw. Clywed gin rei o'r llongwrs eraill amdanyn nhw 'nes i.

—Ac est di ddim yno i gael gweld dy hun? Ty'd o'na, Pugwash.

—Blydi *rip-off* 'di llefydd fel'na, 'sti. Ti'n cael dy gonio o bob cyfeiriad. A chael diawl o stid ar y diwedd os ti'n cwyno neu'n gwrthod talu. Maen nhw'n ddigon drwg yn Llundain ond mewn gwledydd er'ill mae'r diawlad jest yn cogio bod nhw ddim yn dallt Susnag.

Roedd hi'n hanner awr wedi naw ac roedd Pugwash Parry ac Emlyn Finch wedi eu gwasgu yng nghanol torf y Blue Fountain. Edrychai'r ddau allan o le braidd yn eu canol gan eu bod yn yfed peintiau yn hytrach na lagyr o botel a heb eu gwisgo mewn siwtiau. Hefyd, roedd yn ymddangos mai hwy oedd yr unig ddau yno heb ffôn symudol. Bob hyn a hyn gellid clywed y ffonau symudol yn trydar uwchben dwndwr y lleisiau. Roedd gwên ar wyneb y rhai oedd yn derbyn galwadau wrth iddynt roi un bys yn eu clust a gweiddi i mewn i'r ffôn bach. O glustfeinio, roedd yn amlwg i Emlyn nad oedd yr un alwad o bwys difrifol na ellid bod wedi aros tan mynd adre cyn ei gwneud neu ei derbyn. Sioe oedd y cyfan.

Be oedd y rhain yn ei wneud flynyddoedd yn ôl? Ciwio tu allan i giosgs? Dim diawl o beryg.

Roedd Emlyn yn adnabod rhai o'r wynebau, yn eu cofio o ddyddiau'r ysgol, ond roedd yn llawer gwell ganddo beidio â'u cydnabod na siarad â hwy. Yn un gornel roedd rhialtwch mawr wrth i griw o benseiri lleol groesawu un o'u cydweithwyr yn ôl i'w plith o Lundain lle'r oedd wedi creu cryn gynnwrf ac argraff yn y byd pensaernïol. Roedd y cyfaill dan sylw wedi dod â'i wraig newydd adre i Llanddeiniol am y tro cyntaf ac wrth gwrs, Saesneg oedd y sgwrs o gwmpas y bwrdd.

—Ti'n cofio hwnna, Pug? holodd Emlyn gan edrych i gyfeiriad y gŵr dan sylw.

—Jeff Edwards? Lembo.

—Mae o wedi aberthu ei acen a'i iaith ar allor afiach Prydeindod, 'rhen Bug. Ty'd o'r lle 'ma, 'nei di. Mae o'n codi pwys arna i.

—Mae bob pyb yn dre 'ma'n codi pwys arnat ti, ddyliwn.

Gwthiodd y ddau eu ffordd allan i'r stryd a gweld ei bod wedi dechrau bwrw'n drwm. Roedd strydoedd llwyd Llanddeiniol yn wlyb a goleuadau'r strydoedd yn disgleirio yn y dŵr.

—O *shit*. Ty'd, awn ni i'r King's Head.

—Ro'n i'n amau. Pam na fasat ti wedi deud o'r cychwyn mai i byb yr hen begors oeddat ti isho mynd?

Cychwynnodd y ddau i lawr y stryd yn rhyw hanner cerdded a hanner rhedeg, ond roedd y cwrw yn eu boliau'n sblasho gormod felly cerdded yn hamddenol, glaw neu beidio, oedd yr unig beth amdani.

Roedd y ddau'n wlyb pan gyraeddasant y King's Head ac yn trio rhwbio rhywfaint ar eu gwalltiau gan fod y diferion yn llifo i lawr eu hwynebau. Aeth Pugwash at y bar ac edrychodd Emlyn o'i gwmpas. Y King's Head oedd tafarn fwyaf ddi-chwaeth y dref o ran decor. Hi hefyd oedd y fwyaf naturiol, gyda'i golau llachar a'r byrddau fformica. Roedd yn dafarn hyll a hyfryd, yn ddi-chwaeth a chartrefol. Nid oedd lleidr un-fraich ar gyfyl y lle, na bwrdd pŵl na jiwc bocs. Nid oedd peiriant sigaréts hyd yn oed, gwerthid y rheini dros y cownter. Sgwrs oedd prif ddiddanwch y King's Head ac ambell gêm o ddartiau a chaneuon Paddy Reilly o bryd i'w gilydd yn chwarae ar beiriant casetiau Barney, y tafarnwr. Gwyddel oedd Barney ac yn ei ôl ef, Brian Boru oedd y brenin dan sylw yn enw'r dafarn.

Doedd dim llawer o gwsmeriaid yno i feddwl ei bod yn nos Wener, ond doedd y King's Head ddim yn dafarn a apeliai at griw ifanc y dre. Dyna pam yr oedd Emlyn a'i ffrindiau mor hoff o'r lle, a'r ffaith fod ei daid a'i gyfeillion yn dod yno. Roedd Emlyn wrth ei fodd yng nghwmni pobl hŷn. Roedd rhai o gyfeillion ei daid yn eistedd yn eu cornel arferol a'u dominos yn clecian ar y bwrdd bob yn hyn a hyn.

Yna agorodd y drws a daeth dyn hyll mewn dillad gwaith i mewn. Gwisgai ofarôl las gwta oedd yn dangos godrau ei jîns oddi tani a siaced *camouflage* a chap brown tsiec ar ei ben. Hongiai stwmpyn *roll-your-own* o gornel ei geg.

—You're later tonight, Al, cyfarchodd Barney ef fel petai'n falch o'i weld er ei fod yn ei gasáu.

—Yes... Well... I'm not in charge anymore am I?

—Dwi'n gweld fod Big Man yn dal yma... hefo'i hen wegil

a'i groen eliffant.

Jack Sais oedd enw'r dyn i bawb arall ond mynnai Pugwash ei alw'n Big Man. Roedd yr ansoddair yn cyfeirio fwy at ei agwedd a maint ei ben na'i daldra gan mai rhyw 5' 6" oedd Jack Sais yn ei esgidiau gwaith.

—Sbia ar yr hen wegil goch 'na. Fasat ti'n lecio lapio pastwn rownd o, basat? Bydda'n onast.

—Pam mae o'n dal i ddŵad yma? Un cam o'i le fydd raid iddo fo'i roi ac mi fydd Barney'n ei fanio fo. Ond dydy'r diawl yn bihafio rhy dda bob nos.

—Oes 'na rywbeth gwaeth na Sais dosbarth gweithiol, Finchy? Y? Maen nhw'n meddwl y gwnawn ni'u derbyn nhw yn well am nad ydyn nhw'n gwisgo'n wirion a saethu ffesants a deud 'Yâ'. Ond mae'r rheini'n well. Ddaw rheini byth ar gyfyl Cymru tra bod twatyn fel hwn yn byw yma ac yn disgwyl cael ei dderbyn – dim ond am ei fod o'n fotio Llafur, yn darllan y *Mirror* ac yn llyfu grefi odd' ar ei gyllell. Sgowsar diawl.

Penderfynodd Emlyn newid y pwnc cyn gynted ag yr oedd y ddau wedi eistedd i lawr hefo dau beint a dau rym.

—Roedd Taid o hyd yn deud fod 'na le ar y diawl yn Rio. Dwi'n siŵr ei fod o wedi cael sawl stid yno tasa fo'n cyfaddef.

—Chafodd dy daid ddim dylanwad arnach chdi pan oeddat ti'n 'madael 'rysgol, d'wad? Yli di braf ydy hi arno fo wedi cael gweld y byd.

—Doedd o ddim o gwmpas pan o'n i'n 'madael, nac oedd. Roedd o ar y môr. Beth bynnag, fasa Mam ddim wedi bod yn hapus. Welodd hi fwy ar Siôn Corn pan oedd hi'n hogan fach a welodd ynta ddim mo'i blant yn tyfu. Felly na, doedd o ddim yn ddylanwad. I'r gwrthwyneb. A beth bynnag, pan ddudis i y baswn i'n lecio gweithio y tu allan, dim ar ganol y blydi môr oeddwn i'n feddwl.

Agorodd drws y dafarn a daeth Taid i mewn gan ysgwyd ei ambarél. Gydag ef roedd Dei Stamp, ffrind pennaf Emlyn.

—Wel am uffarn o noson, meddai Dei Stamp. Ar ôl pnawn mor braf hefyd.

—Glaw gwaetha welis i rioed oedd yn Reunion Island. Pob cath yn fan'no hefo traed chwadan, meddai George Lloyd, taid Emlyn. Brecwast chwadan? Dwn i'm pryd ges i o ddwaetha.

—Gym'rwch chi r'wbath, hogia? holodd Dei Stamp.

—Gostith hi beint a Bushmills i ymuno yn y rownd beth bynnag.

—S'mae, Pugwash? Fel'na 'dach chi'n gwneud petha ar y môr mawr, ia? Croeso'n ôl.

—Emlyn, 'ngwas i, meddai Taid, neges gin dy fam. Mae Elaine wedi ffonio ddwsin o weithiau. Dydy hi ddim isho dy weld di byth eto.

Tra oedd Taid yn cyflwyno ei neges roedd Bertha, gweddw Dei Protheroe, yn gwenu arno o ben draw'r ystafell.

Aeth draw hefo'i beint at ei gyfeillion yn y gornel gan chwerthin ac ysgwyd ei ben. Roedd llygaid Bertha Protheroe yn ei ddilyn bob cam.

—O cocws! Anghofiais i'r cwbl. Pugwash, dy fai di 'di hyn.

—Be wnes i?

—Dŵad 'nôl. Ylwch hogia, ella basa hi'n well i mi fynd i chwilio amdani.

Cydiodd yn ei beint fel petai am ei yfed mewn un llwnc.

—Fasa'n gallach i ti beidio, 'sti, meddai Dei Stamp. Sbia golwg sydd arnat ti. Ti'n wlyb fatha sbangi ac wedi cael llwyth. Gwneud petha'n waeth fasat ti. Aros tan y bore fasa ora.

—Dyna be dwi'n lecio amdanat ti, Dei Stamp, ti mor ddiawledig o gall!

—Wel, os ti'n chwilio am was priodas. Cofia... dim fi.

—Ti'n gweld be dwi'n 'feddwl, Pug? Uffernol o gall.

Y môr oedd cynhaliaeth Dei Stamp hefyd ond yn wahanol i Pugwash Parry nid oedd yn gorfod mynd mor bell arno i ennill ei damaid.

Cyn gynted ag yr oedd wedi ymadael â'r ysgol yn un ar bymtheg oed roedd wedi mynd i weithio yn iard gychod ei dad. Gan mai cychod a'r môr oedd ei ddiddordebau pennaf roedd yn naturiol y byddai'n dilyn yr un gyrfa â'i dad. Yr un diwrnod ag yr oedd wedi dechrau gweithio roedd wedi stopio siafio a bellach roedd ganddo locsyn trwchus a llaes. Gan ei fod yn rowlio ei sigarennau ei hun ac yn eu smocio i'r gwaelod roedd yn syndod weithiau nad oedd yn rhoi ei fwstás ar dân. Roedd yn syndod hefyd sut yr oedd yn gallu rowlio smôcs mor denau gan fod ganddo ddwylo mawr – dwylo rhywun oedd wedi arfer hefo gwaith mwy corfforol na stampio llyfrau. Roedd lliw haul parhaol ar ei wyneb, lliw haul naturiol un a dreuliai ei ddyddiau yn gweithio allan. Cadwai ei wallt yn weddol llaes hefyd a phetai wedi ei wisgo mewn lledr a chap gwlân gallai'n hawdd fod wedi ffitio i mewn hefo'r criw beicwyr oedd yn yfed ym mar cefn tywyll yr Unicorn. Ond yn y King's Head yr oedd ef hapusaf, yn y bar tawel hefo'r cymeriadau a pheint o Guinness a mwg stwmp anweledig yn ymddangos weithiau o ddyfnderoedd ei locsyn.

—Sut ma' bywyd yn dy drin di, Stamp? holodd Pugwash. Dechrau prysuro?

—Siort ora rŵan.

—Gwella fydd hi rŵan tan yr hydref.
—Diawl ia. Pawb yn dechra ffansïo trip bach ar y dŵr rŵan, 'sti. 'Dan ni wrthi fel diawl, pan fydd cefn Twm Salt yn caniatáu, 'te. Ond fydd hi ddim yn rhy hir cyn i ni ddechra mynd â chriwia allan i sgota eto. Rôl on hefyd. Ma' rhywun yn cael digon ar y gaeaf ar ôl sbelan – jest rhyw hen stwna diflas; rhyw hen bonsho o gwmpas.
—Rho joban i hwn, wir dduw, meddai Pugwash gan nodio ei ben i gyfeiriad Emlyn.
—Job hefo awyr iach, ia? Gwenodd Dei Stamp. Awyr iach, ogla gwair, adar mân y mynydd.

Edrychodd Dei Stamp ar Pugwash. Roedd y ddau'n gwenu.
—Heb feddwl am law a thywydd oer, 'te.
—A chachu gwylanod.
—A rhaffa gwlyb a tsheinia oer.
—Sou'wester a moroedd mawr.
—Gwynt fatha cyllall.
—Cricmala.
—Oerni at fêr esgyrn rhywun.
—Ocê! Sinbad the Sailor... A chditha'r Jolly blydi Jack Tar. Rhowch gora iddi, wir dduw.

Am ddeg o'r gloch daeth Liz, gwraig Dei Stamp, i ymuno â hwy a bu'r pedwar yn yfed rownd am rownd am weddill y nos Wener ac i oriau mân y bore Sadwrn, diolch i haelioni Barney, landlord y King's Head.

Arhosodd Elaine ar feddwl Emlyn a phigo ei gydwybod am bron iawn i ddeg munud.

— 7 —

Pan ddeffrodd Emlyn Finch ar y bore Sadwrn roedd yr haul eisoes yn llifo i mewn i'w ystafell. Roedd wedi bod yn rhy feddw y noson cynt i gau'r llenni hyd yn oed, ac roedd wedi cysgu yn ei grys. Doedd yr haul oedd yn taro ar ei ben ddim yn gwneud lles o gwbl i'r cur oedd ganddo. Roedd ffenest yr ystafell ar agor a gallai glywed y gwahanol synau wrth i bobl ddechrau mynd i'r afael â'r Sadwrn. Bob hyn a hyn gallai glywed sŵn ei daid yn trin yr ardd, sŵn rhaw yn taro pridd gwael ac yna clec y garreg wrth iddi hitio ochr y ferfa; yna llais ei fam wrth iddi siarad ag o o bryd i'w gilydd.

Gwyddai ei bod yn amser codi. Fe fyddai ei fam yn siŵr o edliw iddo am iddo aros yn y gwely cyhyd beth bynnag; y gyfrinach fyddai ymddangos yn holliach a gobeithio nad oedd ei fam wedi ei glywed yn dod i'r tŷ y noson cynt, ac na fyddai'n ei weld yn mynd am y Solpadine.

Cododd ei hun yn araf allan o'r gwely ac edrych ar ei hun yn y drych. Roedd staen cyrri ar ei grys a blas cyrri yn ei geg ond nid oedd ganddo gof o gwbl o'i fwyta. Ac roedd hynny'n rhywbeth anarferol gyda chyrri'r Moti Mahal. Llusgodd i'r ystafell ymolchi gan wneud cyn lleied o sŵn ag y gallai. Roedd yn bleser cael brwsio'i ddannedd a chrafu blas y baco a'r cwrw oddi ar ei dafod, er bod y brwsh yn ei geg yn codi rhyw gyfog gwag arno. Rhedodd ddŵr y gawod a thynnu amdano. Cyn gynted ag yr oedd wedi camu o dan y dŵr a dal ei wyneb i fyny er mwyn cael holl effaith iachaol y dŵr oer clywodd y ffôn yn canu, ac yna'i fam yn gweiddi arno.

Bob blydi tro'r un fath.

Camodd allan o'r gawod, sychu rhywfaint arno ei hun a tharo tywel am ei ganol.

Aeth i lawr y grisiau a chodi'r ffôn.

—Lle ddiawl oeddat ti?

—Cael cawod. Roedd raid i mi sychu siampŵ o'n ll'gada cyn dŵad i lawr grisia. Fedrwn i'm gweld.

—Neithiwr, y mochyn. Lle ddiawl oeddat ti neithiwr?

Elaine oedd ar ochr arall y ffôn.

Roedd yr arferiad wythnosol o gyfarfod ag Elaine ar ôl gwaith bob nos Wener wedi mynd o'i feddwl cyn gynted ag yr oedd wedi dechrau yfed hefo Pugwash. Ac wedyn erbyn y bore roedd wedi anghofio ei fod wedi anghofio.

—Ia, gwranda. Sori am hynna. Driais i ffonio ond mae raid dy fod ti newydd adael.

'Nes i drio ffonio, do? Do, siŵr Dduw.

—Pam na ddest ti draw i'r bistro? Ro'n i yno ar fy mhen fy hun tan naw, yn teimlo rêl blydi ffŵl.

—Sori. Roedd Pugwash newydd landio'n ôl. Be fasa fo 'di'i ddeud taswn i 'di adael o ar ôl peint? A be fasat ti 'di'i ddeud taswn i 'di dŵad â fo hefo fi?

—Gei di 'neud i fyny am hyn, y mochyn. Gei di fynd â fi i Gaer pnawn 'ma.

—Ti'n gweithio.

—Drefna i bnawn i ffwrdd. Mae Ann yn ddigon tebol. A fi 'di'r bos.

—O'n i 'di meddwl mynd i'r gêm. Hefo Taid.

—Wel meddylia eto, 'ta. Fydda i draw erbyn un.

Roedd Elaine wedi rhoi'r ffôn i lawr cyn i Emlyn gael

cyfle i ddweud mwy. Tarodd y derbynnydd yn ôl yn ei grud.

Csêc. I be mae honna'n sôn am gael plant a finna ganddi hi? Pnawn arall blydi diflas rŵan o drampio'r siopa nes bydd fy nhraed bach i'n sgaldian. Gawn ni weld am hynny hefyd.

—A be wnest ti neithiwr? 'Ta does dim raid i mi ofyn?

Safai ei fam yn nrws y gegin â thebot yn ei llaw.

—Newydd lenwi hwnna 'dach chi gobeithio.

—Ti ar fai, 'sti. Hogan neis fatha Elaine. Mae'n bryd i chdi gallio bellach.

—Duw, peidiwch â bod mor henffasiwn.

—Meddwl amdanach chdi ydw i, 'sti, am dy les di. A does 'na'm byd yn henffasiwn mewn trin rhywun yn iawn, dallta di.

—Pam 'dach chi'n cymyd 'i hochor hi, 'ta? Bob tro. Fasa rhywun yn meddwl nad oes 'na fai arni hi byth. Ac er mwyn y nef gwnewch rwbath defnyddiol hefo'r bastad tebot 'na.

—Be gymri di i frecwast? Fedri di stumogi ffrei, 'ta 'neith tost y tro?

—Jest panad i ddechra.

—A paid â rhegi fel'na hefo dy fam. Clywad yr hen John Parry 'na wyt ti. A paid â sbio fel'na arna i. Dwi'n gwybod ei fod o adra. Welais i 'i fam o yn Perfect Price ddoe.

Cododd Emlyn ddwy lwyaid o siwgr i'w gwpanaid o de. Roedd y radio ymlaen ac fe ddechreuodd cerddoriaeth fywiog ac ansoniarus a chwbl anaddas bwletin newyddion Radio Cymru. Cyn i'r cyflwynydd gael cyfle i agor ei geg roedd Emlyn wedi cythru at y radio a'i diffodd.

—Dim heddiw thanciw. Blydi sŵn drwg.

—Be s'arn' ti? holodd ei fam. Mi fydda i'n mwynhau Radio

Cymru, mae'n gwmni da.
—Dyna'r peth trista 'dach chi erioed wedi'i ddeud.
—Be s'arn' ti?
—Be s'arnach chi 'dach chi'n feddwl. Fedrith fy mhen i ddim côpio hefo'u lleisiau cras nhw a'u hen acenion a'u lleferydd ddiog bore 'ma.
—Dyna chdi, meddwl am neb ond chdi dy hun eto.

Tarodd Mrs Finch blatiad o gig moch, tri wy, pedwar sosej, tomatos, bîns, bara saim, tatws wedi eu ffrio, pwdin gwaed, arennau mochyn a nionod wedi eu ffrio, gyda saim y badell wedi ei dywallt dros y cyfan, ar y bwrdd gyferbyn ag Emlyn.
—Mae o ar y bwrdd, Tada!

Daeth George Lloyd i mewn i'r ystafell gan sychu ei ddwylo ar y lliain sychu llestri o'r gegin.
—Sut ma' Capten Morgan heddiw?
—Well na chdi, mae'n siŵr. Sŵn ar diawl gin ti neithiwr. Fasa rhywun yn taeru fod y tŷ 'ma ar y môr mawr mewn storm. Welais i daran unwaith, 'sti – ddudis i'r stori erioed? Fi a Dil Bevan.
—Am y gêm pnawn 'ma?
—Dwn i'm, yn Duw. Wedi mynd yn hen beth di-ddim mae eu panad *half-time* nhw, 'de? Yn Colombo ges i'r banad ora erioed. Fel mwd melys.
—'Dach chi 'di meddwl am fflasg?

Roedd George Lloyd yn saith deg pump a'i feddwl yn dechrau crwydro.
—Banad sala ges i oedd ym Mombasa. Roedd y captan yn deud fod piso'r *witch doctor* yn gryfach.
—Tada!
—Mary! O lle dest ti? Gadwodd Barney chi i mewn yn hwyr neithiwr?

Roedd o'n gwneud i Barney swnio fel athro a'r King's Head fel ysgol.
—Pam 'dach chi'n meddwl 'mod i'n edrych fel hyn?
—Peiriant ar y naw 'di'r Barney 'ma.
—Aethoch chi reit handi?
—Methu ei ddal o cystal, 'sti. Ddal o'n iawn yn fy mhen, 'te, ond y pen arall 'di'r drwg. Fyny a lawr fel pipi down unwaith dechreua i. Pi-pi... *Sit down*, pi-pi... *Sit down*. Ond yn y diwedd pan dwi'n pi-pi'n amlach ac yn hirach na dwi'n ista, dwi'n gwybod ei bod yn amser dŵad adra.
—Doeddach chi ddim adra'n rhy gynnar chwaith, Tada. Paid â gwrando arno fo, Em. Dwn i'm pryd ddoth o i'r tŷ.
—Doedd o ddim wedi aros ar ôl hefo ni beth bynnag. Be 'di hyn?
—Stopiwch ych hen holi gwirion. Mynd am dro wnes i.

Rhoddodd Taid ei ben i lawr a dechrau claddu i mewn i'r platiad anferth o seimiach oedd o'i flaen ond roedd Emlyn yn sicr ei fod wedi gweld wyneb yr hen ŵr yn cochi.

Edrychodd Mrs Finch ar Emlyn a gwenu ac ysgwyd ei phen. Gwenodd yntau'n ôl ar ei fam.
—Felly be? Taid?
—Felly be be. Am be ti'n rwdlian rŵan eto?
—Y gêm.
—Go brin. Glywais i fellten hefyd. Ddudais i? Un goch.

Roedd prynhawn Sadwrn Emlyn wedi ei drefnu felly ac nid oedd unrhyw ffordd allan.

— 8 —

Canodd Elaine gloch y drws yn brydlon am chwarter i un.

Agorodd Emlyn y drws iddi a chyn iddi allu dechrau pregethu eto cyflwynodd dusw o flodau iddi.

—Sori, Elaine. Wneith o ddim digwydd eto.

Edrychodd Elaine arno am ychydig. Gallai Emlyn weld ei thymer yn newid. Yna daeth ato a gafael yn dynn amdano.

—Yr hen ramantyn gwirion. Ond ti'n iawn, 'neith o ddim digwydd eto.

—Be wyt ti'i isho yng Nghaer beth bynnag?

—Meddwl mynd i edrych ar *three pieces* oeddwn i.

Caeodd Emlyn ei lygaid.

—O ty'd 'laen! 'Dan ni ddim yn cael cyfle i dreulio dydd Sadwrn hefo'n gilydd yn aml. Dim hefo'r salon yn prysuro fel y mae.

—Pam Caer? Fasa Aberdwylan ddim yn gwneud? O leia mi fasan ni'n cael mynd am dro rownd y cei wedyn. Ac mae 'na lefydd difyrrach i fynd am beint yno.

—Oes 'na rhywbeth 'blaw peint ar dy feddwl di? Does 'na ddim digon o ddewis yno beth bynnag.

—Dewis be?

—*Three pieces*, 'te. Ti'n gwrando ar rwbath dwi'n 'i ddeud, d'wad?

—Ble 'dan ni'n mynd i roi'r *three piece* 'ma beth bynnag? Dydan ni heb brynu tŷ eto os ti'n cofio.

—Edrych ddudis i, 'te. Chwilio o gwmpas. Nid prynu un, twp. Jest gweld be sydd ar gael.

—Oes raid i ti 'nghael i yno i wneud hynny? Sgin i'm tast, 'sti. Ti'n gwybod hynny.

—Oes, mae'n rhaid i ti ddod, siŵr, gan mai dy din di fydd yn gorffwys fwyaf arni. Tria ddangos dipyn bach o ddiddordeb yn ein dyfodol ni, wnei di.

Aeth Elaine yn nes ato a sibrwd yn ei glust.

—Pwy a ŵyr, ella cei di bresant bach heno.

Roedd ei hanadl yn boeth ac yn wlyb ar ei glust. Roedd ei llais yn feddal a'i chyffyrddiad yn ysgafn ond yn drydanol. Pan fyddai hi'n siarad felly byddai calon Emlyn yn curo'n gyflymach a'i du mewn yn toddi.

Ar adegau felly roedd bod mewn cariad â hi yn bwysicach na dim.

— 9 —

Roedd Taid yn eistedd ar y soffa yn gwylio canlyniadau'r pêl-droed a'i gwpon yn ei law pan ddaeth Emlyn i'r tŷ ar ôl ei brynhawn yng Nghaer. Ni fu'n brynhawn mor annifyr ag yr oedd wedi ei ofni. A dweud y gwir roedd o wedi cael cryn fwynhad, er na fyddai'n mynd mor bell â dweud hynny wrth Elaine. Roedd wedi eistedd ar gryn ddwsin o soffas ac wedi gwneud yn siŵr ei fod yn eistedd yn ddigon hir i'w profi'n drylwyr. Na, roedd siopa yng Nghaer ar brynhawn Sadwrn yn nefoedd o'i gymharu â'r hyn a'i wynebai y noson honno.

Ar y ffordd yn ôl i Llanddeiniol yr oedd Elaine wedi sôn am barti Dewi a Manon.

—Nac ydw. Dim blydi peryg. Ar nos Sadwrn? Py-lîs! A dathlu be mewn difri? Bod Dewi wedi cyflawni'r gamp anhygoel o gael ei wneud yn bartnar yn ffyrm ei dad. *Big deal*. Sut cymerodd hi cyn hired?

—Paid â meddwl bod bwnsh o flodau a cherdded rownd siopa dodrefn yn gwneud i fyny am neithiwr.

—*Bless me father for I have sinned.* Mae 'na bris pendant i'w dalu mae'n amlwg. Deud pan fydda i wedi ei dalu fo'n llawn ac mi dd'udai rhyw Hail Mary bach ar ei ben o, jest am lwc.

—Dwi isho gweld eu tŷ nhw'n un peth; isho gweld pa mor braf ydy hi ar y stad 'na go iawn. Dwi jest â byrstio isho cael dodrefnu'n tŷ bach ein hunan, 'sti. Ei wneud o'n glyd i ni'n dau.

—Rho hen dŷ i mi unrhyw amser.
—Hefo'i hen broblemau, ia? Hen waliau a hen damp-rwydd.
—A chymeriad.
—Wel dwi wedi derbyn y gwahoddiad rŵan felly rhaid i mi fynd. Mi fydd Manon wedi mynd i drafferth.

Siwrnai dawel fu hi'n ôl i Landdeiniol wedyn ar wahân i Alan Green yn sgrechian ei sylwebaeth pêl-droed ar Radio 5. Ond doedd ei sgrechian ef ond megis sibrwd o'i gymharu â sylwebyddion Radio Cymru a oedd yn nhop y caets fel arfer.

Ac ar ôl gwylio'r canlyniadau pêl-droed mewn distawrwydd hefo'i daid roedd Emlyn wedi mynd i newid ar gyfer y noson.

Cymerai rhyw ddeg munud mewn car i gyrraedd stad Maes Afallon o gartref Emlyn. Fel pob stad newydd yn y byd sydd ohoni, roedd yn tyfu'n fwy bob blwyddyn. Ar hyn o bryd roedd caeau gwyrddion hardd rhwng Llanddeiniol a stad Maes Afallon, ond fel yr edrychai pethau byddai'r rheini'n diflannu'n fuan yn enw datblygiad. Ymhen amser byddai Maes Afallon a Llanddeiniol yn un. Byddai'n llawer iawn gwell gan Emlyn ei weld yn tyfu i'r cyfeiriad arall ac yn parhau i fod yn bentref ar wahân. Pentref bach di-gymeriad oedd o, roedd pob tŷ yn union yr un fath. Yr unig wahaniaeth rhyngddynt oedd y blodau yn yr ardd, y ceir yn y dreif a'r rhifau ar y drws. Cofiai'r lle yn iawn cyn i'r un tŷ gael ei godi yno pan nad oedd dim yno ond caeau gwyrddion a llwyni eithin a choed a sŵn plant yn chwarae: chwerthin-iad gwn peiriant o un cyfeiriad a sgrech fuddugoliaethus Tarzan o gyfeiriad arall a rhywle yn y canol rhyw John Wayne bach *three foot six* yn rhoi Tucson mewn trefn.

Dyna lle treuliai Emlyn a'i ffrindiau eu Sadyrnau a gwyliau ysgol yn ail-greu popeth o Iwo-Jima i'r *OK Corral*. Ond bellach nid oedd dim yn O-Cê am y lle o gwbl.

Aeth Emlyn i edrych yn fwy diflas byth pan drodd car Elaine i mewn i'r stad tai. Roedd dau gar o flaen 'Dewisfan', tŷ Dewi a Manon, a phaced gwag o Quavers ar frigau'r coed rhosod. Roedd Dewi yn y ffenest yn gwenu ar Emlyn ac Elaine ac roedd wedi agor y drws cyn iddynt ei gyrraedd. Daeth Manon o gyfeiriad y gegin i'w cyfarch gan sychu ei dwylo ar ei brat.

—Rhowch eich cotiau i Dewi. Dewi, helpa nhw. Wnaiff Dewi nôl diod i chi mewn dau funud. Cer i ista i'r lownj, Emlyn. Dangos y ffordd iddo fo, Dewi. Fasat ti'n lecio *look* rownd y tŷ, Elaine.

—Wrth fy modd. Emlyn hefyd. Ty'd, Em.

—Reit, 'ta. Ddechreuwn ni yn y llofft.

Dilynodd Elaine Manon i fyny'r grisiau a dilynodd Emlyn ben-ôl Elaine. Doedd o ddim yn ben-ôl traddodiadol ond roedd digon o afael arno fo.

—Ma' dy din di reit wrth fy ngwyneb i. Paid â gollwng un wir Dduw.

Chwerthin wnaeth Manon ond edrych yn flin wnaeth Elaine.

—Ma' hi'n medru'n iawn, 'sti Manon.

—Dydan ni i gyd.

—Tŷ neis. Mae ei faint o'n gamarweiniol dydy, meddai Elaine.

—Lot llai nag mae o'n edrych o'r tu allan mae hi'n feddwl, Manon.

Pwniodd Elaine ef gyda'i phenelin a sibrwd.

—Difetha di'r noson 'ma a... gei di weld.

—Gweld ond dim cyffwrdd, ia? Ti 'di gaddo cofia.

—Paid â gwrando arno fo, Manon. Hen beth hen-ffash ydy o yn y bon, 'sti – lecio rhyw hen betha a ballu.

—Hen betha, hen bobol, hen dai, cach-bwc go iawn, 'sti Manon.

Cymerodd y *guided tour* rhyw ddeg munud ac fe dreuliwyd pump o'r rheini yn edmygu'r *master bedroom* a'r bathrwm *en suite*.

Roedd Elaine ac Emlyn yn eistedd yn y lolfa yn aros i Dewi ddod â diod iddynt.

—Bathrwm *en suite*! Welaist ti unrhyw beth mor grand?

—Fedra i ddim meddwl am ddim byd mwy afiach. Gas gen i feddwl am rywun yn gwrando arna i'n tuchan yn y bore. Faswn i'n rhwym fel corcyn cyn pen wsnos.

—Ti'n gwneud ati, 'dwyt?

Fu dim raid iddo ateb gan i Dewi a Manon ddod i mewn hefo diodydd a dysglau bach yn llawn o gnau mwnci, Pringles, Twiglets, moron, seleri a blodfresych amrwd.

—Dyma ni. Iechyd da un ac oll.

—Twiglet, Elaine?

—Diolch. Peidio byta gormod ohonyn nhw di'r gamp, 'te? Maen nhw'n bethau mor *moreish*, dydyn?

—Emlyn?

—Dim diolch. Gas gen i'r ffycars.

—Mm, gwin neis.

—Mae Dewi wedi bod yn mynd i ddosbarthiadau nos gwerthfawrogi gwin, 'dwyt Dewi? Fo sy'n dewis ein seler ni rŵan.

—Sgynnoch chi seler hefyd? Handi.

—Na. Jest ffordd o siarad.

Roedd Emlyn yn dechrau gwingo yn ei sêt erbyn hyn. Doedd o ddim yn un am win ond ar ôl un cegaid o'r cwrw a gawsai gan Dewi roedd yn teimlo'n flin nad oedd.

Wnâi o ddim cyfaddef wrth gwrs ond roedd yn gweld Dewisfan yn dŷ digon cyfforddus ac roedd Manon a Dewi wedi ei addurno a'i ddodrefnu'n ddigon chwaethus. Roedd y lle yn dwt ac yn lân ac yn gynnes a'r unig waith arno oedd codi a sugno llwch – ond wrth gwrs roedd dynes yn dod i wneud hynny'n wythnosol. Serch hynny, doedd o ddim yn gartref. Nid oedd yr un llun ar y waliau ar wahân i ffotograff o Manon yn dal cwpan am ennill gyda'r côr yn yr Ŵyl Gerdd Dant a phrin iawn oedd y llyfrau – llyfrgell barod o ryw ddwsin o'r clasuron mewn cloriau lledr coch a golwg arnynt fel nad oedd neb wedi eu hagor erioed.

Ac roedd y lle mor bell o'r dref. Roedd car yn hanfodol, a chan fod trigolion y stad yn berchen ar un, os nad dau, prin iawn oedd y bysys oedd yn dod ar gyfyl y lle. Roedd y lle'n hunllef – dim bws, dim siop, dim papur newydd, dim byd. Doedd Maes Afallon yn ddim ond casgliad o focsus digymeriad.

Tra oedd Elaine, Manon a Dewi yn siarad ar draws ei gilydd aeth meddwl Emlyn ar grwydr.

Dechreuodd feddwl am enw'r tŷ a dod i'r casgliad mai cyfuniad o enw Dewi a Manon oedd yr ysbrydoliaeth y tu ôl i'w alw'n 'Dewisfan' yn hytrach na man dethol. Yr un math o ysbrydoliaeth roddodd fod i'r Élan Beauty Salon, er mai Emlyn ei hun oedd yn gyfrifol am hwnnw. Flynyddoedd yn ôl roedd Mary Pickford a Douglas Fairbanks wedi galw eu tŷ yn 'Pickfair'.

Diolch byth nad hefo Arsene Wenger roedd hi'n byw.

Doedd dim diwedd ar beth ellid ei greu drwy ddefnyddio'r dull hwn o enwi ac roedd yn arfer oedd yn lledaenu yn Llanddeiniol. Gwenai Emlyn wrtho'i hun wrth feddwl am esiamplau.

Gallai Gareth a Monica fyw'n ddedwydd iawn mewn tŷ o'r enw 'Garmon', tra gallai Amlyn ac Erica fyw yn 'America'. 'Lillet' fyddai enw cartref Lilly ac Ethelbert ac mewn 'Kennel' fyddai Ken ac Elinor yn treulio'u dyddiau. Doedd dim i rwystro Phyllis ac Emlyn rhag dechrau cwmni ffisig annwyd a'i enwi'n 'Phlem'; gallai Bynti a Caradog fyw mewn 'Byncar' ac wrth gwrs byddai Elwyn a Sandra'n treulio'u hoes yn 'Yr Elsan'.

Roedd ei wydr yn wag pan ganodd cloch y drws.

—Emlyn, ti'n wag. 'Run peth eto?

—Dewi, fasa wahaniaeth gin ti roi cwrw cryfach i mi os oes peth, feddwa i byth ar hwn.

—Ym, wel dwn i ddim be mae Manon wedi'i brynu. Ella mai dim ond un math sydd. 'Dan ni fawr o rei am gwrw.

—Dosbarthiadau nos amdani felly, Dewi'r hen fêt.

Edrychodd Dewi arno gyda gwên betrus ar ei wyneb.

Dei Stamp, Dei Stamp – lle ddiawl wyt ti? Rown i unrhyw beth jest i gael sgwrs gall am ddim byd. A chael peint o gwrw mewn gwydr go-iawn. A gorfod mynd at y bar i'w nôl. A chael talu amdano.

Bellach roedd rhyw awr wedi mynd heibio ers i Manon ddangos y tŷ i Elaine ac Emlyn ac roedd y parti erbyn hyn yn prysuro. Gallai Emlyn gyfri un, dau, tri... *bobl bach!* ... wyth o bobl yn yr ystafell – wyth yn cynnwys Manon a Dewi ac Elaine ac ef ei hun. Dyna beth oedd parti. Ers iddo ofyn i Dewi am gwrw cryfach roedd dau gwpwl arall wedi ymuno â nhw – Barry Trench, cyd-weithiwr i Dewi, a Fiona ei wraig, ac ar y munud olaf roedd Beryl a Chris wedi gallu newid eu cynlluniau a dod i'r parti.

Cochodd Elaine pan ddaethant i mewn ac fe wenodd

Beryl yn llydan arni.

Barry a Fiona Trench oedd yr unig ddau nad oeddynt yn siarad Cymraeg ond am ryw reswm Saesneg oedd iaith y sgwrs bellach ar wahân i ambell i frawddeg allweddol yn Gymraeg gan Emlyn.

—Oes 'na fwy o'r cwrw cry' 'ma?

—Faint o'r cwrw 'na sydd ar ôl?

—Dwi'n mynd am bisiad bach sydyn.

Nid oedd yn gwneud unrhyw safiad gwleidyddol na ieithyddol bwriadol, doedd ganddo ddim llawer i'w ddweud wrth neb yn yr ystafell beth bynnag oedd yr iaith, ac roedd hynny'n cynnwys Elaine y noson honno.

—The old sod had the papers on his desk all the time. Under a copy of *The Journal*, which was open at the crossword page. And that was under the last will and testament of Cadwaladr-Pugh Senior – the old man.

—He's been with us so long though. Part of the furniture.

—Older than most of it.

Felly'r âi'r sgwrs yn ei blaen, ac yn ei hôl ac i bob cyfeiriad arall, heb wneud affliw o synnwyr i unrhyw un nad oedd yn gweithio i gwmni Trench, Vaughan, ap Rhydderch.

Cododd Emlyn ac edrych ar yr un silff oedd yno yn dal llyfrau a sylwi mai talfyriadau o'r clasuron oedd y llyfrau i gyd.

—You can tell he's a bloody librarian, can't you, meddai llais snichlyd Barry Trench. It must be like a busman's holiday for him every time he enters a roomful of books.

Penderfynodd Emlyn y gallai fforddio gwastraffu ychydig o'i Saesneg bellach.

—I'd hardly call one shelf a roomful. If you do, it must say a hell of a lot about your house.

Chwerthin wnaeth Barry Trench wrth gwrs. Nid oedd modd i eiriau ei frifo.

—Dwi'n picio allan am smôc.

—I'll come with you.

Yes, mwn. Bet mai Old Holborn mae o'n ei smocio.

Cafodd Emlyn siom pan oedd y ddau wrth ymyl y sièd i weld Barry Trench yn tynnu paced o Embassy Regal allan o'i boced a chynnig un iddo.

—Good do, isn't it. She's a cracking cook old Manon. I wouldn't mind giving her one actually.

—I don't think she smokes, you know.

Chymerodd Barry Trench ddim sylw o ymgais dila Emlyn i fod yn ddoniol.

—But this Dewi's a bit of a hen-pecked old sort, isn't he?

Be amdano fo, 'ta? Ac yn bwysicach, be amdana i? Be ddiawl 'dan ni'n ei 'neud yn y ffasiwn le ar nos Sadwrn?

—Well, I can think of plenty of other places I'd like to be. I like quiet places but not like this. It's just a conversation that's made really, isn't it? For the sake of it.

Roedd Barry Trench yn edrych yn syn arno.

—You know what I mean – hen siarad gwneud uffar. Siarad gwag 'chan. Empty talk. Hot air. Bullshit. Cachu tarw jest for cachu tarw's sake.

—It's good fun though. Having a few drinks on a Saturday night in comfortable surroundings and a good chat.

Good chat, o ddiawl. Dei Stamp lle wyt ti? Dwg fi ymaith oddi wrth y cŵd dŵr gwirion 'ma.

—Hen-pecked or not he's OK really. Bet he's a dark horse inside all this bourgeois exterior. More than one side to old Dewi, I'd say.

—Yes, well I think I'll go for a walk anyway. Get some fresh air before going back in there.

Roedd ganddo syniad fod tafarn yn rhywle ar stad Maes Afallon, rhyw gof o glywed rhai'n sôn amdani'n cael ei hadeiladu pan oedd tai y stad yn dechrau llenwi. Cerddodd yn ei flaen. Ond os oedd Maes Afallon yn datblygu'n bentre, roedd yn bentre heb ganol naturiol ac ar ôl cerdded am ryw ddeg munud sylweddolodd Emlyn ei fod yn dechrau mynd ar goll ac nid oedd golwg o dafarn. Penderfynodd droi'n ôl a chwilio i gyfeiriad arall. Un ffordd i sicrhau nad oedd yn troi rownd mewn cylchoedd oedd edrych ar enwau'r tai, gan mai dyna'r unig wir wahaniaeth rhyngddynt.

Bron-y-Grug, Cil-y-Coed, Cil-y-Fronfraith, Llety'r Bugail.

Lle ddiawl ma'r rhain yn meddwl maen nhw? Yng nghanol y wlad, 'ta be? Canol y wlad oedd o erstalwm wrth gwrs... caeau gwyrddion, coed, eithin, cachu buwch...

Roedd y grug a'r coed wedi hen diflannu, yn fuan ar ôl i'r ffermwr dderbyn y byddai'n rhaid iddo werthu ei dir. Mynd o'i gwirfodd wnaeth y fronfraith.

Trodd y gornel.

Llys Cerdd, Encil y Bardd, Derwentwater, Telynfa, Stratford House.

Culture vulture avenue, myn diawl i.

Trodd y gornel i Cadwaladr-Pugh Parade. Doedd o ddim yn cofio dod y ffordd honno o'r blaen ond ta waeth.

Arhosfa, Gorffwysfa, Cartref, Y Nyth, Preswylfa.

Home is where the heart is.

Wilmar, Myrddelen, Garmon, Gwyn-Awel, Olwenwyn, Lillet.

O blydi hel.

Glyn-Alun.

O bygyr mi.

Roedd ar fin mynd i gnocio ar ddrws Garmon – am ryw reswm roedd ganddo ofn tarfu ar drigolion Glyn-Alun – a gofyn am gyfarwyddiadau i'r dafarn pan welodd adeilad o siâp gwahanol ac wedi'i oleuo'n fwy llachar yn y pellter. Brasgamodd i'w gyfeiriad a gweld y lle yn tafarnhau fwyfwy hefo bob cam. A beth tybed fyddai enw tafarn ar stad Maes Afallon? The Blue Anchor heb y Bl ynteu cyfuniad o enwau'r perchnogion?

Siomwyd Emlyn braidd pan welodd mai'r Wheatsheaf oedd enw'r adeilad newydd briciau coch. Roedd yn amlwg nad oedd y pensaer a fu'n gyfrifol am Maes Afallon wedi bod ar gyfyl y cynlluniau ar gyfer y Wheatsheaf, a'r un mor amlwg nad oedd pensaer y Wheatsheaf wedi ymweld â Maes Afallon cyn cynllunio'r dafarn. Briciau melyn a ddefnyddiwyd ar gyfer y tai ond roedd y Wheatsheaf wedi ei hadeiladu mewn briciau cochion. Teils coch oedd ar doeau'r tai, teils llwyd oedd ar do'r Wheatsheaf.

Gallai Emlyn weld i mewn i'r dafarn drwy'r ffenstri dellt. Roedd y bar a'r byrddau wedi eu gwneud o bren coch gwael ac roedd y papur wal a'r llenni a orchuddiau'r seti mewn coch tebyg. Uwchben y bar roedd nifer o drugareddau pres – corn post, brasus ceffylau, jygiau, cloch ac ati a llun diweddar o'r Frenhines Elizabeth II oedd yn edrych yn debycach i Miss Hafina Jenkins, Llanddeiniol o'r cefn.

Meddyliodd Emlyn yn hir cyn mynd i mewn. Ar un llaw roedd yn dafarn anghynnes iawn yr olwg ond ar y llaw arall gallai osgoi parti Dewi a Manon am ychydig yn hirach a chael talu am beint.

Os oedd y peth yn bosib roedd y dafarn yn waeth y tu mewn nag yr edrychai drwy'r ffenest. Roedd yr awyrgylch yn farwaidd. Yr unig le lle'r oedd unrhyw fath o sgwrs oedd yn uwch na sibrwd oedd wrth y bar – lle roedd criw o ddynion swnllyd oedd yn ffendio esgus i chwerthin yn afreolus ac yn or-swnllyd yn llawer rhy aml. Cyplau oedd y gweddill yn yr ystafell – pob cwpwl ar fwrdd i ddau yn siarad yn dawel os yn siarad o gwbl. Roedd un o'r dynion oedd â'i gefn at Emlyn yn edrych yn hynod o gyfarwydd. Ond gwyddai Emlyn na allai fod yn bosib.

Fasa well gin Pugwash farw na dŵad i le fel hyn.

Ond eto roedd y tebygrwydd o'r cefn yn drawiadol a'r breichiau'n chwifio'r un fath yn yr awyr i bwysleisio pwynt.

Na. Byth. Na?

Bu'n aros am bum munud da cyn dal sylw'r barman. Roedd wedi gwrando ar sgwrs trigolion Maes Afallon oedd o'i gwmpas ac wedi colli cownt o sawl gwaith yr oedd wedi clywed sôn am 'fy nghar', ac ar eu sgwrs dila yn penderfynu ar eu diod:

—Another?

—Yes... I think... Yes, you know what, I think I'll have a pint of Labatts.

—Two pints of Labatts, please.

—Do you know, down in Cornwall if the locals say don't go out...

—I know, you don't do you?

Trodd i'r cyfeiriad arall.

—I can't dry my hair without a hair dryer. When I went on holiday to Corfu it was horrendous. I took my hairdryer, right? But all they had there were two pin plugs. I was distraught.

Roedd bron â dweud wrth y landlord am stwffio'i gwrw.

—S'ma'i.

—Good evening, sir. What can I do for you?

Piss off would be a start.

—Pint of bitter, plîs. And do you have a phone?

—On the end of the bar. That'll be one eighty. Thanking you.

Pam? Pam deud hynna? Ydy o'n deud 'sodding you' yn lle 'sod you' pan yn ffraeo hefo'i wraig? Betia i ei fod o'n deud 'like so' hefyd. Jest y teip.

Cymerodd gegaid o'i ddiod. Roedd ei fam yn golchi llestri mewn peth blasusach ac roedd mwy o fywyd mewn piso ceffyl. Aeth at y ffôn a ffonio am dacsi.

Bum munud ar ôl cael y *bitter* agorodd drws y dafarn.

—Taxi for Finch!

Roedd y peint *bitter* bron iawn yn llawn pan ddilynodd Emlyn y gyrrwr tacsi drwy'r drws. Chwarter awr ar ôl cael y *bitter* ac roedd y tacsi wedi bod o amgylch Maes Afallon gryn ddwsin o weithiau heb ddod o hyd i Dewisfan. Gan na wyddai Emlyn beth oedd rhif y tŷ doedd dim gobaith dod o hyd iddo. Sylwodd ddwywaith ar dŷ hefo paced Quavers gwag ar y coed rhosod a chriw o bobl yn yr ystafell fyw ond ni allai ddarllen yr enw ar y drws ac ni ofynnodd i'r dreifar stopio i wneud yn siŵr – jest rhag ofn! A hanner awr ar ôl cael y *bitter* roedd Emlyn Finch yn eistedd yn glyd yn y King's Head hefo Dei Stamp a Liz, gwraig Dei Stamp.

—Hei Barney, siawns am *lock-in* heno?

—Gawn ni weld, hogia. Gweld sut ma'r byhafings, 'te? Chawsoch chi ddim digon neithiwr y diawlad, meddai Barney, a wincio ar y ddau.

Roedd gobaith am nos Sadwrn go lew wedi'r cyfan.

— 10 —

Roedd y llyfrgell ar fore dydd Llun fel maes y gad ar ddiwedd brwydr. Gan fod dydd Sadwrn yn ddiwrnod mor brysur, ac mai dim ond rhyw bedwar aelod o'r staff oedd ar ddyletswydd, doedd byth digon o amser ar ddiwedd y dydd i roi'r llyfrau a ddychwelwyd i gyd yn ôl yn eu priod le ar y silffoedd. Felly ar fore dydd Llun roedd y trolïau'n llawn o lyfrau a thasg ddiflasaf yr wythnos oedd eu rhoi yn ôl ar y silffoedd.

Er mwyn gwneud y dasg fymryn yn fwy pleserus roedd Emlyn wedi dyfeisio ei system ei hun i ddisodli'r system o ddosbarthu llyfrau a ddyfeisiwyd gan Dewey ac a oedd wedi profi'n cymaint o gaffaeliad i lyfrgelloedd ledled y byd. Y cyfan a olygai hynny oedd ei fod yn rhoi'r llyfrau yn ôl ar y silffoedd ymhle yr oedd ef yn *credu* y dylent fynd. Golygai hynny y byddai ganddo ef syniad go lew ymhle i chwilio amdanynt petai rhywun yn gofyn am eu benthyg. Ond golygai hefyd nad oedd gan neb arall obaith dryw o ddod o hyd iddynt.

O ddilyn y system hon, y lle mwyaf naturiol i roi *Gulliver's Travels* oedd gyda'r llyfrau taith. Felly hefyd *A Tale of Two Cities* a *Far from the Madding Crowd*. Yn yr adran ddiddordebau, hefo'r llyfrau ar bysgota y ffeiliwyd *Catch 22* a *Lord of the Flies,* ac aeth *Taming of the Shrew* yn naturiol ddigon at y llyfrau ar anifeiliaid anwes. Aeth *Teisennau Berffro* a *Hufen a Moch Bach* hefo'r llyfrau coginio a phetai Parry-Edwards wedi bod yn llyfrgellydd digon rhyddfrydol ac arloesol i gael silff neu ddwy o lyfrau o ddiddordeb i ddynion hoyw, yno y byddai chwilio am *Lord of the Rings*.

Pan nad oedd modd defnyddio'r system hon yna byddai system Dewey yn gwneud y tro. Golygai hyn yn y bôn mai rhyw hanner y llyfrau fyddai'n cael eu rhoi yn ôl yn eu priod le gan Emlyn. Ond yn raddol roedd yn aildrefnu'r llyfrgell a'i nod oedd cael ystafell yn llawn o lyfrau a diawl o neb yn gwybod sut i ddod o hyd i ddim arbennig ar wahân iddo ef.

Ond y bore dydd Llun hwnnw ar ôl dydd Gwener y Tramp cafodd Emlyn sbario'r orchwyl o ddychwelyd y llyfrau i'r silffoedd gan fod neges yn ei aros pan gerddodd i mewn i'r llyfrgell ac i'r ystafell baned.

—Ma' Mr Parry-Edwards isho'ch gweld chi peth cyntaf, meddai Miss Hafina Jenkins cyn iddo gael eistedd i lawr hefo'i baned.

Hafina Dymp.

Ac felly y bu. Wedi iddo ruthro i yfed ei de canfu ei hun yn swyddfa daclus Mr Parry-Edwards. Roedd silffoedd llyfrau trymion ar dair wal yr ystafell a'r Prif Lyfrgellydd yn eistedd y tu ôl i'w ddesg fawr dderw. Roedd arogl *moth balls*, mint a chapel yn llenwi'r ystafell.

Ni ofynnodd i Emlyn eistedd, dim ond gadael iddo sefyll fel hogyn drwg ac edrych arno dros ei sbectol.

—Dwi wedi clywed adroddiadau gwael amdanoch yn ddiweddar, Mr Finch.

—Mae 'na esboniad.

—Falle'n wir. *All in good time*. Nawr, dwi'n sylwi o bryd i'w gilydd fod llyfrau yn ymddangosu yn y llefydd mwyaf *peculiar* ar y silffoedd.

Gallai Emlyn deimlo ei wefus yn crynu. Roedd yn sâl

eisiau gwenu a bu'n rhaid iddo frathu ei foch i geisio rheoli'r wên. Gwyddai yn iawn y byddai gwên yn arwain at chwerthin, chwerthin afreolus, di-stop.

—Ydw, Mr Finch, rwy yn dod allan o'r swyddfa yma o bryd i'w gilydd, w'chi. Ond phwy a wydda sut mae hynny'n digwydd, 'te. *So we'll let that particular dog lie* – am y tro. Ac mae Miss Jenkins yn dweud wrtha i eich bod wedi bod yn stampiadu *members* o'r byblic yn ogystal â'u llyfrau.

—Dim ond un.

—Un yn ormod, Mr Finch. Dim dod yma i gael eu stampiadu maen nhw.

Naci?

—Jôc oedd hi. Sut gwyddwn i na fedra William Henry gymryd un.

—Gwasanaethyddu bobl 'dan ni i fod, Mr Finch, dim chwarae *pranks* a *hi-jinks*.

—Sori, jest trio bywiogi rhywfaint ar y dydd o'n i.

—Dwi'n cymaint o *practical joker* â'r *next man*, Mr Finch... *Well we'll pass that water under the bridge too for now*. Ond y busnes 'ma brynhawn Gwener. Dyna'r *last straw*, w'chi. Dim *saloon* ydy'r lle 'ma, hyd yn oed os ydy Llanddeiniol fel y *wild west*. Fedrwn ni ddim mynd o gwmpas yn taflyddio'n cwsmeriaid drwy'r drysau.

Yn anffodus.

—Felly mae'n rhaid i hon fod yn *final warning*. 'Dach chi wedi bod o fy mlaen i fel hyn yn rhy aml. Trediadwch yn ofalus o hyn ymlaen, Mr Finch. *I'm watching you*.

—Sori, Mr Parry-Edwards. Wna i driadu gwneud yn well.

Doedd Emlyn Finch ddim yn poeni'n ormodol pan ddaeth allan o swyddfa Mr Parry-Edwards. Roedd yn dal mewn gwaith ond, yn bwysicach, roedd yn gwybod yn union beth i'w wneud hefyd i newid y sefyllfa honno tasa raid. Cerddodd i mewn i'r adran fenthyg a gweld y troliau i gyd yn wag. Gwenodd ar Miss Jenkins a dechrau ar ei waith. Wnaeth hi ddim gwenu'n ôl arno dim ond gwgu.

Byddai staff yr adran fenthyg yn gorfod trefnu rota amser cinio. Golygai hynny fod un aelod o'r staff yn cymryd cinio cynnar a hwnnw neu honno yn unig wedyn fyddai ar ddyletswydd rhwng un o'r gloch a dau.

Pan fyddai Emlyn ar ei ben ei hun gellid mentro y byddai'r Dysgwr Mawr yn dod i mewn. Nid oedd byth yn dod yno i ddychwelyd llyfrau na'u benthyg, dim ond dod yno i sefyll a gofyn cwestiynau di-ri am yr iaith Gymraeg. Roedd yn Ddysgwr Mawr nid yn unig am ei fod wedi bod yn stryffaglio hefo geirfa a chystrawen yr heniaith ers blynyddoedd a heb gyrraedd yn bell iawn, ond hefyd am ei fod yn ddyn ymhell dros ei chwe troedfedd.

—Rhaid i chi ei edmygu am ei ddygnwch, mae o'n llyncu geiriaduron, meddai Geraint Wyn wrth Emlyn un tro dros baned ddeg.

—Ydy, ond pam ei fod o'n aros tan dwi ar fy mhen fy hun cyn dod yma i'w cachu nhw'n ôl. Ac yn ôl safon ei Gymraeg o dydy o'n cael fawr o faeth allan ohonyn nhw.

Cymeriad trist a phathetig oedd y Dysgwr Mawr. Ar un adeg bu'n un o ddynion mawr cwmni bwyd anifeiliaid anwes Fidofeed International – Western Region. (*Region* oedd Cymru i Fidofeed International.) Ond oherwydd trafferthion ariannol a thân amheus yn un o adeiladau is-gwmni Fidofeed International yn Oban, sef Bunnychums International – Northern Region, bu'n rhaid cwtogi'n ddirfawr ar faint y staff ac fe wnaed y Dysgwr Mawr yn ddi-waith pan oedd ond yn hanner cant.

Am gyfnod hir bu'n ceisio am swyddi ac yn ffyddiog

iawn y byddai ei brofiad o reoli cwmni yn dod â dyfodol newydd iddo. Ond wrth i'r misoedd droi'n flynyddoedd roedd y llythyrau 'Thank you for your interest. We regret that this time...' yn peidio â bod yn siom.

Cafodd swydd unwaith fel gwyliwr nos yn ffatri Designer Mudguards (Europe) Inc ar Stad Ddiwydiannol Llanddeiniol ond ni pharhaodd yn hir gan ei fod wedi cael ei ddal yn talu gormod o sylw i *Teach Yourself Living Welsh* a dim digon i'r sgrîn ddiogelwch. Pan ddaeth yn amlwg i Linda, gwraig y Dysgwr Mawr, nad oedd ei gŵr byth eto am ddilyn gyrfa newidiodd ei hagwedd ato'n ddirfawr. Aeth hi i gysgu mewn gwely ar wahân mewn llofft ar wahân, bwyta ar wahân a byw bywyd ar wahân. Rhoddodd ei holl sylw i'w busnes. Yr unig ffordd y gallai'r Dysgwr Mawr gadw ei hun rhag drysu'n llwyr a lladd ei wraig neu gael ei ladd ganddi hi oedd mynd allan bob dydd cyn naw a dod yn ôl erbyn chwech yn union fel pe tasai'n mynd allan i wneud diwrnod o waith. Unwaith y dechreuodd ar y drefn newydd y dechreuodd ddysgu Cymraeg o ddifri.

Daeth yn un o olygfeydd amlwg Llanddeiniol, dyn dwylath a balch unwaith, yn cerdded yn araf ac yn wargrwm o gwmpas y dref mewn anorac llwyd hen hefo haen seimllyd ar goler oedd yn dangos olion traul. Roedd bob tro yn cario bag siopa orcloth lliwgar ond nid oedd byth fawr ddim ynddo. Pan fyddai'n heulog neu'n sych byddai'n eistedd ar y prom neu ar fainc wrth ymyl iard gychod Huw Stamp wrth y cei yn edrych allan i'r môr neu'n astudio'i lyfr. Pan fyddai'n oer neu'n lawog fe âi i ystafell bapurau newydd y llyfrgell ac eistedd yno'n drewi hefo'r gweddill rheolaidd pathetig a ddeuai yno i ladd amser.

Ac wrth gwrs, bob tro y byddai Emlyn ar ei ben ei hun amser cinio byddai'n galw wrth y ddesg.

Ac felly y bu ar y dydd Llun ar ôl dydd Gwener y Tramp.

—Esgusodwch fi. Prynhawn da.

—Prynhawn da? Ydy mae'n siŵr.

Doedd dim byd i'w gasáu yn y Dysgwr Mawr mewn gwirionedd, dim ond llawer i'w bitïo. Fedrai Emlyn ddim mo'i ddioddef.

—Sori to bother you – drwg iawn i'ch boddro y – eich trwblo. By the way, which one is right there?

—Both right. Use both. Bother and trouble. Sums it all up.

—Drwg iawn i'ch boddro, but... how do you say, sut 'dach chi'n deud...

Fel'na fyddai pob sgwrs hefo'r Dysgwr Mawr yn dechrau ac ni fyddai'r un sgwrs yn mynd fawr pellach. Câi wybod sut yn union i ddweud beth bynnag yr oedd o eisiau ei ddweud. Yna byddai'n diolch ac yn cerdded i ffwrdd cyn cofio am rywbeth arall yr hoffai wybod sut i'w ddweud. Ac erbyn y tro nesaf byddai wedi ei anghofio ac yn dechrau o'r newydd.

Yn aml iawn pan fyddai Emlyn ar ddyletswydd cinio byddai Maureen Lloyd hefyd yn dewis cymryd cinio cynnar. Roedd Emlyn yn dechrau sylwi ei bod yn gwneud hyn yn amlach yn ddiweddar ac yn fwy na hynny, yn treulio llawer o'i hamser yn yr adran fenthyg hefo Emlyn. Roedd hi'n gweithio yn llyfrgell y plant, oedd wrth ymyl yr adran fenthyg, ond pan fyddai'n dawel byddai'n dod i'r adran fenthyg i siarad. Roedd Emlyn wedi sylwi hefyd ei bod yn edrych fwy i fyw ei lygaid wrth siarad ag o nag o'r blaen – ond efallai mai ei ddychymyg ef oedd yn gorliwio pethau yn hynny o beth.

Roedd Maureen wedi cymryd cinio cynnar ar y dydd Llun ar ôl dydd Gwener y Tramp hefyd. Nid oedd llawer o brysurdeb yn yr adran fenthyg felly roedd Emlyn yn manteisio ar ei gyfle i dacluso ychydig ar du ôl y cownter. Teimlodd rywun yn chwythu'n ysgafn ar ei wegil. Gobeithiai nad y Dysgwr Mawr oedd yno, roedd hwnnw eisoes wedi bod i mewn yn holi am ryw bwynt gramadegol dibwynt. Pan drodd rownd gwelodd Maureen yno yn gwenu'n rhywiol arno. Cododd ei hun i eistedd ar y stôl ac fe aeth ei sgert gwta yn uwch i fyny ei chluniau.
—Sut aeth hi dros y penwythnos? Lysh a mwy o lysh, ia? Golwg felly yn dy llgada di nos Wenar. Gloywi wrth feddwl am gael sesh.
—Rhywbeth felly. Ddim cweit mor esmwyth ella. Chditha? Sut aeth y *dinner party*?
—'Run fath ag arfer. Malcolm yn meddwi, siarad yn uwch na neb, dadla hefo pawb a ffraeo hefo fi. Ac yna syrthio i gysgu ar y soffa. Yn chwyrnu ac yn rhechan bob yn ail. Yno gadewais i'r mochyn. Gym'ris i dacsi adre. Felly roedd o mewn uffern o dempar pan ddoth o'n ôl fore Sadwrn hefo'i ben yn cnocio.
Roedd Emlyn yn bendant yn ei gasáu.
—Dydy petha... mae petha... ddim yn swnio'n lot o hwyl r'wsut.
—Mae o'n iawn tan mae o'n yfed. Malcolm. Mae o'n medru bod yn goc oen pan mae o'n sobor ond mae o'n iawn yn y bôn. Dim ond hefo diod mae'r hen natur dadla ma'n dod i'r golwg. Fel arfer. Beth bynnag, anghofia fo. Sut aeth dy gyfarfod di bore 'ma? Yn yr or-uwch?
—Be? Dwi'n drewi o *moth balls*?
Roedd Emlyn wedi closio at Maureen neu'n hytrach roedd hi wedi closio ato fo. Edrychai i fyw ei lygaid eto

ac roedd negseuon rhywiol yn cael eu trosglwyddo. Ond cyn i Emlyn gael cyfle i ymateb roedd Maureen wedi chwerthin yn uchel a throi ar ei sawdl yn ôl am lyfrgell y plant. Clywodd rhywun yn pesychu wrth y cownter y tu ôl iddo.

—Esgusodwch fi... But how do you say... Y... Sut rydw i'n dweud...

Griddfannodd Emlyn yn uchel heb geisio cuddio ei ddiffyg amynedd.

Roedd ymddygiad Maureen yn ei boeni.

— 11 —

Ar y bore dydd Llun roedd yr Élan Beauty Salon yn llawn ac yn brysur.

Roedd rhes o ferched dan y sychwyr gwallt yn siarad.

—Mae o'n dechrau drysu, chi.

—Jêl fydd 'i ddiwedd o. Gwatsiwch be dwi'n ddeud.

—Gafodd 'rhen William Henry druan ffit biws. Stampio'i law o fel'na, yn union fel tasa'r hen gono'n mynd i ddisgo.

—Ddwywaith.

—Be 'dach chi'n ddisgwyl – dydy o wedi bod yn actio'n wirion erstalwm?

—Yn wirionach o lawer na'r tad 'na sydd gynno fo.

—A hanner call oedd hwnnw.

—Byw fel dyn gwyllt ma' hwnnw, meddan nhw. Pwy ŵyr, 'te?

—Peth gora ddigwyddodd i Mary Cae Bach oedd fo'n symud allan.

—'Sa well i hwn 'neud yr un fath.

—I roi llonydd i'r hen graduras fwynhau dipyn.

—A Twm Dempsey druan. Cael ei gicio allan i'r lôn fel'na.

—Dim drwg yn agos ato fo.

—Dim ond ogla drwg.

Pan glywodd Elaine sôn am Mary Cae Bach roedd yn gwybod mai am Emlyn yr oedd y sgwrs. Am beth yr oedd yr hen ieir 'ma'n rwdlian? Beth oedd *o* wedi'i wneud eto? Byddai'n gofyn iddo'n blwmp ac yn blaen beth oedd wedi digwydd. Ond oherwydd ei ddiflaniad o'r parti ar y nos Sadwrn nid oedd yn siarad ag o.

— 12 —

Roedd y beic ben ucha'n isa ar lawr y sièd, ac Emlyn yn plygu uwch ei ben hefo'r can oel. Bob hyn a hyn byddai'n gafael yn y padl agosa ato ac yn ei throi nes gyrru'r olwyn ôl rownd a rownd ar gyflymder gwyllt. Nid oedd ganddo'r syniad lleiaf beth oedd yn ei wneud mewn gwirionedd dim ond ei fod yn meddwl mai felly oedd mynd ati i wneud gwaith cynnal a chadw ar ei feic. Roedd hynny'n rhywbeth a wnaethai yn rheolaidd fel y dôi'r gwanwyn yn nes er nad oedd yn reidio llawer ar ei feic hyd yn oed wedyn. Ond roedd yn rhyw ddefod flynyddol, rhyw adduned i'w gwneud yn y gwanwyn er mwyn ei thorri ychydig wythnosau wedyn.

Rhan o'r hwyl o droi'r padls ffwl pelt oedd cael dal pric lolipop, neu gardbord neu welltyn yn erbyn y sbôcs a chwarae rhyw fath o diwn plinc-plonc undonog. Ond nid chwarae yn unig oedd Emlyn yn y sièd. Gyda phob tro, roedd yr olwyn ôl yn crafu yn erbyn y *mudguard* mewn un man arbennig ac roedd y sŵn yn mynd ar ei nerfau ac roedd yn ceisio symud rhywfaint ar y *mudguard* yn ogystal â chwarae alawon undonog ar sbôcs y beic. Neu o leiaf dyna fyddai ei esgus ef petai rhywun yn dod i mewn a'i ddal.

Ond buan iawn y collodd ei amynedd hefo'r gêm. Cododd yn rhy sydyn nes i'w ben droi am eiliadau a'i orfodi i gydio ym mainc waith ei daid. Anadlodd yn ddwfn. Roedd wrth ei fodd hefo arogl y sièd, roedd yn gymysgedd rhyfedd o arogleuon – paent, tyrps, brwsys paent, oel, pren, dillad garddio ei daid, pridd, chwyn-laddwr, hoelion wedi rhydu, llwch a mwg baco.

Drwy ffenest y sièd gallai weld ei daid yn chwynnu hefo hof. Roedd wrthi'n paratoi ei resi ffa, yn manteisio ar y ffaith fod y dydd wedi ymestyn. Chwythai awel ysgafn drwy'r ychydig wallt oedd ganddo ar ôl. Hen longwr oedd George Lloyd, a gweld dynes ddu yn dawnsio'n hanner noeth ar ryw ynys bellennig oedd wedi achosi iddo golli ei wallt yn ŵr ifanc. Neu dyna oedd ei stori ef. Am flynyddoedd roedd Emlyn wedi ei chredu hyd nes iddo ddod i ddeall fod ei daid yn dynnwr coes heb ei ail. Bellach roedd wedi mynd yn rwdlyn heb ei ail hefyd ac ar adegau roedd yn anodd iawn deall i ble'r oedd ei sgwrs yn mynd.

Aeth Emlyn allan o'r sièd a mynd draw at ei daid.

—'Di'r sŵn ddim mor ddrwg rŵan dwi'm yn meddwl.

—Chdi a dy feic! Wast o amser. Prin yr ei di ar ei gefn o.

—Be 'dach chi'n rwdlian, ddyn?

—Ti ar ei chefn *hi* rhy amal o lawer, sibrydodd George Lloyd.

—Be ddudoch chi?

—'Nghefn i... mynd bod gafael... llawer gormod i gael trefn go-iawn ar y ardd 'ma.

—Cythral clwyddog.

Chwerthin wnaeth George Lloyd a chladdu llafn yr hof yn y pridd a'i adael yn sticio yno. Cerddodd yn araf tuag at y fainc o dan ffenest y gegin, eistedd arni, tynnu ei bibell allan o boced ei gardigan a dechrau ei llenwi â baco. Aeth Emlyn i eistedd ato. Gallai weld ei fam drwy'r ffenest yn gwneud arwyddion y byddai'n dod â phaned allan iddynt.

Pan ddaeth allan gyda hambwrdd yn cynnwys tri

mwg, tebot, jwg lefrith a phlatiad o fisgedi roedd Emlyn a'i daid yn glannau chwerthin.
—Mae'r garddio 'ma'n hwyl ar y naw, mae'n rhaid, meddai Mrs Finch gan osod yr hambwrdd ar y bwrdd bach oedd wrth ymyl y fainc.
—Taid 'ma sydd, 'te. Mynd trwy'i betha. Cofiwch, dwi ddim yn coelio hanner be mae o'n 'i ddeud.
—Mae o'n wir. O'dd o'n mynd o gwmpas yn noeth lymun yn arwain eliffant ar jaen.
—O rhowch gorau iddi, wir.
—Dyma fo'n dŵad i bentref diarth un diwrnod. Cerdded i lawr y stryd yn hollol din noeth heb falio dim am neb. A dyma'r ddynes 'ma'n gweiddi arno fo 'Iawn, digon teg, dwi'n *impressed*, ond fedri *di* godi cnau i fyny hefo d'un di?'
—Tada, wir!
—Petha fel'na fasat ti 'di'u gweld tasat ti 'di mynd i'r môr, 'te. Dim rhes ar ôl rhes o lyfra.
—Gadwch lonydd iddo fo, wir. Pawb â hawl meddwl drosto fo'i hun yn yr hen fyd 'ma siawns.
—Os medar rhywun feddwl drosto fo'i hun. Dwi'n cofio'r ddau Sais yn symud wardrob ac yn styc go iawn ar dro yn y grisia 'ma. Ar ôl awr a hanner o duchan a stryffaglio dyma un yn deud wrth y llall 'Dim iws. Deith hi ddim i fyny.' 'I fyny? Trio'i chael hi i lawr ydw i.' Doedd 'na'r un o'r ddau yna yn medru meddwl, nac oedd?
—Dudwch wrtho fo, 'newch chi. Ylwch dwi'n mynd am dro.
—Emlyn, cyn i ti fynd. Be ti'n galw bricsan ar ben llyfrgellydd?

Edrychodd Emlyn ar ei fam.
—*Extension*.
—Ta-ta.

— 13 —

Mis a mymryn a mwy yn ddiweddarach ac roedd y sgaffaldiau wedi hen fynd o'r tu allan i Fanc y Midland ac roedd yr adeilad carreg hardd yn edrych yn ysblennydd yn yr haul. Brasgamai'r gwanwyn yn ôl i'r tir yn llawn addewid am haf i'w gofio. Dilynid un diwrnod braf gan y llall ac roedd pobl yn dechrau cynllunio gweithgareddau awyr agored yn hyderus ymhell ymlaen llaw. Ond nid oedd Llanddeiniol wedi symud i Sbaen ac fe ddifethid llawer o weithgareddau awyr agored gan law sydyn a nosweithiau oer.

Prysur lenwi oedd dyddiadur gwesty Min-y-Môr ac roedd pob gwestywr arall oedd â gwesty ar y prom yn brolio'r un prysurdeb. Roedd ffenestri'r llofftydd ymhob gwesty ar agor i drio cael gwared ar yr hen oglau tamprwydd ac roedd cryn symud ar ddodrefn i geisio cuddio llwydni ar bapur wal. Bellach roedd siopau ac archfarchnadoedd Llanddeiniol wedi gwerthu allan o Shake 'n Vac. Roedd gobaith felly y câi gwesteion cynta'r tymor arhosiad mor ddi-lol â phosib ac os oedd y tywydd braf am barhau efallai y byddai'r tymor ymwelwyr drosodd cyn i oerni a thamprwydd achosi i'r carped a'r celfi ddechrau drewi unwaith eto.

Un o'r prif destunau sgwrs yn y tafarndai ar y pryd oedd yr achos arfaethedig yn erbyn Sarjant McAndrew. Roedd rhyw blismones ifanc oedd yn newydd i Landdeiniol, ac, yn bwysicach, yn newydd i'r Sarjant, wedi ei gyhuddo o wneud ei bywyd yn annioddefol hefo'i ensyniadau a'i awgrymiadau rhywiol. Fe'i cyhuddwyd hefyd o wthio ei fawd i dwll ei thin wrth iddi gerdded heibio. Doedd neb yn disgwyl i Sarjant McAndrew gael dim mwy na cherydd ysgafn. Roedd digon o blismonesau eraill yn y môr, ac nid hon oedd y gyntaf o bell ffordd.

Testun sgwrs arall oedd y ffaith fod Janet Myfanwy ac Arthur wedi gwahanu. Gan nad oedd Arthur, ei gŵr, wedi gwneud fawr ddim hefo rhedeg y dafarn erioed, neu yn hytrach heb gael ei weld yn gwneud dim, nid oedd yn syndod i neb mai fo fu'n rhaid gadael ac mai hi arhosodd fel *landlady* ar yr Unicorn pan aeth y berthynas yn ffliwt. Roedd Emlyn yn dal i alw yno'n rheolaidd ar ei ffordd o'i waith ond ers i Arthur fynd roedd stamp Janet Myfanwy wedi cryfhau ar y lle ac roedd y dafarn wedi mynd yn llawer mwy coman. Yn draddodiadol, tafarn i feicars ardal Llanddeiniol oedd yr Unicorn ond am ryw reswm roedd Janet dan yr argraff mai Jim Reeves oedd eu harwr. Dyna'r unig esboniad am y ffaith fod y canwr arbennig hwnnw yn dechrau cymryd y jiwc bocs drosodd. Golygfa swreal iawn oedd galw yn yr Unicorn a mynd i'r ystafell gefn dywyll a gweld haid o feicars bygythiol iawn yr olwg hefo'u peintiau o seidar a blac yn eistedd ynghanol mwg Old Holborn a mwg rhywbeth arall melysach yn gwrando ar 'Billy Bayou' ac 'Yonder Comes a Sucker' yn blastio o'r jiwc bocs.

Nid oedd neb yn siŵr iawn beth oedd wedi digwydd i Arthur gan nad oedd neb wedi ei weld yn gadael. Y si ar led oedd ei fod wedi ymuno â chomiwn o hipis yn y bryniau yn Rhosysgall. Credai rhai fodd bynnag fod Janet wedi ei fwrdro a bod y beicars wedi ei helpu i gael gwared â'r corff drwy gynnal 'Dopefest' dros un penwythnos cyfan yn y dafarn a bwyta rhai cannoedd o bastis a phasteiod cartre.

Roedd pethau'n dechrau prysuro hefyd yn iard gychod Huw Stamp. Doedd hi fawr o iard gychod i gychwyn ond roedd yn ddigon i roi bywoliaeth i bedwar. Wrth gwrs roedd nifer o bethau bach ychwanegol i'w helpu gael dau ben llinyn ynghyd – roedd Dei yn pysgota cimychiaid ar hyd Bae Llanddeiniol, ac roedd siop fach yn yr iard yn gwerthu angorau, rhaffau, dillad croen oel ac ati. Yn ogystal, roeddent yn llogi cychod fesul diwrnod i fynd allan i sgota môr. Ac ar ddechrau'r gwanwyn roedd busnes yn dda.

Nid yr iard gychod a'r gwestai yn unig oedd yn prysuro. Roedd y dref gyfan yn llenwi'n raddol wrth i fwy a mwy o bobl ymweld â'r lle am wyliau neu ar dripiau undydd.

Roedd Emlyn wedi sylwi ers peth amser fod y gwenoliaid wedi dychwelyd. Dyna un ymwelydd na fyddai byth yn blino ar ei groesawu'n ôl, yr hen fwndel bach o blu ac esgyrn oedd yn hedfan 3,000 milltir a mwy yno, ac wedyn ar ôl cyrraedd yn gwneud dim ond hedfan i fwydo ar gyfer y siwrnai yn ôl wedyn. Fyddai Emlyn byth, byth yn blino ar weld y wennol yn dod yn ôl i'r tir.

Ond roedd math arall o wennol nad oedd y croeso iddynt mor dwymgalon gan fwyafrif trigolion Llanddeiniol – yr ymwelwyr, Mr a Mrs Wordley a'u tebyg. Wrth gwrs, roedd mwy o groeso i'r rhain gan Mr Cadwaladr-Pugh a'i gyfeillion ar y Chamber of Trade nag a oedd i'r ymwelwyr bach pluog oedd yn nythu yn eu bondo ac yn cachu ar eu ceir.

Aderyn brith arall fyddai'n ymweld â Llanddeiniol yn achlysurol, byth yn aros yno'n hir nac yn ennyn diddordeb y *twitchers*, oedd Pugwash Parry. Diwedd mis Mawrth oedd hi pan giciodd Emlyn y tramp i'r lôn a chyfarfod Pugwash wedyn yn y Ceffyl Gwyn. Bellach roedd yn ddiwedd mis Ebrill ac roedd Pugwash yn *dal* yn Llanddeiniol. Er eu bod yn ffrindiau pennaf ni fyddai Emlyn yn ei weld yn aml ond roedd yn clywed digon o bobl yn dweud ei fod yn dal o gwmpas. Byddai'n galw yn achlysurol iawn yn iard Huw Stamp am sgwrs hefo Dei ac i atgoffa ei hun 'sut beth oedd y môr'. Roedd yn anarferol iddo aros adre mor hir. Ganed John Parry hefo traed aflonydd – roedd unrhyw un a rannai ddesg hefo fo yn yr ysgol yn cwyno am yr ysgwyd byth a beunydd wrth i draed a choesau Pugwash grynu. Ond wedi dipyn dechreuodd sibrydion fod John Pugwash Parry wedi cael ei weld gyda dynes. Nid fod dim yn anarferol yn hynny ond doedd o byth adre'n ddigon hir i ffurfio perthynas hirach na noson neu ddwy. Ond roedd pethau'n wahanol y tro hwn. Sut arall oedd esbonio pam nad oedd Emlyn na Dei yn ei weld yn aml o gwbl? Yn y gorffennol byddai ymweliad gan Pugwash yn golygu cyfnod sefydlog a rheolaidd iawn o gam-drin stumog ac iau i'w ffrindiau hyd nes yr âi yn ôl i'r môr.

Digwyddodd Pugwash alw i mewn i'r King's Head un noson darts am beint. Roedd yn rhyw wythnos ers i Emlyn ei weld.

—Ella bod ni un yn brin. Sticia o gwmpas ac ella gei di gêm, meddai Twm Edwin, capten y tîm darts.

—Na, dim ond isho peint sydyn. Rhaid i mi fynd i rywle.

Gwenu ar ei gilydd wnaeth Emlyn a Dei Stamp.

—Peint go lew yn y Wheatsheaf 'na, Pug? gofynnodd Emlyn.

—Be ti'n feddwl? Lle ddiawl ma' peth felly?

—Y Wheatsheaf. Ti'n gwybod.

—Dymp. Faswn i byth yn t'wllu lle fel'na. Beth bynnag, sgin i ddim syniad ble mae o.
—Duw, nagoes?
—Cwdyn. A chditha hefyd Stamp – fedra i dy weld di'n gwenu trwy'r blydi locsyn 'na, 'sti.

Câi prysurdeb y dre ei adlewyrchu yn y llyfrgell hefyd. Roedd Parry-Edwards yn ei fawr ddoethineb wedi cyflwyno aelodaeth dros dro ar gyfer ymwelwyr. Ni ellid stocio digon o lyfrau Mills and Boon, storïau ditectif a Westerns. Roedd mynd mawr ar lyfrau dysgu Cymraeg, yn enwedig y pamffledi tenau. Yr hyn oedd yn taro'r adran fenthyg oedd mai am ryw ddiwrnod yn unig yr oedd y llyfrau 'ma allan ar fenthyg. Buan iawn y byddai Mr Wordleys y byd yn sylweddoli bod meistroli'r Gymraeg yn cymryd ychydig yn fwy na diwrnod. Doedd diflaniad y llyfrau dysgwyr oddi ar y silffoedd yn poeni dim ar y Dysgwr Mawr wrth gwrs, roedd ef yn fwy na hapus hefo'i gopi carpiog o *Teach Yourself Welsh*. Roedd o'n dal i alw yn y llyfrgell ond yn llai aml yn y tywydd braf. Un diwrnod pan oedd Emlyn wrth y cownter ar ei ben ei hun daeth i mewn.
—Esgusodwch fi.

Neidiodd Emlyn. Dyna beth arall na allai ddioddef am y Dysgwr Mawr – doedd o byth yn dod i mewn drwy'r drws iawn, a pha bynnag ochr o'r cownter yr oedd Emlyn yn sefyll byddai'n dod i fyny ato'n dawel o'r tu ôl. Er ei fod yn llabwst drewllyd, gallai symud o gwmpas heb i neb sylwi arno pe dymunai.
—Could you help with some pronunciation, please, os gwelwch yn dda.
—Iawn, atebodd Emlyn rhwng ei ddannedd.
—Or I should say. Yn-gan...

Ond ni allai ei ynganu.

—Ynganu. Ng – you don't pronounce the G as well.

Pam fod dysgwyr yn gwneud hynna? Ynganu'r ng a'r g?

—Ein Tad, yr hwn wyt yn y Nefoedd...

Blydi nora.

Ac fe safodd y Dysgwr Mawr yno'n adrodd Gweddi'r Arglwydd o'r dechrau i'r diwedd.

Llwyddodd Emlyn i'w ddarbwyllo mai 'Ein Tad yr hwn wyt yn y navy' oedd yn gywir, yn union fel yr oedd wedi ei berswadio fis ynghynt mai 'Yr Arglwydd yw fy mwgan' oedd yn iawn.

Ymwelydd arall llai cyson oedd y tramp, Twm Dempsey. Roedd yn rhaid iddo fynd drwy'r adran fenthyg i gyrraedd yr ystafell bapurau newydd gan nad oedd y drws y taflodd Emlyn ef drwyddo ond yn agor i'w taflu allan. Os nad oedd Emlyn wrth y cownter fe âi drwy ganol yr ystafell yn naturiol. Ond bob tro y byddai Emlyn yno byddai'r tramp yn dilyn llwybr llawer iawn mwy troellog ar hyd ymylon y silffoedd a gwneud hynny heb dynnu ei lygaid oddi ar Emlyn. Byddai Emlyn yn cymryd arno nad oedd wedi ei weld yn aml iawn ac yna pan oedd y tramp bron â chyrraedd ei nod, byddai'n codi ei ben yn sydyn ac yn edrych i fyw ei lygaid. Gallai weld ofn yn llenwi'r llygaid ond byddai'r Tramp yn ddigon dewr i wneud siâp ceg amlwg yn yngan CACHU!

Un digwyddiad arall o bwys y mis hwnnw oedd syniad gwych Elaine. Gan ei bod bellach yn ôl yn siarad hefo Emlyn, dywedodd wrtho un nos Wener yn yr El Cordobes Bistro,

—Ti'n cael dy ben-blwydd mewn 'chydig fisoedd.

—O! Diolch o galon am fy atgoffa. Sut fedrwn i fod wedi anghofio, d'wed?

—Wel, rhyw feddwl o'n i, 'de...
—Ia, 'de...
—Meddwl, 'de, y basan ni'n medru dyweddïo'r un diwrnod.

Haleliwia. Tydi 'mywyd i'n un ffair, d'wch.

—Fasa fo'n esgus i gael parti.
—Dwi'm isho parti i ddathlu 'mod i flwyddyn yn hŷn.

Na dyweddïo chwaith. Dathlu dyweddïo beth bynnag.

—Faswn i'n medru cael gair hefo Manuel – bwcio'r stafell gefn am noson. Be ti'n feddwl?

Fasa'r King's Head yn brafiach.

—Iawn. Os mai dyna ti isho.
—Dwi isho i chdi fod isho hefyd, yr hen lolyn, meddai Elaine a rhoi ei breichiau rownd ei wddw.

A'r eiliad honno gallai Emlyn deimlo rhyw gyffion anweledig yn cau am ei arddyrnau.

— 14 —

Roedd yn fore Sadwrn ac roedd Emlyn yn eistedd yn glyd i gyd yn y King's Head hefo Pugwash Parry a'r ddau'n mwynhau peint o Guinness, pei borc, wy wedi ei biclo a phaced o greision blas beli porc a stwffin.

Y prynhawn hwnnw roedd Llanddeiniol yn chwarae yn erbyn Aberdwylan yn rownd go-gyn-derfynol y Cadwaladr-Pugh Cup ac roedd Emlyn wedi gaddo cwrdd â'i daid yn nes ymlaen a mynd gydag ef i'r gêm. Nid oedd yn brynhawn arbennig o addawol o ran tywydd ar gyfer gwylio gêm o bêl-droed ac roedd eistedd yn y King's Head yn apelio llawer mwy at Emlyn yr eiliad honno ond roedd addewid wedi ei wneud.

Roedd Pugwash wrthi'n pwnio'n ddygn hefo matsien i geisio rhyddhau darn o bei borc oedd wedi mynd yn sownd rhwng ei ddannedd. Gwnâi'r sŵn rhyfeddaf wrth wneud, fel hwfyr yn sugno pys slwj, ond fe lwyddodd yn y diwedd.

—Be ti'n feddwl o'r syniad o gael fflat?

Edrychodd Emlyn yn syn ar Pugwash, nes bod hwnnw'n gorfod ailadrodd ei gynnig.

—Chdi a fi. Rhannu fflat. Be ti'n feddwl?

—Be am y môr?

—Naci, fflat mewn tŷ oedd gen i dan sylw.

—Ia, ond be am y môr?

—'Deith o ddim o'na, 'sti. A beth bynnag, rhaid i bob llongwr gael harbwr.

—Na... ond... oes... Wel, wel, mae'n wir, felly?

Cymerodd Pugwash lymaid o'i Guinness ac edrych dros ymyl y gwydr ar Emlyn gydag edrychiad ci euog.

—Gwir? Be ti'n feddwl? Be sy'n wir?

—Ro'n i'n amau. Pwy ydy hi?

Gwenu wnaeth Pugwash.

—Chdi *oedd* hwnna yn y Wheatsheaf, 'te?

—Pyb cachu, Finchy bach. Dim ond ei fod o'n gyfleus. Wel, cyfleus i rai pethau, 'te.

—Wel pwy ydy hi, 'ta? Deud. Tywallt y ffa.

—Ti'm yn ei nabod hi.

—Byw ym Maes Afallon?

Parhau i wenu wnaeth Pugwash.

—Dydy fan'na ddim yn lle i bobl sengl... Mae hi 'di priodi, do? Blydi hel Pugwash. Gwatshia be ti'n 'i 'neud.

—Duw, mae'r briodas drosodd erstalwm. Does na'm byd rhyngddyn nhw.

—Pwy sy'n deud?

—Hi, 'te. Dwi ddim wedi siarad hefo *fo*, nac'dw! Blydi crinc.

Rhoddodd haen dew o fwstard Seisnig ar damaid o bei borc a'i rhoi yn ei geg. Crychodd ei drwyn wrth i wres y mwstard ei gosi yna stwffiodd lond llaw o greision i'w chanlyn.

—Gwylia rhag gwneud llanast o betha, Pug.

—Be ti'n feddwl?

—Ti 'di cyboli hefo genod o'r blaen. Cael nhw i fopio'u penna hefo chdi ac wedyn ei g'leuo hi'n ôl am y môr cyn i betha fynd rhy o ddifri – a'u gadael nhw ar ôl yn fan'ma'n torri eu calonnau.

—Mae Linda yn wahanol. Mae hi'n fwy *mature*.

—Os ti'n deud.

—Ac yn uffarn o beth boeth.

Gwenodd eto.

—A be 'di hanes y gŵr? Ble mae hwnnw?

—Be ti'n feddwl?

—Maen nhw wedi gwahanu, dydyn?

—Na.

Gwelodd Pugwash fod wyneb Emlyn wedi newid lliw fel petai am dagu ar ei fwyd.

—Dyna pam dwi isho chwilio am fflat.

—Iesu bach. Barney, dau Guinness arall os gweli di'n dda. Ti'm yn gall.

—Mae'r gŵr allan yn gweithio drwy'r dydd siŵr. Does 'na ddim i boeni amdano. Ond ti'n gwybod sut mae hi.

—Dim felly, nac'dw. Fedra i ddim deud ei bod yn sefyllfa rhy gyfarwydd i mi.

—Mae gen i ofn uffernol rhag ofn iddo fo ddŵad yn ôl yn sydyn a'n dal ni ar y nyth. Mae poeni am betha fel'na yn gallu deud ar dy berfformiad di, 'sti. A fedra i ddim mynd â hi adre. Mae Mam yn busnesu gormod fel y mae. Felly be ti'n ddeud am rannu fflat, 'ta?

—Dim ots i mi ddŵad i mewn a'ch dal chi? Dwy foch dy din henffasiwn di'n crynu.

—Mae hynna'n wahanol. Ty'laen. Be ti'n ddeud?

—Dwn i'm, 'sti. Gawn ni weld.

Erbyn tri o'r gloch y prynhawn roedd y gwynt wedi codi a glaw mân budr yn cael ei chwythu ar draws y cae pêl-droed. Eisteddai Emlyn a Taid yng nghefn y stand. Roedd gan Emlyn *hip-flask* o Bushmills i'w cynhesu. Aberdwylan enillodd y *toss* a dewisodd eu capten chwarae i lygaid y gwynt gan obeithio cadw pethau'n dynn yn yr hanner cyntaf a manteisio ar yr elfennau yn yr ail hanner. Erbyn hanner amser roeddent yn colli 2-0.

Yn ystod yr egwyl tawelodd y gwynt, peidiodd y glaw a daeth haul bach gwantan i'r golwg. Ni fu mwy o sgorio yn y gêm.

Er bod y gwanwyn yn ei ôl a'r gwynt a'r glaw wedi peidio ar ôl hanner amser, roedd Taid wedi oeri at yr asgwrn er gwaetha'r wisgi.

—Fac-ffeiriodd 'i blydi cynllun o, 'do, meddai Emlyn gan gyfeirio at dactegau capten Aberdwylan.

Ceisiodd George Lloyd ateb ond roedd ei wefusau'n biws ac yn crynu gormod iddo allu gwneud sŵn dealladwy.

—Pyb. Rŵan. At y blydi tân 'na.

Roedd cryn brysurdeb yn y King's Head wedi'r gêm. Roedd Caernefydd, y dref agosa at Llanddeiniol a'i phrif wrthwynebydd, wedi ennill hefyd a byrdwn y siarad yn y bar oedd mai hwy yn sicr fyddai'r gwrthwynebwyr yn y rownd gyn-derfynol.

—*Neutral ground* fydd hi beth bynnag, meddai Twm Edwin.

—Tasa'r Sais mawr *centre forward* 'na ddim yn chwarae iddyn nhw, fasa gynnon ni well siawns.

—*One man* blydi tîm ydyn nhw.

—Dim ond y blydi Sais 'na a *back four* a *midfield* ddim yn *bad* sgynnon nhw.

Pan gyrhaeddodd Taid ac Emlyn y dafarn gwelsant fod Pugwash yn eistedd yn y gornel. Prynodd Emlyn *hot toddy* i'w daid a'i anfon i eistedd wrth y tân at Bertha Protheroe oedd yno eisoes hefo'i phort a lemon. Aeth Emlyn draw at Pugwash.

—Wel?

—Medda Wil wrth y wal?

—Ti 'di penderfynu?

—Dwn i'm.
—Dwn i'm be? – os ti 'di penderfynu 'ta os ti am rannu fflat? Wel, diolch byth bod un ohonon ni'n medru gwneud penderfyniad.

Gwthiodd Pugwash bapur newydd tuag ato.

Roedd y papur wedi ei blygu ar dudalen *Flats to let* ac roedd Pugwash wedi gosod cylch mewn inc glas rownd un o'r fflatiau yn y rhestr.

Llanddeiniol. Opposite station s.c 2 beds. Gas CH. £200
—Ti ddim yn gwastraffu amser, Pug.
—Mwy na hynny, dwi wedi rhoi *deposit* ar y lle.
—Dyna'i setlo hi felly, 'te?
—Iechyd da. Yf lawr.

Torrodd y newyddion i'w fam wrth y bwrdd swper y noson honno ac i Elaine yn ddiweddarach ar y soffa yng nghartref ei rhieni. Ymateb yn anffafriol a negyddol wnaeth y ddwy.
—Chwarae teg i ti am feddwl cymaint amdana i. Be tasa Tada'n cael ei daro'n wael? Fedra i ddim 'i gario fo o'r gwely i'r tŷ bach ar fy mhen fy hun, 'sti. A sut dwi'n mynd i newid 'i wely o? A rhoi bath yn y gwely iddo fo a'i newid o? Be fydda i'n 'neud pan fydd o'n sgrechian yn ganol nos ac yn sefyll ar y landin yn gwneud sŵn tylluan.
—Mae'n rhaid i chi gael bod o leia ddeg mlynedd o flaen gofid, does? Mae Taid yn iawn.
—Fedra i ddim peidio. Dwi 'di cael gormod o *ups* a *downs* yn 'y mywyd fel mae. Rhwng dy dad a bob dim arall. A ddyliat titha ddŵad i lawr o'r cymyla 'na o bryd i'w gilydd hefyd, 'sti.

Ond erbyn iddo orffen helpu ei fam i olchi a sychu'r llestri swper roedd wedi llwyddo i'w darbwyllo nad oedd symud i Station Road, Llanddeiniol cweit yr un fath â symud i Station Road, New Orleans.

—Newydd gytuno i ddyweddïo 'dan ni a dyma chdi yn sgwandro'n pres ni, meddai Elaine gan dynnu ei llaw oddi ar ei glun a'i phlethu yn ei llaw arall ar ei glin.

—Fydda i ddim yn talu mwy na dwi'n 'i dalu'n barod i Mam.

Sniffiodd Elaine yn uchel a dirmygus.

—Na fyddi ella. Ond... ma'r sefyllfa'n wahanol, tydi? Fyddi di'n byw mewn sgwalor hefo'r Pugwash, 'na.

—Ti heb weld y lle eto. *Dwi* heb weld y lle eto.

—Hefo Pugwash.

—O ti'n gwybod wyt ti? Sut un ydy o o gwmpas y tŷ?

—Fyddi di wedi dysgu'i *habits* drwg o i gyd erbyn i ni briodi.

—Yli, wna i addo â'n llaw ar y Beibil na wna i fyth rechan y tu allan i'r bathrwm os bydd hynny'n help.

Trodd Elaine ei phen. Roedd yn ceisio cuddio'r wên oedd yn cosi ar ei gwefusau.

—Bryna i gorcyn i wneud yn siŵr.

—A Station Road o bob man! Coman, 'ta be?

Ond roedd yn rhaid iddi hithau dderbyn y syniad hefyd. Roedd yn rhy hwyr.

— 15 —

Ar ôl cinio Sul roedd Elaine ac Emlyn yn cerdded ar hyd y llwybr uwch y môr. Roedd y tywydd wedi cynhesu unwaith yn rhagor ac wedi denu nifer dda o bobl i gerdded ar y clogwyni.

Roedd Elaine wedi dod draw i gartref Emlyn am ginio dydd Sul fel arfer. Un ddifrifol oedd mam Elaine am ginio unrhyw ddiwrnod felly roedd yn gwneud llawer mwy o synnwyr i fwyta bob dydd Sul yng Nghae Bach. Roedd mam Elaine yn llwyddo i gael tatws caled a moron gwlyb yn rhan o bob cinio yr oedd yn ei baratoi ac roedd ei phys slwj fel arfer yn grempog solat, grimp. Ac ni allai ddweud y gwahaniaeth rhwng pupur a halen. Na siwgr.

Y Sul hwnnw daeth mam a tad Elaine a'i brawd draw i Gae Bach am ginio hefyd. Dathlu oedd yr esgus dros ddod â'r ddau deulu ynghyd; dathlu bod Emlyn ac Elaine wedi cytuno i ddyweddïo yn bennaf ond roedd dathliad bach arall hefyd i wneud yr achlysur yn fwy arbennig, sef bod brawd Elaine wedi pasio arholiad i fod yn aelod o Orsedd Beirdd Ynys Prydain. Ni fedrai Emlyn ddeall pam oedd neb eisiau derbyn *gwahoddiad* i fod yn aelod o'r Orsedd heb sôn am fynd drwy'r boen a'r drafferth o sefyll arholiad.

—Braf gweld rhywun mor ifanc yn dod ag anrhydedd i'r dref, tydi? meddai Mrs Evans. Dyna mae pawb ffor'cw yn 'ddeud.

—Credyd i'w rieni, meddai Mrs Finch gan edrych yn syth

ar Emlyn.

—Fasach chi ddim yn credu'r hwyl 'dan ni'n 'i gael gyda'r nos yn meddwl am enw barddol iddo fo, meddai Mr Evans. Pencerdd Deiniol, Telynor Aethwy, Gavin Grythor.

Be am Gavin Goc Oen neu Twat o'r Llan.

Gallai Elaine weld meddwl Emlyn yn gweithio. Gwenodd arno a'i gicio'n ysgafn dan y bwrdd.

Parhau wnaeth y sgwrs dros bwdin a choffi, ond y Sul hwnnw rhyw hanner bwyta cinio wnaeth Taid a ddywedodd o'r un gair.

—Wedi cael oerfel mae o. Wrandith o ddim, dim ond mynnu mynd i'r hen ffwtbol 'na.

Ar ôl cinio roedd George Lloyd wedi penderfynu y byddai'n well iddo fynd i'w wely i swatio. Aeth Elaine ac Emlyn am dro.

Cerddodd Emlyn ar y clogwyn a'i ddwylo ym mhoced ei gôt.

—Dwi'n dal i ddeud ei fod o'n wastraff pres, 'sti. Ond os dysgith o i chdi wneud 'chydig mwy drosot dy hun yn lle dibynnu ar dy fam am bob dim hwyrach y bydd o werth o. Ella dysgi di gadw petha ar dy ôl.

Rhoddodd Elaine ei llaw dde ym mhoced chwith Emlyn a phlethu ei bysedd drwy ei fysedd.

***

Y bore hwnnw, yn ddiarwybod i bawb, roedd Emlyn wedi cyfarfod Pugwash ac yna wedi mynd i weld y fflat oedd wedi ei leoli ar ail lawr rhif 7, Station Road, cyn mynd am eu peint-cyn-cinio arferol yn y King's Head.

Arogl llwydni hen oedd yno i'w cyfarch wedi iddynt agor y drws. Dodrefnwyd Fflat 2 yn gyfan gwbl gyda dodrefn ail-law ac roedd olion traul mawr ar y rhan fwyaf.

Roedd y carped hefyd wedi gweld dyddiau gwell ac roedd staen hyll ac amheus iawn arno wrth y drws. Gan mai ef oedd wedi dod o hyd i'r fflat roedd Pugwash wedi sicrhau'r llofft fwyaf iddo'i hun ond nid oedd wahaniaeth gan Emlyn gan fod ei lofft ef yn hen ddigon mawr. Beth bynnag, gwely sengl meddal a phantiog oedd yn y ddwy lofft felly nid oedd pwynt mewn dadlau. Ac roedd y ddwy lofft fel ei gilydd yn dywyll a digysur.

Yr ystafell fyw oedd yr ystafell orau. Roedd yn fawr hefo digon o silffoedd llyfrau a lle tân agored. Roedd tridarn eistedd 'lledr' mawr wedi ei gosod o gwmpas yr aelwyd a'r 'lledr' wedi gwisgo'n dwll brau mewn sawl man. Gellid gweld yr orsaf o'r ffenest.

Yn ychwanegol at hyn roedd cegin wedi ei dodrefnu yn llawn cypyrddau a bwrdd ar ganol y llawr ac ystafell ymolchi a thŷ bach ar wahân.

—Peth cynta dwi'n mynd i'w wneud ydy newid y gwely, meddai Emlyn gan bwyso'r fatras hefo'i ddwylo.

Roedd hen le tân wedi ei gau yn ei ystafell wely. Aeth Emlyn ato a dechrau gwthio ei fysedd tu ôl i'r hardbord oedd yn cau'r grât.

—Rhy fach, ia Finchy! Rhy gul i Elaine fedru lledu'n iawn arno fo.

—Rhy feddal.

Tynnodd Emlyn ar yr harbord a'i rwygo i ffwrdd gan agor yr aelwyd. Roedd llond y grât o ludw a gwylan wedi marw ar ben y cwbl.

Roedd Pugwash yn cytuno hefyd mai newid gwely fyddai'r peth cyntaf wnâi yntau wedi symud i mewn.

—Fedrwn i ddim gofyn i Linda ddod i mewn i hwnna hefo fi. Mae'r fatras 'na'n stremp ac mae'r holl beth yn gwichian.

—Dim dyna'r unig beth fydd yn gwichian unwaith y dechreui di ar dy betha.

Roedd eu hymweliad cyntaf â'u cartref newydd drosodd ar ôl rhyw ddeg munud ac roedd Pugwash ac Emlyn wedi brasgamu at ddrws cefn y King's Head a churo'r drws hefo'r gnoc gyfrinachol fyddai'n sicrhau mynediad iddynt ymhell cyn amser agor swyddogol.

***

Gorffwysodd Elaine ei phen ar ysgwydd Emlyn wrth gerdded.

—Biti mai hefo'r John Parry 'na ti'n rhannu.

—Paid â dechra eto. Dwi wedi talu am y mis cynta rŵan. A dwi'n symud i mewn fory. Felly mae'n rhy hwyr.

—Pryd ga i weld y lle, 'ta?

—Dwn i'm. Be 'di'r brys? Aros i ni gael setlo i mewn i ddechra.

—Helpa i di, 'sti. I gael y lle'n glyd a ballu.

Some hopes.

Gwyddai Emlyn na fyddai Elaine yn hoffi'r lle. Roedd yn amlwg na fyddai rhywun oedd yn dyheu am gael byw ar stad Maes Afallon yn hoffi byw yn Station Road – un o strydoedd mwyaf *seedy* a blêr Llanddeiniol gyda rhes o dai tri-llawr oedd wedi hen weld eu dyddiau gorau ac oedd bellach wedi eu rhannu yn fflatiau bach a mawr.

Ni fyddai'n sôn wrthi am yr wylan farw wrth gwrs.

— 16 —

Ar y dydd Llun pan oedd i symud i mewn i Fflat 2, 7 Station Road roedd Emlyn wedi penderfynu cymryd prynhawn i ffwrdd o'r gwaith. Byddai gadael cartref ar ôl diwrnod o waith yn ormod o straen.

Yn y bore parciodd ei gar ym maes parcio'r Cyngor Sir a cherdded draw at y llyfrgell.

Gwelodd Dei Stamp yn dod allan o Perfect Price gyda thri bag yn llawn o fara wedi ei dorri'n barod. Croesodd y lôn tuag ato.

—Diwrnod mawr, Em. Gadael y nyth o'r diwedd.

—Chdi sy'n gyfrifol am y byffe croesawu? atebodd Emlyn gan nodio ar y tri bag. Chwarae teg i Pugwash am drefnu.

—Dos i ganu. Parti sgota heddiw. Ond dwi wedi addo i Pug y do' i yno i helpu. Gawn ni *take away* neu rywbeth – *flat warming*. Dwi isho gweld y twlc beth bynnag!

Gwyliodd Emlyn ef yn cerdded i gyfeiriad ei fan. Roedd yn eiddigeddus iawn o Dei Stamp, yn enwedig ar fore Llun yn cael mynd i waith yr oedd yn ei fwynhau. Ni fyddai Dei Stamp byth yn teimlo'n isel ar nos Sul chwaith.

Wrth edrych i gyfeiriad drws ffrynt y llyfrgell gallai Emlyn glywed cadwynau'n clecian. Roedd golau yn ffenestr Parry-Edwards, y prif garcharor, ac roedd ei ddirprwy arteithiwr, Miss Hafina Jenkins, yn sefyll ar y gris uchaf yn edrych yn ôl ar y stryd cyn cychwyn diwrnod arall o chwipio a phoenydio.

Yr eiliad honno penderfynodd Emlyn na fyddai hanner

diwrnod yn ddigon a throdd ar ei sawdl yn ôl i faes parcio'r Cyngor Sir. Stopiodd mewn ciosg a ffonio'r llyfrgell a dweud wrth Mari Lynn nad oedd yn teimlo hanner digon da i ddod i'w waith. Yna aeth at ei gar a gyrru'n ôl i Gae Bach.

—Ti'n ôl yn gynnar, meddai ei fam.

—Fasach chi'n lecio dod am dro yn y car? Chi a Taid? Fasa dipyn o awyr iach yn llesol iddo fo.

Ac felly, am ddeg o'r gloch, yn lle bod y tu ôl i'r ddesg yn yr adran fenthyg, roedd Emlyn Finch y tu ôl i lyw ei gar yn gyrru i gyfeiriad y mynyddoedd gyda George Lloyd, ei daid, yn y sedd flaen a Mrs Mary Finch, ei fam, yn y cefn.

Roedd yn gyrru'n ofalus ar hyd y lonydd culion er nad oedd fawr neb arall o gwmpas ar fore Llun. Erbyn un ar ddeg roedd yn bwrw glaw'n drwm a sychwyr ffenestri'r car yn gweithio'n galed.

Am bum munud wedi un ar ddeg siaradodd George Lloyd am y tro cynta'r bore hwnnw.

—Yn Hawäi y gwelis i'r dilyw gwaetha erioed. Fasach chi'n taeru fod rhywun yn gwagio dŵr o gasgenni anferth am ein penna. Ar ôl rhyw ddau funud roedd y strydoedd yn afon fwdlyd fudr yn cario bob dim o'i blaen – giatiau, bocsys, darnau o bren, cŵn, cathod, gwartheg, cachu – bob dim. Gyda llaw, mae wedi amser agor.

—Tada bach.

—Mae 'na le bach digon del yn Rhosysgall. Gawn ni ginio yno hefyd os leciwch chi, meddai Emlyn.

Pentref bach gwasgaredig o dyddynnod gwyngalchog a thai cerrig oedd Rhosysgall. Yng nghanol y pentref roedd wyth rhes o dai ar ffurf croes. Yn y canol hefyd, neu nid nepell oddi yno roedd dwy siop gwerthu bwyd a llysiau, swyddfa bost, siop yn gwerthu crefftau lleol, modurdy, siop sglodion a thafarn fach gartrefol o'r enw'r Rhosysgall Arms.

Erbyn i Emlyn barcio wrth ochr y Rhosysgall Arms roedd y glaw wedi peidio. Roedd sŵn cyfarth a chlochdar yn cario ar draws y dyffryn yn y bore tawel.

Gerllaw'r Rhosysgall Arms roedd hen ffermdy mawr oedd wedi gweld dyddiau gwell. Yn y cowt safai sawl hen sgragan o fan a Volkswagon Camper wedi ei pheintio mewn lliwiau'r enfys. Roedd tri phlentyn bach tinoeth yn chwarae o flaen y tŷ a merch mewn siwmper dyllog, sgert at ei thraed a gwallt du hir gyda *fringe* wedi ei dorri'n uchel, yn edrych arnynt ac yn smocio sigarét gartref denau. Deuai cerddoriaeth roc uchel iawn o un o'r tai allan. Roedd yn amlwg nad ffermdy traddodiadol mohono bellach.

—Bloody commune. Bloody hippies. Bloody disgrace. Blooody nuisance.

Dyna oedd geiriau tafarnwr y Rhosysgall Arms pan holodd Emlyn beth oedd yn mynd ymlaen ar y fferm gyfagos.

Serch ei eiriau o anghymeradwyaeth, roedd tri pherson a edrychai fel hipis yn eistedd wrth y bar yn yfed seidr. Roedd yn amlwg na allai'r tafarnwr wneud heb eu cwsmeriaeth yn ystod y dydd, beth bynnag yr oedd yn ei feddwl ohonynt. Gyda'r nos, roedd digon o gwsmeriaid yn galw yno oherwydd y ganmoliaeth oedd i fwyd y dafarn.

—Bloody scroungers. Bloody lot of them on the bloody dole. Spending most of it in here on bloody cider and black and the rest on bloody drugs.

Roedd awydd ar Emlyn i gerdded allan oherwydd

agwedd y tafarnwr ond roedd Taid eisoes wedi eistedd wrth fwrdd ac roedd yr arogl bwyd a ddeuthai o'r gegin yn ormod i'w wrthsefyll. Cafodd y tri bryd i'w gofio ac ar ôl ei orffen archebodd Mary Finch rownd arall i'r tri.

Roedd blas y bastai cig mewn stowt yn dal ar wefusau Emlyn pan gerddodd tuag at y car ymhle'r oedd Taid a Mrs Finch eisoes yn eistedd. Edrychodd draw tuag at y ffermdy tra oedd yn agor ei ddrws. Roedd y ferch gwallt hir yn dal yn y drws ac roedd dyn yn cerdded o'r sièd tuag ati. Roedd rhywbeth yn gyfarwydd iawn yn ei gerddediad a'i wedd ond ddywedodd Emlyn ddim byd wrth ei daid na'i fam.

***

Erbyn diwedd y prynhawn roedd Taid yn siarad hefo fo'i hun ac roedd Mary Finch Cae Bach yn sychu deigryn o gornel ei llygaid gyda hances fechan flodeuog. Roedd fan Dei Stamp wedi ei pharcio o flaen Cae Bach ac Emlyn a Dei yn cerdded yn ôl ac ymlaen gyda bocsys o lyfrau a recordiau.

—Cofia dy fod ti'n newid dillad y gwely bob wythnos. A tyrd â nhw yma i'w golchi. Dydy'r londréts 'ma ddim yn cael nhw'n hanner glân. A dy ddillad isa hefyd cofia. Tasa rhywbeth yn digwydd i ti arnaf fi fasa pobl yn gweld bai.

Fedrai Emlyn ddim cweit ddeall y rhesymeg honno mai ar ei fam y byddai'r bai petai o'n digwydd cael damwain mewn trôns budr.

—Sgen ti ddigon o betrol, Dei? 'Dan ni'n mynd i ben draw'r byd, cofia.

Roedd y dagrau wedi peidio erbyn i'r llwytho ddod i ben ac roedd Emlyn yn gafael yn dynn yn ei fam.

—Dim ond yn Station Road fydda i. Ac mi alwa i bob

wythnos. Beth bynnag, os bydd 'na neges wela i Taid yn y King's Head, gwnaf.
—Llefrith morlo oeddan nhw'n yfed yn y King's Head yn Terra del Fuego, meddai Taid a throi yn ôl am y tŷ.

Cymerodd beth amser i Emlyn, Pugwash a Dei Stamp gario'r bocsys i gyd i'r fflat gan mai cul a throellog oedd y grisiau i Fflat 2, 7 Station Road. Wedi cario'r cyfan i fyny'r grisiau aeth Pugwash a Dei Stamp am beint ond penderfynodd Emlyn y byddai'n rhoi ei recordiau a'i lyfrau ar y silffoedd yn yr ystafell fyw i drio gwneud i'r lle edrych yn fwy cartrefol cyn ymuno â nhw wedyn ym mar cyhoeddus y Station Hotel.

Clywodd sŵn traed ar y grisiau ac yna lais yn gweiddi.
—Iŵ-hŵ.

O shit. Sut ffeindiodd hon y lle?
—Fan'ma.

Daeth Elaine i mewn i'r ystafell fyw.
—Roedd y drws ffrynt ar agor led y pen.

Edrychodd o'i chwmpas. Roedd yn amlwg nad oedd yn meddwl llawer o'r lle.
—Tywyll ydy hi yma, 'te.
—Mae'r swits wrth y drws.
—Waeth i mi heb. Y walia sy'n dywyll. A'r dodrefn. Yr hen *three-piece* 'na. Ych a fi! Am liw!
—Jest be o'n i'n ddisgwyl, cadarnhaol o'r cychwyn.
—Ac mae 'na hen ogla stêl yma. Hen ogla hen ddynion. A thamprwydd.

Rowliodd Emlyn ei lygaid ac ysgwyd ei ben. Dyma'n union sut yr oedd wedi disgwyl i Elaine ymateb.
—Wel paid â disgwyl i mi ddeud fod y lle'n balas pan nad ydy o. A sbia ar y gongol acw. Tamp 'di hwnna? Ga i weld y gweddill? A *god knows* be 'di'r staen 'na wrth y drws,

faswn i ddim yn lecio gesio wir.

Aeth Emlyn ati i wagio rhagor o focsys llyfrau a'u gosod ar y silffoedd tra oedd Elaine yn edrych o gwmpas.

—Dwi'n gweld ei fod o wedi bachu'r llofft orau. Wel, gwell gwneud y gorau o'r lle mae'n siŵr.

—Be?

—Os wyt ti am fyw yma. Ac os dwi am ddŵad yma i dy weld. A gan ein bod yn mynd i ddyweddïo dwi'n cymryd na fydd gen ti ormod o wrthwynebiad i dy gariad di gael dod i dy gartref di o bryd i'w gilydd. Os felly, rhaid i ni drio rhoi rhyw siâp ar y lle bydd?

***

Erbyn diwedd yr wythnos roedd Elaine, gyda chymorth Emlyn a oedd wedi cymryd gweddill yr wythnos i ffwrdd ar y *sick*, Pugwash ac Ann Evans wedi gwneud y gorau o'r lle; wedi peintio'r lle yn olau a glân, wedi golchi'r llenni, wedi gorchuddio'r tri-darn hyll gyda charthenni, wedi sgwrio llawr a wynebau'r gegin, wedi peintio'r drysau, wedi gosod lluniau a phosteri ar y waliau a phlanhigion mewn potiau o gwmpas y lle ac wedi hwfro a dystio ac agor ffenestri a gwyntyllu nes yr oedd y lle yn ogleuo'n llawer glanach. Ac roedd Pugwash wedi cael yr orchwyl a'r stumog i sgwrio a rhwbio a stryffaglio i lanhau'r staen amheus wrth y drws. Gwnaeth cystal joban nes yr oedd darn o'r carped bellach yn oleuach na'r gweddill ond roedd pawb yn cytuno fod hynny'n well na'r staen seimllyd melynfrown oedd yno cynt.

Ar y nos Sadwrn roedd Elaine ac Emlyn yn eistedd o flaen tân coed yn gwrando ar recordiau ac yn yfed gwin. Roedd Emlyn yn eistedd ar y soffa ac Elaine yn gorwedd gyda'i phen ar ei lin.

Roedd Emlyn wedi agor crys denim Elaine a rhoi ei law yn gynnes ar ei bron.

—Mm. Mae hynna'n neis.

—Mae o'n teimlo'n neis lle mae dy ben di hefyd. Fedri di deimlo rhywbeth?

—Mm.

Symudodd Emlyn ychydig i'w gwneud yn haws i'w law chwith allu cyrraedd at felt Elaine. Agorodd hwnnw ac yna datod y botymau ar ei jîns.

—O. A be 'di hyn?

Roedd wedi llwyddo i agor ei balog a rhoi ei law i mewn. Roedd yn gynnes iawn yno a gallai deimlo ei blew drwy ei nicyr.

—Mm.

Roedd Elaine wedi llwyddo i droi digon yn ei sedd i estyn draw ac agor balog Emlyn a rhoi ei llaw i mewn. Roedd hi'n gynnes yno hefyd a gallai deimlo ei galedwch drwy ei drôns.

—Mm.

Ond cyn iddynt allu mynd dim pellach clywyd sŵn traed yn dod i fyny'r grisiau, a daeth Pugwash i mewn i'r ystafell fyw yn un rhuthr swnllyd meddw. Neidiodd Elaine ac Emlyn ar wahân a cheisio cau eu botymau.

—Helô! Be sy'n mynd 'mlaen yn fan'ma? Nwci nwcis? *Carry on – don't mind me,* meddai Pugwash a gosod ei hun ar gadair freichiau.

Edrychodd Elaine yn flin ar Emlyn fel petai'r cyfan yn fai arno ef.

— 17 —

—Esbonia i mi, Emlyn, sut y gall neb dynnu llyfr oddi ar silff mewn un lle a'i roi yn ôl mewn lle cwbl wahanol? Ydy'r peth yn gwneud synnwyr i ti? holodd Geraint Wyn.

Roedd Geraint Wyn ac Emlyn wrthi'n dychwelyd llyfrau a thacluso silffoedd yr adran fenthyg, y ddau wedi dewis gweithio mewn alcof ymhle na ellid eu gweld o'r prif ddesg. Wrth wneud hynny roedd cyfle i edrych yn fanylach ar lyfrau diddorol yn hytrach na gweithio ac yr oedd hefyd yn fodd i wastraffu rhywfaint o amser.

—Dydyn nhw ddim yn gweld y twll lle mae'r llyfr i fod?

—Blydi pobol, 'te. Be 'nei di? Fedra rhai pobl ddim gweld blydi twll tasa na un yn agor dan eu trwynau.

Ddywedodd o ddim mai fo oedd fwyaf euog am roi'r llyfrau yn ôl yn rhywle-rhywle.

Canodd y ffôn wrth y ddesg. Fe'i hatebwyd gan Miss Hafina Jenkins.

—Mr Finch, gwaeddodd cyn uched ag y gallai sibrwd.

Edrychodd Emlyn rownd ymyl y silffoedd tuag at y ddesg.

—Galwad ffôn i chi. Personol.

Roedd y modd yr edrychai arno yn dangos nad oedd yn gwbl dderbyniol gan y llyfrgell i aelodau'r staff dderbyn galwadau personol yn ystod oriau gwaith. Daliodd dderbynnydd y ffôn tuag ato ond fel yr oedd Emlyn ar fin cyrraedd y ddesg rhoddodd y derbynnydd i lawr ar y cownter.

—Byr, Mr Finch.

Cododd Emlyn y derbynnydd.

—Helô?

—Emlyn bach, be wnawn ni? Ble medrith o fod?

Mrs Finch oedd ben arall y ffôn ac roedd hi mewn panig.

—Cymrwch bwyll. Be sy?

—Ma' Tada wedi diflannu.

—Be 'dach chi'n feddwl, d'wch? Dydy pobl ddim yn diflannu siŵr. Mwya'r piti yn achos rhai.

—Sdim golwg ohono fo. Mae ei wely o wedi ei wneud, dydy o ddim yn y tŷ ac mae'r sièd wedi'i chloi.

—Ella 'i fod o 'di cloi 'i hun i mewn. Fydd o'n gwneud weithiau os bydd o isho llonydd.

—Dwi 'di edrych drwy'r ffenast. Dim ond llanast sy 'na.

—Be 'dach chi isho i mi 'i wneud?

—Chwilio amdano fo, 'te. Dwi'n poeni amdano fo, 'sti.

Rhoddodd Emlyn y derbynnydd yn ôl yn ei grud. Roedd Miss Jenkins yn sefyll wrth y carwsél cryno-ddisgiau yn edrych arno. Edrychodd Emlyn yn ôl arni, gwenu'n wirion a chodi ei ysgwyddau. Yna cerddodd allan o'r llyfrgell heb ddweud gair a gyrru adref.

Pan gyrhaeddodd roedd ei fam yn eistedd yn y gegin a chwpanaid o de o'i blaen. Roedd hances fechan wedi ei rowlio'n dynn yn un llaw ac roedd yn amlwg ei bod wedi bod yn crio.

—Mae'i frecwast o'n dal yn y popty. Mi fydd wedi sychu ei hoedal erbyn hyn. Wyau neis oeddan nhw hefyd, wyau Gallt y Rhedyn. Fasa hyn ddim wedi digwydd tasat ti'n dal i fyw adre.

Ni fedrai Emlyn ddeall ei rhesymeg ond dewisodd adael i'r sgwarnog arbennig yna redeg yn rhydd.

Edrychodd Emlyn rownd y tŷ a'r ardd i gadarnhau'r hyn ddywedodd ei fam. Nid oedd golwg o George Lloyd. Roedd llanast mawr yn y sièd, ac roedd hynny'n anarferol, ond nid oedd golwg o George Lloyd.

Roedd yn hanner awr wedi un ar ddeg.

—Mam fach, peidiwch poeni. Fydd o ddim yn bell. Fedra fo ddim cerdded yn bell tasa fo isho fwya 'rioed.

Dechreuodd Mrs Finch grio eto.

Gafaelodd Emlyn amdani, yna rhoi ei law ar ei hysgwydd i'w chysuro y byddai popeth yn iawn.

—Ga i hyd iddo fo. Dwi'n addo.

Ni wyddai ymhle i ddechrau chwilio felly gyrrodd draw at y King's Head. Roedd yn rhaid dechrau'n rhywle. Archebodd beint o Guinness cyn gwneud dim arall. Roedd yn haws chwilio hefo rhywbeth yn y bol. Nid oedd golwg o Taid yno ac nid oedd Barney wedi ei weld ers sawl noson.

Gorffennodd Emlyn ei beint ac aeth draw i gyfeiriad Station Road gan yrru'n araf a chadw golwg ar yr un pryd am yr hen ŵr.

Galwodd yn y fflat. Er nad oedd wedi maddau'n llwyr i Pugwash am nos Sadwrn roedd angen help arno. Roedd Pugwash newydd dywallt cwpanaid o de iddo'i hun mewn gwydr peint ac wrthi'n torri ei frechdan wy wedi'i ffrio. Llifai melynwy a sôs coch ar y plat. Roedd yn edrych fel petai Pugwash yn bwyta brechdan wy amrwd ac embryo cyw bach ynddo.

Stwffiodd hanner ei frechdan yn gyfan i'w geg pan glywodd beth oedd gan Emlyn i'w ddweud.

—Ddo' i â'r te 'ma hefo fi. Felly paid â gyrru'n wirion, meddai drwy lond ceg o frechdan wy.

Gyrrodd Emlyn rownd a rownd canol tref Llanddeiniol ond nid oedd golwg o Taid ar y stryd.

—Wedi mynd am beint mae o siŵr, meddai Pugwash.
—Dim i'r King's Head beth bynnag.
—Sawl pyb sy 'na yn Llanddeiniol, Finchy? meddai Pugwash.
—Ti'n cyfri'r Wheatsheaf?
—Cwdyn!
—Ugain ballu, os ti ddim. Heb sôn am yr *hotels*.
—A dim ond i'r King's Head ti 'di bod?
—Fan'no mae o'n lecio.
—Lecio fwya ella. Ond mae o'n galw mewn llefydd eraill.

Roedd nifer fawr o dafarnau yng nghanol tref Llanddeiniol, rhai ar y brif stryd ac eraill wedi eu cuddio ar y strydoedd culion o gwmpas. Penderfynwyd y byddai'n gyflymach parcio'r car a cherdded.

Aeth Pugwash un ffordd ac Emlyn y ffordd arall gan drefnu ailgyfarfod yn y Boar's Head.

Mynnodd Pugwash gael hanner i olchi'r wy o'i geg yn y Shire Horse. Er mwyn cyfiawnhau ei hun holodd y barman a oedd wedi gweld George Lloyd, ond nid oedd y barman wedi clywed amdano. Llyfodd y barman ei fys a'i rwbio ar hyd ei aeliau.

—Is he nice then? This George Lloyd? You want to bring him in here when you find him. Friday's the best. I'd like to meet him if he's a friend of yours.

Yn ddiarwybod i Pugwash tafarn i hoywon oedd y Shire Horse ers rhai misoedd. Aeth allan heb sylweddoli hynny.

Cyrhaeddodd Emlyn y Boar's Head chwarter awr o flaen Pugwash. Cafodd beint o Guinness i aros i Pugwash gyrraedd.

Gallai arogli'r cwrw arno pan gerddodd hwnnw i mewn.

—Chwilio am Taid ti fod, dim cael crôl. Sdim rhyfedd dy fod mor eiddgar i helpu. Unrhyw jans am lysh, 'te.
—Un dwi wedi'i gael, a be 'di hwnna o dy flaen di beth bynnag? O'n i isho cael gwared â blas y blydi wy 'na. Does 'na ddim sôn amdano fo. Neb wedi ei weld hyd yn oed.
—Ia wel, o'n i'n amau na chawsan ni ddim lwc.
—Be nesa? Lle nesa?
—Lawr i'r cei. Fydd o'n mynd i lawr am dro i fan'no'n aml.

***

Roedd y llanw'n gwibio allan pan gyraeddasant y cei a'r cychod yn ysgwyd yn braf ar y dŵr. Holodd Emlyn rai o'r dynion oedd wrthi'n gweithio ar eu cychod. Roedd pob un yn adnabod George Lloyd ond doedd yr un ohonynt wedi ei weld.
—Dydy o'm syndod, nac'di Finchy? meddai Pugwash. Maen nhw wedi bod allan ers oriau mân bore 'ma a newydd ddŵad yn ôl maen nhw. Dydy dy daid ddim yn medru cerdded ar y môr, ydy?
Ei anwybyddu wnaeth Emlyn a mynd i mewn i'r Golden Plover. Roedd yn amser cinio ac roedd y lle'n llawn. Gwthiodd Emlyn ei ffordd drwy'r dorf un ffordd a Pugwash y ffordd arall. Nid oedd Taid yn y lolfa. Aeth Emlyn drwodd i'r bar cyhoeddus.
Nid oedd mor llawn yno.
—Hei, cachu. Be ti'n 'i 'neud yn fan'ma?
Safai Twm Dempsey wrth y bar gyda dau gymeriad garw iawn yr olwg. Roedd ei wyneb yn goch ac roedd yn simsan ar ei draed.
—Hwn 'di'r cachu o'n i'n sôn amdano. Y cachu giciodd fi yn fy nhin i'r lôn.

Trodd y ddau gyfaill ac edrych yn fygythiol ar Emlyn.
—Sgin i ddim amser i'w wastio rŵan. Dwi'n chwilio am rywun.
—Chwilio am rywun arall diniwed i ti gael ei gicio?

Ceisiodd Emlyn fynd yn ôl at ddrws y lolfa ond roedd un o gyfeillion Twm Dempsey wedi mynd i sefyll o'i flaen. Roedd y llall yn gweithio'i ffordd yn araf i sefyll y tu ôl i Emlyn fel na allai symud ymlaen nac yn ôl. Roedd Twm Dempsey yn gwenu arno.
—'Di'r cachu ddim mor galad rŵan, nac'di?
—Gwrandwch y diawlad gwirion, dwi ar frys. Sgin i ddim amser i wastio hefo wancars fel chi.

Ceisiodd Emlyn ruthro heibio'r bygythiwr wrth y drws ond neidiodd y llall ato a'i ddal rownd ei wddw.
—Daliwch o, *lads*, i mi gael rhoi peltan iddo fo.

Cododd Twm Dempsey ei ddwrn yn barod.
—Gollyngwch o, *lads*, neu chi fydd yn cael y beltan.

Roedd Emlyn yn adnabod y llais. Yn ddiarwybod iddo, roedd Dei Stamp wedi bod yn eistedd yn yr alcof bella yn cael ei ginio ac wedi dod i'r adwy.

Teimlai Emlyn y fraich oedd rownd ei wddw yn llacio'i gafael.

Roedd y ddau gymeriad garw yn amlwg yn ansicr beth i'w wneud.
—'Di o'm byd i'w wneud hefo chdi, Stamp, meddai'r cynta.
—Sgynnon ni ddim ffrae hefo chdi, Stamp, ategodd yr ail.
—Os na gollyngwch chi'r boi 'ma rŵan mi fydd gynnoch chi ddiawl o ffrae hefo fi. Gymera i'r blydi tri ohonoch chi os oes raid.
—Fydd dim raid, Stamp. Un am un fydd hi.

Roedd Pugwash wedi dod i mewn o'r lolfa a gweld

beth oedd yn digwydd.

Roedd y ddau fygythiwr yn amlwg yn gwybod sut i gadw'u crwyn yn iach.

—Sodia chdi, Dempsey.

—Cwffia nhw dy hun.

Aeth y ddau allan.

—Blydi cachu 'dach chitha hefyd.

Trodd Twm Dempsey yn ôl at ei beint.

Aeth Dei Stamp yn ôl at y bwrdd a'i ginio.

Prynodd Emlyn ddau beint o Guinness a pheint o lagyr ac aeth ef a Pugwash i eistedd at y bwrdd hefo Dei Stamp.

—Chwilio am *local* newydd, 'dach chi? holodd Dei Stamp.

—Taid sy 'di mynd ar goll. Dwi'n dechra poeni amdano fo rŵan. Duw a ŵyr beth sydd wedi digwydd iddo fo.

—'Dan ni wedi trio'i bybs o i gyd.

Gwenu wnaeth Dei Stamp.

—Welais i o bora 'ma – yn cerdded i lawr College Road.

—Be ddiawl sy'n fan'no iddo fo, d'wad? Pybs blydi stiwdants! meddai Pugwash.

—Dim ots. Awn ni i chwilio'n fan'no.

A dyna a wnaethpwyd, wedi cael cinio a rownd hamddenol arall o beintiau. Roedd y strydoedd o gwmpas College Road yn llawn o fflatiau, *bedsits* a thai lojin ar gyfer myfyrwyr, a'r landlordiaid a thafarnau'r ardal yn gwneud yn dda iawn diolch ar arian grantiau a benthyciadau banc.

—Finchy! Sbia!

Trodd Emlyn ei ben mewn pryd ac edrych i fyny Alfred Street. Gwelodd Taid yn mynd i mewn drwy ddrws lolfa'r British Grenadier yng nghwmni Bertha Protheroe.

Parciodd Emlyn yn frysiog a neidio o'r car heb ei gloi.

Brasgamodd i mewn i'r dafarn ar ôl ei daid.

Roedd George Lloyd newydd gael ei ddiodydd pan ddaeth Emlyn i mewn i'r lolfa.

—Un da i ddeud wrth neb am gallio 'dach chi! Be ddiawl 'dach chi'n feddwl 'dach chi'n 'i 'neud ddyn?

Gwenu'n wirion ar ei ŵyr wnaeth George Lloyd.

—Em bach. Gymri di ddiod?

—Gwnaf. Gewch chi brynu i Pugwash hefyd, drwy'r pnawn. Blydi dychryn rhywun fel'na.

Dal i wenu'n wirion wnaeth George Lloyd.

—Cerwch i ffonio'ch merch, wir dduw; mae hi'n poeni'i henaid amdanoch chi.

Edrychodd ar Pugwash ac ysgwyd ei ben yn araf.

Cafodd Emlyn a Pugwash brynhawn difyr iawn yng nghwmni George Lloyd a Bertha Protheroe. Ar ôl i Taid brynu'r ail rownd hefyd tosturiodd Emlyn a phrynu'r drydedd. Roedd yn amlwg, wrth i'r diodydd fynd i lawr, nad ffrindiau yfed yn unig oedd Taid a Bertha er bod Bertha'n ymddangos yn hapusach hefo'r sefyllfa na George Lloyd. Gwingo wnâi hwnnw bob tro roedd Bertha yn chwythu i dwll ei glust.

—Paid, wir dduw. Ma' 'na ddigon o ddrafft yma fel mae.

Edrychodd ar Emlyn a Pugwash gyda golwg dyn fyddai wedi gwneud rhywbeth i fod yn rhywle arall y munud hwnnw. Ond chwarae teg i Bertha, roedd hi'n gwybod ei bod yn mynd ar nerfau George Lloyd ac ar ôl ychydig fe ddiflasodd ar geisio ei bryfocio.

Ar ddiwedd y prynhawn roedd Emlyn wedi danfon ei daid adref ac yna wedi mynd yn syth yn ôl i Station Road.

Roedd wrthi'n parcio'i gar pan ddaeth car yr heddlu heibio.

Daeth heddwas allan o'r car a cherdded at gar Emlyn.

—Esgusodwch fi, syr, ond ydach chi wedi bod yn yfed?

—Stwmpyn Jones, ar f'enaid i. Erstalwm. A be 'di'r 'chi' mawr 'ma?

—Mae gennyf reswm i gredu eich bod wedi bod yn yfed, meddai'r heddwas wedyn. Yn y *junction* olaf roeddech yn indiceitio i'r dde ac fe droesoch i'r chwith. Fasach chi'n meindio chwythu i hwn?

—Ty'd o'na, Stwmpyn. Os mêts. Fasa neb yn gwybod. Edrycha ffordd arall.

—Syr. *If you don't mind*, meddai a dal y bag dan ên Emlyn.

Chwythodd Emlyn i'r bag bach ac ymhen amser newidiodd lliw y cristalau i ddangos ei fod wedi yfed gormod i fod yn agos at gar heb sôn am ei yrru.

—Reit, syr, os wnewch chi ddod hefo fi i'r steshion, meddai PC Stwmpyn Jones wrth ei arwain at gar yr heddlu. Bydd raid i chi roid *blood* neu *urine sample* rŵan ac wedyn bydda i'n eich bwcio chi.

Safai Pugwash ar y palmant yn feddw ac yn methu'n glir a chadw wyneb syth. Nid oedd erioed wedi gweld dim mor ddoniol.

Wrth i'r heddwas agor drws y car a gosod Emlyn ynddo trodd Emlyn at Pugwash a gweiddi.

—Roedd y tramp 'na'n iawn, 'sti. Cachu ffycin plisman hefyd.

— 18 —

Rai diwrnodau'n ddiweddarach roedd Emlyn wrthi'n bwyta ei Weetbix a banana pan ganodd cloch y drws.

Roedd drws llofft Pugwash wedi ei gau yn dynn a dim sôn ei fod wedi deffro.

Aeth Emlyn i lawr y grisiau'n ara deg gan siarad hefo fo'i hun.

—Bob blydi tro. Pam? Ista yn y bath – rhywun wrth y drws. Ista ar y pan – mae'r blydi ffôn yn canu.

Agorodd y drws.

—Taid. Dyma syrpreis; dewch i mewn.

Aeth Emlyn yn ôl i fyny'r grisiau a Taid yn ei ddilyn.

—Ydy Mam yn gwybod lle ydach chi tro yma? 'Dach chi'n gwybod yn iawn sut bydd hi. Ydy hi wedi rhoi nodyn i chi – *excused from lessons* a ballu?

Gwenodd George Lloyd ar ei ŵyr, gwên oedd yn dweud ei fod wedi dysgu ei wers, yn dweud fod Mary Finch wedi pregethu digon ac yn dweud na fyddai'n symud dwylath i unrhyw gyfeiriad eto cyn dweud wrth ei ferch lle'r oedd yn mynd.

Tywalltodd Emlyn baned o de i'w daid heb ofyn os oedd eisiau un ai peidio.

—Ga i gynnig rhywbeth arall i chi? Tost? Wy?

—Arglwydd na. Ti'n gwybod am dy fam. Dwi wedi cael y wyrcs yn barod. Mi fydd colesterol fel sment yn y peipiau hefo'r holl seimiach 'na mae hi'n roi i mi.

—Ofn i chi gael *scurvy* mae hi, mwn.

—Gwranda, washi, isho gair bach hefo chdi ydw i... os nad wyt ti ar frys.

Edrychodd Emlyn ar y cloc.

Roedd yn ddeg munud i naw.

—Dim o gwbl. Os bydda i'n hwyr, wna i jest deud 'mod i heb glywed y gloch.

Eisteddodd George Lloyd wrth y bwrdd bwyd. Tynnodd ei dun baco o'i boced a mynd ati i lenwi ei bibell.

Nid oedd yn gallu codi ei lygaid i edrych ar Emlyn.

—Ches i ddim lot o gyfle i esbonio'r diwrnod o'r blaen.

—Dim raid i chi siŵr. Dwi'n dallt. *Young love* a ballu.

—Paid, wir Dduw. Dwi 'di syrthio iddi go iawn.

—Syrthio amdani, 'dach chi'n feddwl.

—Doro gorau iddi. Dwi o ddifri.

Taniodd ei bibell a thynnu'n galed am rai eiliadau nes yr oedd ar goll mewn cwmwl o fwg. Cymerodd sawl llwnc o'r mwg cyn cael pwl o dagu.

—Dim ond gwneud rhyw hen lol wnes i hefo hi i ddechra. Rhyw hen siarad gwirion a thynnu coes ac ati.

Roedd Emlyn yn cael trafferth i gadw rhag chwerthin.

—Be 'di'r broblem yn union?

—Mae ganddi hi dŷ digon o sioe a stiwdant bach digon didrafferth yn talu rhent iddi. Taclusach o beth uffar na chdi i ti gael dallt.

—Ia?

—Mi fedra rhywun wneud yn waeth o lawer, 'sti.

—Medra, meddai Emlyn, ond be'n union 'di'r broblem?

—'Di dechra siarad yn wirion ma' hi, 'te. 'Di dechra sôn am fyw ar ddau bensiwn yn lle un.

—O *my god*.

—Yn hollol. Mae hi isho i mi symud i mewn ati.

—'Dach chi wedi deud wrth Mam?

—Callia. Mae dy fam wedi mynd yn rêl iâr, 'sti. Yn waeth ers y dydd o'r blaen.
—Wn i, mae hi'n dal yn ddigon pig 'mod i wedi cael fflat.
—Yn hollol. Ond beth bynnag dydw i ddim isho symud at Bertha. Mae hi'n hen deip siort ora, ydy. Mi fasa hi'n medru gwneud hen ddyn yn hapus iawn yn ei flynyddoedd ola, basa. Ac mae hi'n un *tip-top* yn yr hamoc. Ond...

Teimlai Emlyn ei wyneb yn cochi.
—Dwi wedi cael llond bol. Mae hi wedi mynd yn *demanding* iawn. Cha i wneud un dim heb ofyn.
—Wel dudwch wrthi hi, 'ta.
—Fedra i ddim. Dyna pam dwi yma, Em. Isho dy help di rydw i. Rho dy feddwl ar waith, edrych gei di rhyw syniad o sut i f'achub i oddi ar y bachyn.

O ganlyniad i'r sgwrs hefo Taid a rhoi pas adre iddo roedd Emlyn ddwy awr yn hwyr yn cerdded i mewn i'r llyfrgell.

Wrth y drws i'r adran fenthyg daeth wyneb yn wyneb â Miss Hafina Jenkins. Roedd ei hwyneb wedi ei binsio mewn cynddaredd.
— Dwi wedi'ch riportio chi, i chi gael dallt. Dwi'n *fed-up* hefo'ch agwedd chi, Mr Finch, a'ch *behaviour* chi. Cerwch i wneud rhywfaint o waith, wir. Mi fydd Mr Parry-Edwards yn rhoi *summons* i chi i'w offis yn nes ymlaen.
—Dw inna'n *fed-up* hefo chitha, y blydi chwadan gladdu ddiawl. Hefo'ch wyneb bach piwis fel hen brwnsan.

Trodd Emlyn ar ei sawdl a cherdded allan drwy'r drws.

Aeth yn syth ar draws y ffordd i'r Unicorn.
—Ti'n dechrau'n gynnar, cyfarchodd Janet Myfanwy ef.
—Ydw. A dwi'n mynd i fod yn gorffen yn hwyr hefyd.
—Problema?
—Dim byd i chdi boeni amdanyn nhw, Janet.

—O 'mabi gwyn i.

Estynnodd ei llaw ar draws y bar a gafael yn dynn yn llaw Emlyn. Ni wnaeth yntau ymdrech i drio tynnu ei law yn ôl.

—Deud wrth Janet be sy'n bod. Secsi! Ti'n ddiawl o bishyn, 'sti. Ti'n gwybod hynny?

Tynnodd law Emlyn yn nes ati a'i gosod ar ei bron.

—Mi fydd Selwyn yn dechra gweithio'n munud. Fasach chdi'n lecio dŵad i fyny grisia wedyn? Fedra i helpu, 'sti. *Trust me, baby*.

—Be ti'n feddwl?

—Sgwrs, 'te. Chydig o gysur.

Roedd yn amlwg o sŵn ei llais pa gysur oedd ganddi dan sylw.

—Dwn i'm, Janet.

Cyn iddo allu penderfynu'r naill ffordd neu'r llall agorodd drws y dafarn a daeth Maureen Lloyd i mewn.

—Un arall ar f'enaid i. 'Dach chi i gyd yn alcs yn y blydi llyfrgell 'na, 'ta be?

Taflodd Janet law Emlyn yn ôl ato yn ddiamynedd.

Tynnodd Maureen Emlyn draw at y bwrdd wrth y ffenest.

—Dwi 'di clywed am dy stynt di.

—Be ti'n feddwl, stynt?

—Hafina Jenkins, 'te. Fedrith hi ddim cau ei cheg, 'sti. Ond ti'n gwybod hynny dwyt, siŵr iawn.

—Hafina blydi *shite*. So?

—Wel yr unig beth fedra i awgrymu ydy dy fod ti'n dŵad yn ôl rŵan a mynd yn syth at Parry-Edwards. Deud dy fod ti'n sori. Deud dy fod wedi cnocio dy ben neu rywbeth. Deud dy fod ti'n sâl neu fydd gen ti ddim job.

—Mae 'na amser yn dŵad pan ma' isho dilyn greddf, 'sti,

yn lle dilyn rheswm. Dwi'm yn disgwyl i chdi ddallt.

Yna edrychodd Emlyn arni. Daeth holl oblygiadau bod heb waith yn un rhaeadr ar ei ben. Sut fydda fo'n dweud wrth Elaine? Gallai anghofio am ddyfodol a thŷ bach clyd a thân.

—Ti'n cofio'r tro dwaetha roeddan ni'n eistedd wrth y bwrdd 'ma?

—Mm?

—Wnest ti edrych yn ôl a chwythu cusan ata i.

Gwenodd Maureen.

—Do?

—Do... Y... yli Maureen... Fasach chdi'n lecio dŵad am ddrinc hefo fi ryw noson?

Edrychodd Maureen arno. Nid oedd yn gwenu ac ni allai Emlyn ddarllen ei hwyneb.

—Dwi'n gwybod bod chdi'n briod a ballu a 'mod inna bron wedi ingejio. Dim ond drinc bach... a sgwrs.

Dal i edrych arno wnaeth Maureen. Teimlai Emlyn ei fochau'n cochi a dechreuodd wingo yn ei sedd.

—Sori. Anghofia fo. Doedd gen i ddim hawl. Sori.

Cododd Maureen.

—Ti isho cadw dy job, 'ta be?

Roedd Maureen yn cerdded i mewn i'r llyfrgell pan ddaeth Emlyn allan o'r Unicorn.

Ma' tin honna yn fy ngyrru'n boncyrs. Ond ti 'di 'i gneud hi tro yma, Emlyn 'rhen gwd. Siaradith hi fyth hefo chdi eto. Be oedd ar dy feddwl di? A hitha'n hapus hefo'r mochyn Malcolm cyfoethog 'na.

Cyrhaeddodd Emlyn ddrws yr adran fenthyg. Oedd o o ddifri eisiau treulio gweddill ei oes yn stampio llyfrau? Teimlai ei fod yn dod i'r pen; fod ei drwyn yn fflat ar y wal ac yntau heb unman i droi. Gallai wneud un o ddau beth, dal i bwyso yn erbyn y wal neu ddringo drosti a gweld beth oedd yr ochr arall. Daeth hen gwlwm tyn i'w stumog. Ond daeth rhywbeth llawer mwy peryglus i'w ben.

Gwnaeth benderfyniad yn y fan a'r lle.

Brasgamodd drwy'r adran fenthyg.

Cerddodd draw i'r ystafell bapurau newydd.

Roedd yr ystafell yn drewi ac roedd Twm Dempsey yno yn ei holl ogoniant ffiaidd. Cerddodd Emlyn ato heb i'r tramp ei weld. Pan sylweddolodd Twm Dempsey fod Emlyn yno roedd yn rhy hwyr iddo allu dianc gan fod Emlyn yn sefyll o'i flaen.

Agorodd llygaid y tramp yn llydan mewn braw.

—Ti'm yn gall! Dos o'ma.

Plygodd Emlyn tuag ato, fel petai am roi cusan iddo. Roedd y tramp wedi rhewi yn ei unfan. Agorodd Emlyn ei geg a'i chau am ddarn meddal o foch fudr Twm Dempsey a brathu'n ysgafn. Daliodd ei afael yn y tramp a sugno.

Pan beidiodd, roedd marcyn cochbiws ar foch y tramp.

—Twm Dempsey – come lie with me and be my love.

Cododd y tramp yn sydyn gan gnocio ei gadair drosodd a symud wysg ei gefn at y wal.

Gwenodd Emlyn arno ac aeth i gyfeiriad y drws.

Roedd Hafina Jenkins yn sefyll yno'n gegrwth. Er ei bod yn sefyll yn y drws roedd wedi dychryn digon gan yr olwg wallgo yn llygaid Emlyn i symud o'r neilltu iddo basio. Ni allai ddweud gair. Cerddodd Emlyn heibio iddi gan wenu.

—D'udwch wrth Parry-Edwards am stwffio'i lyfrgell i fyny 'i din. Mae 'na ddigon o le. Ac ar ôl iddo fo wneud hynny stwffiwch chi fo i fyny'ch tin chi. Mae honno'n fwy byth – y blydi iâr uffar.

— 19 —

Ac felly, ddau fis ar ôl cicio'r tramp a dau funud wedi ei frathu, roedd Emlyn Finch, unig fab Jack a Mary Finch, Cae Bach yn gyn-lyfrgellydd. Ond yn fwy na hynny roedd yn gyn-lyfrgellydd oedd yn wynebu colli ei drwydded gyrru a'r posibilrwydd o wynebu achos llys petai Twm Dempsey yn sobri digon i gwyno wrth yr heddlu.

Sut, tybed, fyddai Elaine yn ymateb pan glywai fod sefyllfa ei darpar ŵr wedi newid yn sylweddol?

Ond y munud hwnnw nid oedd yn poeni'r un botwm corn. Roedd yr adrenalin yn pwmpio'n wyllt trwy ei wythiennau.

Pennod un wedi gorffen. Dechrau pennod dau.

Am yr eilwaith y diwrnod hwnnw croesodd y stryd a mynd i mewn i'r Unicorn.

—Be ddiawl sy'n mynd ymlaen rhyngddo chdi a honna?

—Peint o Guinness, Janet, a Bushmills mawr.

Ysgwyd ei phen wnaeth Janet Myfanwy a mynd ati i estyn y diodydd yr oedd Emlyn wedi eu harchebu.

—Sut mae dallt hi i gael dechra llechan? Ella y bydd hi'n o fain arna i am y misoedd nesa 'ma.

Eisteddodd Emlyn wrth y ffenest â'i gefn at weddill yr ystafell. Nid er mwyn anwybyddu'r cwsmeriaid eraill gan nad oedd fawr ohonynt ond rhag ofn iddo ddal llygaid Janet Myfanwy a gorfod siarad â hi.

Llanwodd y bar yn raddol erbyn amser cinio ac roedd Emlyn yn dal i eistedd wrth y ffenest ar ei drydydd peint pan gafodd Janet gyfle i ddod o du ôl i'r bar i eistedd wrth ei ymyl.

—Be sy, blodyn bach? Golwg be wna i arnat ti.

—Dim byd, Janet. Dim ond rhyw dwtsh o nerfau o feddwl ma' hwn 'di diwrnod cyntaf gweddill fy mywyd. Twtsh bach o ddifaru, twtsh bach o boeni a thwtsh mawr o edrych ymlaen. Llanddeiniol a'r byd yw fy wystrys fel byddan nhw'n ddeud.

—Oes 'na rywbeth fedra i wneud i helpu?

—Dim help sydd ei angen, ond cefnogaeth. Cael rhywun i drio gweld fy safbwynt i.

Rhoddodd Janet Myfanwy ei llaw ar ei glun a gwasgu. Gadawodd ei llaw yno yn gorffwys ar ei goes.

Wnaeth Emlyn ddim i drio 'i stopio.

—Ma'r oes 'di newid. Merched heddiw yn gwybod un dim amdani. Dim fel pan o'n i'n ifanc. Fflyrtio heb gywilydd o fath yn y byd maen nhw heddiw.

Yn raddol symudodd ei llaw i fyny coes Emlyn at ei afl. Yna, yn ddeheuig iawn agorodd ei falog a rhoi ei llaw i mewn i'w drowsus a dechrau mwytho.

Wnaeth Emlyn ddim i drio'i stopio. Edrychodd o'i gwmpas a phenderfynu nad oedd neb yn gallu gweld beth oedd yn mynd ymlaen.

Gwenodd Janet Myfanwy pan ddechreuodd Emlyn ymateb i'w mwythau. Roedd ei chyffyrddiad yn brofiadol ac yn bleserus. Roedd Janet yn amlwg yn hen law ar hyn, er nad yn llythrennol felly.

Sdim rhyfedd fod golwg ddiflas ar Arthur druan os oedd hi wedi stopio gwneud hyn iddo.

Roedd llaw Janet Myfanwy yn symud yn rhythmig ac yn rheolaidd ac nid oedd neb o'r criw amser cinio yn sylweddoli fod dim allan o'i le yn mynd ymlaen. Naill ai hynny neu ei fod yn ddigwyddiad mor arferol yn yr Unicorn nad oedd neb bellach yn cymryd sylw.

Roedd pethau'n mynd yn galetach ar Emlyn ym mhob ystyr ac roedd Janet yn gallu gweld hynny yn ei wyneb. Symudodd y llaw yn gyflymach ac yn gyflymach, newid gêr heb nogio unwaith nes y daeth yr hen gosi gogoneddus cyfarwydd i geilliau Emlyn.

Janet... Paid... paid, wir dduw... Fydd rhywun yn gweld... paid... o paid â stopio... o... o... ooo!!!

Sychodd Janet ei llaw yn ei brat a mynd yn ôl i du ôl i'r bar ac aeth Emlyn i'r tŷ bach i geisio cael rhywfaint o drefn ar ei hun.

Gwnaeth benderfyniad arall yn y fan a'r lle – na fyddai fyth eto yn archebu rôl yn yr Unicorn.

RHAN 2

— 20 —

Eisteddai Elaine Rees yn yr ystafell gefn yn y salon.

Roedd ei llygaid yn goch a'i thrwyn yn rhedeg. Ond nid annwyd na ffliw oedd yn gyfrifol am iddi edrych felly. Roedd hi newydd glywed y newyddion fod Emlyn wedi rhoi'r gorau i'w swydd yn y llyfrgell; swydd saff, swydd lân, swydd siwt – neu goler a thei o leiaf. Wrth gwrs, nid oedd wedi dweud wrthi am gael y bag am yfed a gyrru. Nid oedd chwaith wedi dweud wrthi ei fod wedi rhoi *love bite* i hen dramp drewllyd. Roedd un sioc ar y tro yn fwy na digon. Mwy na thebyg y byddai'n well gan Elaine glywed fod ei chariad wedi cusanu tramp beth bynnag a rhoi tafod hyd yn oed, na'i fod wedi rhoi'r gorau i swydd saff, lân.

Roedd Emlyn wedi ffonio Elaine gyda'r newyddion y bore hwnnw. Nid oedd yn ddigon dewr i dorri'r newyddion iddi ac edrych i'w llygaid yr un pryd.

—Wyddwn i ddim dy fod ti'n gymaint o gachwr… Y basat ti'n mynd mor bell i osgoi byw ym Maes Afallon. Dyna sy tu ôl i hyn i gyd, 'te?

—Ti'm yn dallt, Elaine. Gwranda. Dwi wedi bod dan straen yn ddiweddar.

—O ddiawl. Ti'm yn gwbod be 'di straen. Dwi'n gorfod cadw llyfrau, gneud *returns VAT*, talu cyfloga, rhedeg busnes. Dim ond stampio blydi llyfra wyt ti…

—Dyna'r pwynt dwi'n drio'i wneud…

—A fedri di ddim gwneud hynny'n iawn, heb ypsetio

rhywun, heb sathru traed rhywun, heb frifo rhywun… a dim y blydi tramp 'na dwi'n feddwl.

Rhoddodd y ffôn yn dawel yn ôl yn ei grud ac yna dechreuodd y dagrau lifo. Gwnaeth Ann Evans ei gorau i'w chysuro hefo geiriau a phaned ond dal i lifo wnâi'r dagrau, dal i gochi wnâi'r llygaid a dal i redeg wnâi'r trwyn.

***

Rhyw ddwy awr yn ddiweddarach, cerddodd Emlyn allan o'r Ganolfan Waith. Roedd wedi llwyddo i ddod o hyd i ddigon o amynedd i aros yn y ciw nes y daeth yn dro iddo yntau i seinio 'mlaen, a bellach roedd wedi ychwanegu ei enw bach yntau at rengoedd lluosog byddin y di-waith. Wnaeth o ddim teimlo unwaith yn ystod yr holl broses ddiraddiol fel cerdded allan a mynd i'r llyfrgell i grefu am ei job yn ôl. Byddai hynny'n llawer mwy diraddiol na seinio ar y dôl. Na, perthyn i'r gorffennol oedd y llyfrgell bellach, fel man gwaith o leiaf.

Cerddodd allan o'r lle dôl yn teimlo ei fod wedi cyflawni rhywbeth o'r diwedd.

Gallet ti fod yn y blydi jêl 'na rŵan, meddylia. Yn edrych ar wyneb Hafina Jenkins 'na, wyneb fel cae o ddefaid gwyllt, pob un yn ddu a blewog.

Ond roedd yr haul yn tywynnu a'r awyr yn las di-dor bron ar wahân i ambell gwmwl gwyn ysgafn. Roedd byd newydd yn agor o'i flaen. Gallai wneud un o ddau beth. Gallai fynd yn syth i drefn naturiol y di-waith a threulio'r diwrnod yn cysgu a stwna o gwmpas y fflat. Neu fe allai gychwyn ar bennod newydd yn ei fywyd mewn ffordd gadarnhaol. Penderfynodd y byddai'n mynd am dro. Gwnaeth addewid yn y fan a'r lle na fyddai'n syrthio i'r trap o aros ar ei draed yn hwyr yn gwylio sothach ar y bocs ac yna cysgu'n hwyr y bore canlynol hyd nes troi dydd yn nos a nos yn ddydd. Roedd cymaint y gallai ei wneud petai'n rhoi ei fryd arni.

Byddai'n defnyddio peth o'r arian prin oedd ganddo wrth gefn i brynu *rucksack* a sgidiau cerdded da fel y gallai dreulio cymaint o amser â phosib allan o'r fflat ac ymhell o arferion ffiaidd Pugwash. Byddai'n syniad hefyd i orffen trin ei feic.

Roedd yr amser ganddo bellach hefyd i ddilyn sgwarnog arall yr oedd wedi ei chodi erstalwm, sef olrhain ei achau. Byddai hynny wrth gwrs yn golygu treulio cryn dipyn o amser yn y llyfrgell ond yr ochr arall i'r cownter y tro hwn. Gwenodd wrtho'i hun wrth feddwl am y pŵer fyddai ganddo i yrru Geraint Wyn i nôl hwn, llall ac arall iddo o'r stôr ac i gael gofyn un cwestiwn cas ar ôl y llall i Hafina Jenkins a rhoi rhyw harymff fach glywadwy petai hi'n methu ateb.

Dringodd allt Craig y Meibion oedd yn arwain o Landdeiniol at y ffordd a redai ar hyd y clogwyni uwchben y môr. Islaw yn y môr roedd Craig y Meibion ymhle y boddwyd tri brawd o Landdeiniol flynyddoedd maith yn ôl. Roedd ei gam yn ysgafn a sionc wrth feddwl am gael cyrraedd y gwastad a gweld golau'r haul yn dawnsio fel sêr mân ar gynfas glas y môr.

Trawyd ef yn sydyn gan eironi ei sefyllfa. Pan oedd ganddo arian nid oedd ganddo'r amser i'w fwynhau ond bellach pan oedd yn boddi mewn amser byddai pres yn brin. Bu ganddo gar pan oedd yn gweithio, roedd yn ddigon defnyddiol ar foreau glawog ond yn boen y rhan fwyaf o'r amser. Roedd ganddo gar o hyd a digonedd o amser ond yn fuan ni fyddai ganddo drwydded i'w yrru nac arian i ddiwallu ei syched. Byddai'n rhaid rheoli ei syched yntau am Guinness bellach hefyd ac yntau hefo oriau bob dydd y gellid eu rhoi o'r neilltu i'w fwynhau.

Penderfynodd y byddai'n cerdded draw at yr hen *look-out* a oedd wedi ei osod ar gornel y clogwyn fel petai, yn edrych un ffordd i lawr ar dref Llanddeiniol yn ymestyn yn llinyn hir wrth ochr y môr a'r ffordd arall i lawr at Gaernefydd a adeiladwyd mewn cilfach gulach ac a ddringai yn ôl o'r môr i fyny i'r mynydd.

Erbyn iddo gyrraedd a chael eistedd i lawr roedd wedi colli ei wynt. Fe gymerai beth amser eto iddo fod y person mwyaf ffit oedd ar y dôl yn Llanddeiniol. Cyn gynted ag yr oedd wedi eistedd sylweddolodd fod awydd bwyd arno.

Roedd yn amser cinio.

Aros di, Finchy bach, pan fydd gen ti rucksack gei di i lenwi fo i'r ymylon hefo bwyd – sosejis oer, pei porc, wya di berwi'n galad, twb bach o fwstard powdwr, crisps, a fflasg fawr o de a chael bod allan yn yr awyr iach am oriau bwygilydd.

Taniodd sigarét. Byddai smôc fach yn lliniaru rhywfaint ar y boen yn ei fol.

Roll-your-own o hyn ymlaen, washi.

Edrychodd i lawr i gyfeiriad Caernefydd. Roedd yn dref hardd iawn, yn enwedig wrth edrych arni o'r *look-out*, yn gryno a thaclus wedi swatio yng nghesail y mynydd. Yna edrychodd yn ôl i gyfeiriad Llanddeiniol. Roedd canolbwynt y dref wedi ffurfio'n naturiol o gwmpas yr harbwr ac ymhellach draw wedyn roedd iard gychod Huw Stamp. Ni ellid dweud ei bod yn dref mor hardd â Chaernefydd ond eto roedd rhywbeth yn hyfryd mewn byw yn rhywle oedd yn gyndyn o symud yn rhy bell o sŵn a gwynt a chyrraedd y môr, yn amharod i ymestyn at y mynydd. Yr unig ran o'r dre oedd wedi mentro gwneud hynny oedd Maes Afallon. Gallai Emlyn weld y stad yn glir o ble'r eisteddai a hyd yn oed o bellter felly ymddangosai'r stad yn hyll.

Gwelodd rhywun yn cerdded yn araf a choesgam i'w gyfeiriad. Roedd yn adnabod y cerddediad yn iawn.

Taniodd sigarét arall tra oedd yn aros i Taid gyrraedd.

—Emlyn, 'ngwas i... Be ti'n... da'n fan'ma? holodd George Lloyd wrth iddo geisio cael ei wynt ato.

—Y mae amser i bopeth, ac amser i bob amcan dan y nefoedd. A dydw i ddim yn brin o amser hyd yn oed os ydw i'n brin o bopeth arall.

—Dy fam sy'n poeni, 'sti. Rhoi gora i joban fel'na yn dy oed di... ei geiria hi dallta. 'Dyn nhw ddim i'w cael mor rhwydd rŵan, 'sti... 'ngeiria i. Dim fel pan o'n i'n dy oed ti.

—Felly maen nhw'n ei ddeud. Chi, beth bynnag.

—Mae'r oes 'di newid, 'sti. A dim er gwell chwaith... Wel dim bob tro beth bynnag. Roedd rhywun yn medru gadael 'rysgol erstalwm heb boeni. Yn gwybod yn iawn bod 'na joban ar gael i rywun. Gredi di hynny?

—Gwnaf, siŵr dduw. Felly oedd hi pan adewais i 'rysgol hefyd.

—Ia, 'ran hynny.

Oedodd George Lloyd am ennyd i feddwl a llenwi ei bibell.

—Ti'n gwybod, Emlyn 'ngwas i, fydda i'n reit falch weithia 'mod i'n mynd yn hen, 'sti, fod fy amser i yn yr hen fyd 'ma'n mynd yn llai. Bydda, wir dduw i ti. Na, gwir y gair, tydi'r hen fyd 'ma ddim...

Cododd Emlyn ar ei draed a gwneud rhyw sioe o edrych o'i gwmpas nes peri i'w daid stopio ar ganol ei frawddeg.

—Arhoswch funud bach. Fedra i ddim gweld y feiolíns.
—Ia, dyna chdi. Gwna sbort am ben hen ŵr. Weli ditha rhyw ddiwrnod, 'sti.
—Dwi'n gwybod. Peidiwch â meddwl eich bod chi ar eich pen eich hun. Does 'na ddim byd newydd mewn edrych yn ôl a gweld petha'n well na maen nhw wrth edrych ymlaen. Natur ddynol ydy o, 'te. Blydi hel, mae 'na hogia ugain oed heddiw yn gweld bai ar hogia pymtheg oed am nad ydyn nhw'n chwarae marblis yn y gwanwyn a choncyrs yn yr hydref, a hogia pymtheg oed yn gweld bai ar blant deg oed am eu bod nhw'n sniffio'r gliw rong a phlant deg oed yn smocio heroin. Mae pob oes yn newid a phawb yn edrych yn ôl ar ddyddiau gwell.
—Mm.
—Mae pawb yn meddwl mai nhw sy'n byw yn yr oes ora. Josef Locke i chi, Bob Dylan i mi; Hedy Lamarr i chi, Holly Hunter i mi; baco'r aelwyd i chi, Bensons i mi. Bla bla bla blydi bla. 'Dach chi'm yn gweld.

Roedd George Lloyd ar ei draed yn edrych i gyfeiriad Llanddeiniol.
—Roedd y dre fach yma'n bwysig ar un adeg, 'sti.
—Mae hi'n *dal* yn bwysig, tydi? I bobl Llanddeiniol mae hi'n dal yn bwysig siŵr iawn. Sbiwch ffor'cw.

Pwyntiodd Emlyn i gyfeiriad Maes Afallon.
—Be welwch chi?
—Yr hen stad newydd 'na. Afallon rhywbeth.
—Yn hollol. 'Dach chi'n meddwl ei fod o'n dwll? Dwi'n meddwl ei fod o'n dwll. Ond mae 'na bobol yn dal i ddewis byw yna, lot ohonyn nhw'n bobol Llanddeiniol fasach chi a fi'n disgwyl iddyn nhw wybod yn well. Ond fe ddaw amser pan fydd 'na blant bach yn tyfu ar y stad 'na a rhyw ddiwrnod fyddan nhw yn sefyll yn fan'ma yn edrych

ar dref wedi dyblu yn ei maint ac yn edrych ar ryw stadau newydd draw yn y pellter ac yn hiraethu am ddyddiau'u plentyndod nhw ar stad Maes Afallon! 'Dach chi ddim yn gweld? Mae pob dim yn newid ond does 'na ffyc ôl yn newid chwaith.

—Blaw am dy iaith di mi fasat ti'n gwneud yn iawn yn y pulpud.

Bu'r ddau yn eistedd mewn tawelwch am rai munudau wedyn yn smocio ac yn edrych allan i'r môr. Draw tua'r gorwel roedd cwch hwyliau drudfawr yn torri'n ddiymdrech drwy'r dŵr â'i hwyliau'n llawn.

—Dyna oeddwn i'n feddwl am Llanddeiniol 'ma'n lle pwysig, meddai George Lloyd gan bwyntio draw i gyfeiriad y cwch hwylio. Erstalwm roeddan nhw'n bildio petha gwell o lawer na nacw yn y dre fach yma — lawr yn y Garn. Tu draw i le Huw Stamp. Dim llawer, *granted*, ond...

Gwyddai Emlyn yn iawn am y cyfnod hynod hwnnw yn hanes y dre.

—Pobol ddŵad mewn tai digri yn y blydi marina 'na a chychod hwylio – naci – cychod hwyl. Dyna'r cwbwl sydd ar ôl. Newid petha er mwyn newid yn hytrach nag er gwell.

—'Dach chi'n cofio rhywfaint am y dyddia hynny? Llonga hwylia?

—Siŵr iawn. Rodd o'n ei anterth pan oeddwn i ar fin gadael 'rysgol i fod yn *cabin boy* ar arch Noa. Callia, wir dduw, faint wyt ti'n feddwl 'di f'oed i? Gyda llaw, Em bach, wyt ti wedi taro ar ateb i 'mhroblem i?

Edrychodd Emlyn yn syn arno.

—Bertha Protheroe? Be dwi'n mynd i'w wneud hefo hi?

Chwerthin wnaeth Emlyn. Roedd wedi anghofio ei fod wedi addo helpu datrys problem Taid.

—'Di'r *merry widow* yn dechrau pwyso?

—Ydy. Ac ma' *black widow* yn nes ati. Dim honno sy'n lladd, d'wad?

—Peidiwch â phoeni. Feddylia i am rywbeth. Wedi'r cyfan, mae gen i faint fynnir o amser rŵan, does?

—Hedy Lamarr wir!

— 21 —

Canodd y cloc larwm yn ystafell wely Emlyn am hanner awr wedi wyth. Cododd yn syth o'r gwely heb feddwl unwaith am droi drosodd am bum munud bach arall o gwsg. Pan oedd yn llyfrgellydd troi drosodd oedd yr ail beth a wnâi pan ganai'r larwm yn y bore. Rhegi'r cloc a'r bore oedd y peth cyntaf. Roedd ei adduned i beidio â gwastraffu ei amser yn parhau'n gryf ar ei ail fore fel dyn di-waith.

Wedi gwisgo ac ymolchi aeth i'r gegin a dechrau paratoi brecwast iddo'i hun.

Roedd yn fore heulog arall ac roedd Emlyn wedi penderfynu mai heddiw oedd y diwrnod i brynu *rucksack* ac esgidiau cryfion. Heddiw oedd y diwrnod iddo ddod yn gerddwr go-iawn, rhywun allai gerdded i ben allt Craig y Meibion heb golli ei wynt. Fe âi i siop All Weather Ken yn y stryd fawr ar ôl brecwast a gofyn cyngor Ken ei hun. Galw yn Perfect Price ar y ffordd adre wedyn — sosej Richmond Irish, wyau, powdwr mwstard ac ati a dyna fo'n barod am ei siwrnai.

Start as you mean to go on.

Yna'n sydyn a dirybudd daeth rhyw dyndra i bwll ei stumog, rhyw lafn danheddog i droi yn ei ymysgaroedd ac ni wyddai pam. Ceisiodd roi trefn ar ei feddwl i drio deall pam fod saeth o iselder wedi cyrraedd o unman a'i daro mor ddisymwth fel yna ac yntau'n teimlo mor dda.

Elaine!

Dyna'r unig beth y gallai fod. Sut oedd modd iddo fwynhau ei oriau segur, ei ddyddiau hamdden a hithau fel cysgod cywilydd a chydwybod drosto?

Nid oedd wedi siarad â hi ers eu sgwrs ffôn y diwrnod cynt. Roedd yn gwybod bryd hynny yn ôl sŵn ei llais fod y dagrau'n agos, ond nid oedd wedi ffonio'n ôl. Yn waeth na hynny, teimlai'n euog iawn nad oedd wedi ystyried ei theimladau ers peth amser.

Ydw i wedi gwneud hynny o gwbl? Erioed? Unwaith?

Oedd priodi a byw yn Maes Afallon yn syniad mor ofnadwy? Roedd yr ateb yn hawdd – oedd. Ond a oedd ystyried teimladau a pharchu dyheadau a gobeithion rhywun ar wahân iddo fo'i hun yn amhosib? Pam na fedrai benderfynu beth yr oedd ei eisiau? Pam fod yr hyn yr oedd arno'i eisiau yn newid o ddydd i ddydd, o awr i awr bron?

Roedd newydd roi jam ar ei dost a thywallt paned o de pan ddaeth Pugwash i mewn i'r gegin. Roedd golwg wael arno, ei wyneb yn glaerwyn a'i wallt yn flêr. Dechreuodd grafu ei frest ag un llaw a'i fol â'r llall a dylyfu gên. Sylwodd Emlyn fod balog ei drowsus pyjamas yn llydan agored a rhyw ddüwch anhraethol i'w weld oddi mewn. Cerddodd Pugwash at y sinc ac edrych allan. Pwysodd ar y sinc a chodi ei droed dde rhyw fodfedd neu ddwy oddi ar y llawr. Tarodd rech. Un hir, gyrliog gyda dau newid cyweirnod ar ei hanner.

Lluchiodd Emlyn hanner darn o dost yn ôl ar ei blât.

—Ma' 'na de yn y pot. A golcha'r blydi llestri ar dy ôl.

—Pwy sy 'di codi'r ochor rong…

Ond roedd Emlyn wedi mynd allan o'r ystafell. Gallai Pugwash glywed ei draed yn mynd i lawr y grisiau ac yna'r drws ffrynt yn cael ei gau gyda chlep. Os oedd bywyd yn Llanddeiniol yn anodd roedd bywyd yn y fflat yn dechrau mynd yn amhosib.

Roedd stryd fawr Llanddeiniol yn llawn prysurdeb pan gyrhaeddodd Emlyn. Cyn gwneud dim arall aeth i gaffi Dylan am frecwast gan fod gwynt ffiaidd Pugwash wedi difetha ei ymdrech gynta i gael rhywbeth i'w stumog. Edrychodd ar dudalennau cefn y *Sun* wrth fwynhau brechdan gig moch grimp a phaned o goffi ffroth. Yna pendronodd ynglŷn â threfn ei symudiadau nesaf. Gallai fynd i'r salon yn gyntaf, ymddiheuro'n ddiffuant i Elaine, gwneud addewidion, mynegi ei deimladau, deud celwydd os oedd raid er mwyn cael eu perthynas yn ôl fel yr oedd. Eto gwyddai nad ar chwarae bach yr oedd gosod perthynas oedd yn colli trywydd yn ôl ar y cwrs cywir. Neu gallai fynd i siop All Weather Ken, gwario'i bres ac yna mynd i'r salon.

Mynd i siop All Weather Ken yn gyntaf wnaeth o yn y diwedd. Roedd yn haws wynebu pregeth am wario ar ôl gwario yn hytrach na gwrando ar ribidirês o resymau pam y dylid bod yn ofalus, yn fwy gofalus bellach hefo pres prin ac yna mynd allan i wario'r pres prin hwnnw.

Roedd dau fag plastig mawr gyda Ken's Outdoor Gear wedi ei ysgrifennu fras arnynt ganddo pan gerddodd i mewn i'r Élan Beauty Salon.

—Haia, Emlyn, *blow dry* 'ta *blow job*, gymri di, meddai Ann Evans gan chwerthin yn afreolus uwchben pen cyrliog. 'Dan ni ddim yn dy weld yn amal iawn yma.

Roedd Elaine yn brysur hefo cwsmer. Edrychodd ar Emlyn gydag edrychiad fuasai wedi gallu peri i jeli setio mewn gogor.

— Siôn, fasat ti'n medru gorffen Mrs Redvers, plîs.

Brasgamodd Elaine drwy'r Salon i'r ystafell gefn.

Dilynodd Emlyn hi'n ara deg.
—Sgrechia ddwywaith ac mi ffonia i'r plismyn, meddai Ann Evans wrth i Emlyn fynd drwy'r drws gydag arwydd Staff yn Unig arno.
—Pres da i'w gael ar y dôl y dyddia 'ma, meddai Elaine, gan amneidio i gyfeiriad y bagiau plastig.
—Dwi ddim yn cael dôl eto nac'dw. Newydd seinio 'mlaen ydw i.
—Dwi'n gwybod. Wedi dŵad yma i rwbio fo mewn wyt ti?
—Be?
—Dy fod ti ar y dôl 'te, a finna'n slafio'n fan'ma i drio gwneud *go* ohoni. Be 'di'r pwynt?
—Yli, Elaine, mae'n wirioneddol ddrwg gen i. Creda fi neu beidio ond doeddwn i ddim isho i hyn ddigwydd.
—Ond?
—Ond... Dydy hapusrwydd personol ddim yn cyfri? Fedrwn i ddim bod wedi cario mlaen yn y lle 'na.
—Dwi yn trio dallt. Wir yr. Iawn, dwi'n derbyn nad oedd 'na obaith i ti aros yn y llyfrgell tan oeddat ti'n ymddeol. Ond beth oedd yn bod ar chwilio am rywbeth arall cyn gadael?
—Ddaw 'na rywbeth, 'sti.
—A dyma chdi yn dŵad yma i ddangos y bagia plastig 'ma. Rhwbia fo i mewn go iawn tra ti wrthi. G'na fi'n destun sbort.
—Fasa'n well taswn i wedi prynu pyjamas? Ofarôl dôl. Ac aros yn y tŷ drwy'r dydd rhag ofn i bobl y lle 'ma basio *remarks* – sut dwi'n dwyn gwarth ar Mam a 'nghariad, a hitha'n gweithio mor galed. Faswn i'n cael 'run geiniog yn fwy, 'sti. Ac fel hyn, o leia ga i awyr iach, cyfle i feddwl. Meddwl pa gam i gymryd nesa.

Gwenodd Elaine.

—Dwi'n trio dallt, 'sti.

Cerddodd ato a gafael amdano.

—Oes 'na obaith i ti fedru sleifio o'ma am ryw awr, gofynnodd Emlyn gan rwbio'i law i fyny ac i lawr boch ei thin.

—Dos o'ma'r crinc. 'Dan *ni*'n brysur o leia. Heno, ia? Os 'di'r *peeping Tom* 'na allan.

Pan gerddodd Emlyn allan o'r Salon roedd Elaine ac ef yn ffrindiau unwaith yn rhagor. Er hynny, câi Emlyn hen deimlad annifyr mai heddwch dros dro oedd o. Roedd hi wedi derbyn y byddai peth amser cyn y byddai ganddo swydd arall ac yn cefnogi ei benderfyniad i beidio â gwastraffu'r amser hwnnw ac roedd ef wedi addo chwilio o ddifri am waith.

Penderfynodd Emlyn alw yn y King's Head am damaid o ginio a rhyw beint neu ddau cyn mynd yn ôl am y fflat.

Cyfle i'r Pugwash 'na gael codi a chlirio. Clirio'i fwals a chlirio am allan gobeithio.

Pan gyrhaeddodd ben y grisiau ac agor y drws i'r fflat y peth cyntaf a welodd oedd het ddu a chot goch yn hongian ar y peg. Roedd Pugwash yn diddanu unwaith eto.

Cerddodd Emlyn tuag at ei ystafell wely gyda'i *rucksack* gyda'r bwriad o'i agor, rhoi'r sanau tew a'r sgidiau ar ei draed a'r *rucksack* newydd ar ei gefn ac edmygu ei hun yn y drych.

Wrth basio ystafell Pugwash gallai glywed sbrings y gwely'n bownsio a llais dynes yn griddfan yn isel a llais Pugwash yn tuchan yn uchel.

Aeth Emlyn i'w lofft a rhoi clep ar y drws i ddangos ei fod gartref ac nad oedd yn cyd-fynd â'r fath ymddygiad, yn enwedig yn y prynhawn ac yn enwedig pan mai rhywun arall oedd yn cael y pleser.

Eisteddodd ar ei wely. Roedd *headboard* gwely Pugwash yn cnocio yn erbyn y wal gyda rhythm cyson.

Rhoddodd Emlyn ei ben yn ei ddwylo a cheisio cau ei glustiau i'r sŵn.

Cyflymodd rhythm y curo. Roedd sŵn fel petai gang o adeiladwyr yn llofft Pugwash yn cnocio plastar oddi ar y wal.

Neidiodd Emlyn oddi ar y gwely.

—Symud dy wely oddi wrth y blydi wal... Y blydi sglyfaethod budron.

Rhoddodd glep arall ar ddrws ei lofft a mynd i'r gegin i wneud paned. Ymhen rhai munudau daeth Pugwash i mewn wedi ei wisgo mewn crys-T a gwaelod tracsiwt.

—Em, 'chan. S'mai?

Edrychodd Emlyn arno heb ddweud dim a heb wenu. Roedd o eisiau i Pugwash deimlo'n euog. Edrychai Pugwash yn anghyfforddus.

Yna clywodd Emlyn sŵn traed yn dod i gyfeiriad y gegin.

Daeth dynes hardd ganol-oed i'r golwg a sefyll wrth ochr Pugwash a chribo'i gwallt du, brith o'i llygaid. Roedd hithau hefyd yn edrych braidd yn anghysurus.

—Helô, Emlyn.

—Helô...Y?

—Linda.

—Helô, Linda.

—Ia, sori. Ddylwn i fod wedi'ch cyflwyno. Cofia, mae hi wedi clywed bob dim amdanat ti, Finchy bach!

—Felly, meddai Emlyn yn ddiamynedd.

Nid fel hyn yr oedd Emlyn wedi dychmygu y byddai

Linda yn edrych o gwbl. Pan glywodd fod Pugwash o bawb yn cyboli hefo gwraig briod y darlun cyntaf ddaeth i'w feddwl oedd o ddynes yn gacen o bowdr gyda minlliw coch a gwallt du potel wedi ei gwisgo mewn siwt gragen a sgidia sodlau uchel ac yn tynnu'n wyllt ar sigarét. Ond nid dyna welai o'i flaen y munud hwnnw. Yn hytrach, dynes wedi ei gwisgo'n chwaethus a chyda steil; dynes dal osgeiddig â dau lygad tywyll; dynes soffistigedig a diwylliedig yr olwg. Dynes hardd ac aeddfed.

Ond y cwestiwn mawr oedd beth ddiawl oedd hi'n ei wneud gyda Pugwash? Pwy tybed oedd y gŵr anffodus oedd wedi colli hon i grafangau miniog Pugwash?

Biti uffernol drosto fo os 'di hon wedi stopio rhannu ei chorff hefo fo.

Ond y cwestiwn a fynnai ateb oedd pam mai Pugwash yn hytrach nag Emlyn oedd yn cael ei dobio? Teimlai'n euog am feddwl y fath beth ac yntau newydd addo iddo'i hun y byddai'n gwneud Elaine yn falch ohono.

Edrychodd Linda ar ei horiawr.

—Wel, John, Emlyn, amser i mi fynd dwi'n meddwl. Gen i gyfarfod mewn awr.

—Ia, wel. Ti isho mi ddod at y car hefo chdi?

—Paid â bod yn wirion, John.

Ac aeth Linda allan yn urddasol. Er gwaetha'r ffaith ei bod yn cael affêr, yn treulio'r prynhawniau yn godinebu hefo llongwr mewn fflat bach di-raen roedd yn dal ei phen yn uchel fel petai'n gadael gwesty crandia'r ddinas ar ôl *afternoon tea*.

— 22 —

—Agored?

—Ia. Hefo...

—... lot o finag?

Daeth Emlyn allan o'r siop jips gyda'i swper a mynd i eistedd ar y fainc o flaen yr eglwys i'w fwyta a gwylio'r byd yn mynd heibio yr un pryd. Fel arfer byddai'n paratoi swper iddo'i hun yn y fflat. Ond yn fwyfwy aml yn ddiweddar roedd wedi dechrau galw yn y siop jips am ei swper neu fynd adre at ei fam a'i daid. Roedd unrhyw beth yn well weithiau na gorfod rhannu cegin hefo Pugwash. Er bod Pugwash yn un o'i ffrindiau gorau, yn ffrind agos ers dyddiau ysgol, yn gwmni gwych dros beint hamddenol neu ar noson rafinllyd rownd y dre, yn gyfaill y gellid dibynnu arno i rannu neu roi ei geiniog olaf mewn cyfyngder, nid oedd rhannu fflat hefo fo yn un o bleserau bywyd. Tristwch sefyllfa Emlyn oedd ei fod wedi gorfod gadael cartref cyn cael gweld hynny.

Yn ei fywyd ar y môr roedd Pugwash yn gorfod cael trefn ar ei hun a'i bethau i wneud bywyd mewn lle cyfyng yn bosib. Ond yn ei fywyd ar y tir sych y gwrthwyneb oedd yn wir. Roedd wardrob a chist ddroriau llofft Pugwash bron iawn yn wag. Ar ben y gist ddroriau roedd ei ddillad glân, crysau a chrysau-T yr oedd Linda wedi eu smwddio. Roedd popeth nad oedd yn lân ar y llawr neu ar lawr yr ystafell ymolchi. Pan fyddai Linda yn galw am ei sesiwn bnawn nid oedd yn ddim gan Pugwash wthio ei ddillad budron dan y gwely neu'n waeth, eu rhoi yn llofft Emlyn.

Roedd y San Andreas Fault, a mannau cyffelyb yn y byd lle roedd cragen y ddaear yn fregus ac ansicr a nwyon ffiaidd a mwd berwedig yn ffrwtian, yn llefydd llawer diogelach na'r mannau oedd i'w canfod islaw gwregys Pugwash – y man y cyfeiriai ef ato fel y San Andrex Fault. Nid rhyw weithred ffwrdd-â-hi, angenrheidiol i bawb o bryd i'w gilydd – o Twm Dempsey i Dolly Parton – oedd taro rhech i Pugwash ond digwyddiad o bwys difrifol. Ni ellid gollwng un fach slei, taro rhyw bwmp fach wylaidd neu wasgu rhyw wich llygoden fach o rywbeth allan – o na, roedd pob rhech i Pugwash yn achlysur i'w fwynhau gyda rhwysg a rhodres. Ac wrth gwrs, roedd yn achlysur oedd yn bopeth ond mwynhad i bawb arall. Gweithred symbolaidd iawn gan Emlyn fu gosod poster 'Hiroshima – Byth Eto!' ar ddrws y tŷ bach ar ôl un ymweliad gan Pugwash.

Un arall o'i arferion anghymdeithasol oedd ffidlan yn ddiddiwedd hefo'r newidydd tra oedd yn gwylio'r teledu. Sawl tro pan fyddai Emlyn yn rhyw bendwmpian gwylio ffilm byddai'r stori yn neidio i fan na allai ef ei ddilyn, man nad oedd yn gwneud synnwyr ac yn aml byddai'n cymryd amser iddo wneud pen a chynffon o beth oedd yn digwydd. Ond arferion Pugwash yn y gegin oedd waethaf. Roedd yn well ganddo adael ei lestri budron ar y bwrdd yn hytrach na'u golchi. Hyd yn oed pan fyddai Emlyn wedi crefu digon arno i olchi llestri byddai rhyw hen felynwy neu staen cyrri yn sicr o lynu i'r plât. Ac wedi iddo fod yn paratoi pryd arbennig byddai top y stôf fel gwaelod cwt ieir.

Beth oedd Linda yn ei weld ynddo? Roedd y wên oedd ganddi cyn mynd i'r llofft yn y prynhawn ac ar ôl dod oddi yno yn ateb y cwestiwn. Cyn iddo fynd i'r môr, glasenw Pugwash oedd 'Pogo'.

Ond doedd hynny'n dda i un dim i Emlyn, dim ond llanast a drewdod oedd o'n ei gael. Doedd ryfedd yn y byd fod mam Pugwash yn cerdded o gwmpas Llanddeiniol gyda'r wên letaf erioed yn ddiweddar.

Ond beth bynnag ddigwyddai, nid oedd am 'golli wyneb' drwy gyfaddef ei fod wedi gwneud camgymeriad. Gallai ddychmygu gwên Elaine pe clywai hi'r newyddion. Ni fyddai raid iddi ddweud dim, fe fyddai'r wên yn ddigon. Ac mae'n siŵr mai lladd y llo pasgedig fyddai ymateb Mrs Finch.

Ti 'di tyllu dy dwll, felly sefa ynddo fo, mêt.

Gorffennodd ei swper a rowlio'r papur seimllyd yn belen cyn ei luchio i'r bin. Taniodd sigarét a cherdded ar hyd y stryd fawr ac i lawr i gyfeiriad yr harbwr. Pan ddaeth i ben Lôn y Bwgan gallai weld yr harbwr o'i flaen yn y pellter. Trodd i'r chwith i lawr Lôn Cae Dafydd a churo ar ddrws rhif 28, Awel y Môr, cartref Dei Stamp a Liz.

Roedd Awel y Môr yn bopeth yr oedd Emlyn yn ei freuddwydio amdano mewn cartref, yn glyd ac yn gysurus, yn gorneli ac yn gypyrddau, yn llyfrau ac yn llanast creadigol. Ac roedd personoliaeth a chryfder perthynas Dei Stamp a Liz yn byrlymu o waliau'r bwthyn.

Liz agorodd y drws iddo. Dilynodd Emlyn hi i'r tŷ ac i'r ystafell ganol lle roedd Dei Stamp yn darllen papur newydd. Roedd tân bach glo yn llosgi'n goch yn y grât gan fod y gyda'r nosau'n dal yn ddigon oer. Uwchben y lle tân roedd peintiad olew o long hwyliau fawr odidog o'r enw'r *Anglesey*. Bu hen daid Dei Stamp yn gapten arni yn ôl yn nyddiau gogoniant Llanddeiniol fel porthladd.

—Finchy! Paid deud. Wedi cael dy gasio allan eto heno.

—Mae o'n mynd yn waeth, 'sti. 'Di o fel hyn ar y môr deud? Mi fedra achosi blydi miwtini.

—Go brin. Mae 'na fwy o drefn ar ei fywyd o'n fan'no a mwy o siâp ar fwyd.

—Hwyr glas iddo fynd yn ei ôl felly. Dwi'n gwybod ei fod o'n fêt a phob dim a'i bod yn braf ei weld o bob tro daw o adre ond...

—Fydd hi ddim yn hir eto, gei di weld.

—Ti'n gwybod rhywbeth?

—Amau rhywbeth. Cael y teimlad.

Daeth Liz i mewn i'r ystafell gyda dau beint a hanner o gwrw cartref.

—Diolcha nad ydy Pugwash yn yfed hwn, meddai gan basio un o'r peintiau i Emlyn, fasa Saddam Hussein yn medru defnyddio'i dwll din o fel ffatri gas.

— Fasa hyd yn oed hwnnw ddim yn medru bod mor ffiaidd. Fasa fo?

Roedd Liz wedi penderfynu erstalwm na fyddai Pugwash byth yn cael dod i mewn drwy ddrws Awel y Môr os nad oedd hithau'n mynd allan drwy'r un drws yr un pryd.

Treuliwyd noson fach ddifyr o flaen y tân yn sgwrsio ac yn yfed cwrw cartref nes yr oedd y tri yn teimlo'n eithaf llon.

Roedd Emlyn wedi rhoi disgrifiad lliwgar a llawn o'i *rucksack* a'i sgidia ac wedi amlinellu trefn ei fywyd newydd.

—Fydda i'n gofyn am gyngor ar sut i wneud cwrw cartref, Dei. Fydd raid i mi fod yn foi go ddiarth yn y King's Head am gyfnod rŵan, 'sti.
—Tan gei di job.
—Os ca i job.
Trodd Dei Stamp at Liz, gwenu arni a wincio'n sydyn.

— 23 —

Roedd yn brynhawn Sul braf ym mis Mehefin a Llanddeiniol yn prysuro'n arw ar gyfer haf arall o odro Saeson ac ymwelwyr eraill.

Llwyddodd y rhan fwyaf o'r gwestyau ar y prom bellach i gael gwared ar y rhan fwyaf o'r arogl hen oedd yn eu llofftydd. Erbyn hyn roedd lolfa breswyl a bar gan westy Min–y–Môr, gogoniant newydd Mr Grenville y perchennog. Golygai hyn y gallai ei westeion ef gael y dewis rhwng mynd i dafarndai llawn a swnllyd y dre neu yfed Youngers Tartan cynnes ym moethusrwydd ei lolfa ef. Siawns y byddai wedi dod i ddeall y pwmp erbyn anterth y tymor ymwelwyr ac na fyddai pob peint yn cymryd pum munud i'w dynnu nac yn golygu taflu modfeddi o ewyn trwchus i'r badell diferion. Ond ar hyn o bryd yr hyn oedd yn bwysig oedd cael y drwydded.

Yn stryd fawr y dref roedd sgaffaldiau wedi eu gosod ar nifer o adeiladau wrth i berchnogion siopau benderfynu peintio eu hadeiladau. Y tu allan i'r Aberdwylan Castle, oherwydd lleoliad ffafriol y dafarn, roedd byrddau ac ambarelau wedi eu gosod ar y palmant y tu allan ac roedd staff y bar wedi cael gorchymyn i wisgo crys gwyn neu flows wen a throwsus neu sgert ddu, yn dibynnu ar ryw y cyfryw aelod o staff. Roedd y cyfan yn edrych yn drawiadol ond nid oedd y gwasanaeth yno wedi gwella dim.

Yn ffenestri nifer o'r tafarndai eraill roedd arwyddion

ar bapur llachar oren neu felyn yn dynodi bod *Beer Garden* ar gael a bod *children* yn *welcome* ynddynt. Roedd pobman bron yn cynnig *bar snacks* neu *sizzzzling steaks* a'r rheini'n *served all day* yn y mwyafrif o lefydd. Mewn mwy nag un tafarn roedd yn bosib cael *Jacket potatoe's* neu *baked potatoes'* gyda *various fillings* a hyd yn oed *toastie's, snack's* neu *afternoon tea's*. Doedd tafarnwyr Llanddeiniol ddim yn deall collnod chwaith.

Roedd rhai tafarndai am dynnu sylw at atyniadau megis *C & W Every Sunday*: *Y'all welcome*, neu *Roll out the barrel – singsong and bingo every W/E.* Broliant mawr y Belle Vue oedd *BBQ every Friday – come rain or come shine*. Atyniad wythnosol y Barnacle Goose oedd *Miss Wet T-Shirt*, ond yn gynnar yn y tymor roedd y gynulleidfa'n llawer mwy niferus na'r rhai oedd yn cymryd rhan. *Easter bonnet competition every Sunday* a *half price gwngw* oedd yr unig beth oedd gan glwb y Jabbi Bab i'w gynnig, ond dim ond I Defi y perchennog oedd â'r syniad lleiaf beth oedd gwngw. Tafarnwr hirben y Ship and Pilot oedd yr unig un oedd fel petai wedi deall rhywsut ym mha wlad yr oedd ac roedd ef wedi trefnu i aelodau o gôr cymysg Llanddeiniol – Côr Godre'r Garn – i alw yno ddwy noson yr wythnos, nos Iau a nos Sul ar ôl ymarfer, i ddiddanu'r *English friends* hefo 'Sosban Fach', 'Cyfri'r Geifr', 'My Little Welsh Home' a gemau eraill cyffelyb. Roedd gŵyl werin i'w chynnal ym mar cefn Ye Olde Cadwalladre-Pughe gydag enwau adnabyddus yr ardal megis Jac yn y Bar, The Moaners ac Ar Lwgu yn cymryd rhan. Ond o'r holl atyniadau, y mwyaf poblogaidd o ddigon oedd y *Jim Reeves Festival* yn yr Unicorn.

Roedd cefn Twm Salt yn ei boeni unwaith eto ac roedd wedi cael ordors llym iawn gan y meddyg i orffwys am rai wythnosau ac i wisgo staes. Golygai hynny fod swydd wag yn yr iard gychod.

Ar y ffrynt bersonol, garwriaethol, parhau i fod yn angerddol a chorfforol oedd perthynas Pugwash a Linda; roedd Manon ap Rhydderch wedi cael ei gweld yn siop fferyllydd Rowland-Thomas yn prynu *home pregnancy test*; ac er nad oedd Bertha Protheroe wedi llwyddo eto i gael ei bachau ar lyfr pensiwn George Lloyd, roedd yn dal i drio.

Ond roedd perthynas Emlyn Finch ac Elaine Rees yn dal yn gyfuniad o gariad cynnes a rhygnu 'mlaen, o gytuno, anghytuno, addo ac edliw.

—O grêt!

—Dwi'n falch dy fod ti'n falch.

—Ydy hyn yn golygu y byddi di'n drewi'r un fath â'r Dei Stamp 'na?

Roedd Emlyn wedi dweud ei newyddion da wrth Elaine, sef bod Dei Stamp wedi cynnig job dros yr haf iddo yn yr iard gychod.

—Dyna be dwi'n lecio amdanat ti – ti mor deg. Mae gen ti ragfarn yn erbyn pob un o'n ffrindia i. Dwyt ti ddim yn dangos ffafriaeth chwarae teg i ti.

—Gwastraff amser ydyn nhw, 'de. A fedri di ddim gweld hynny.

—Ella mai gwastraff amser ydw inna hefyd.

Ar ôl cinio dydd Sul oedd hi a'r ddau yn mynd am dro yng nghar Elaine.

Bu distawrwydd am ychydig eiliadau.

—Ti'n gwastraffu amser, dwi'n gwybod cymaint â hynny.

Rhoddodd ei llaw ar ei lin am eiliad cyn iddi orfod ei thynnu oddi yno'n eithaf sydyn i newid gêr pan ddaeth car i'w cwrdd yn annisgwyl rownd cornel gas ar y lôn gul.

—Be am beidio ffraeo. Ia?
—Iawn gen i. Do'n i ddim am ddechra.
—Gwybod y medri di wneud yn well ydw i. Meddwl amdanat ti. Ti yn dallt hynny, 'dwyt?
—Mae 'na ffasiwn beth â hapusrwydd personol hefyd, 'sti.
—Sut gwyddost ti y byddi di'n hapus yn yr hen iard 'na. Ti'm 'di dechra yno eto.
—Gen i syniad go lew.
—Hen ogla. Côl tar a hen bysgod 'di drewi.
—Pitch. Dyna 'di'r ogla.
—Drewi 'di o'r un fath.
—Mae o'n treiglo hefyd. Mae 'na ogla hefo lot o jobsys, 'sti. Ogla hen lacyr afiach. Ambell i lyfr newydd ag ogla fel llefrith 'di suro arno fo. Beth bynnag, dim ond tra bydd Twm Salt i ffwrdd ma'r blydi job.

Gwasgodd Elaine ei throed i lawr ar y sbardun a gwichian rownd tro arall yn y lôn.

Erbyn diwedd y prynhawn roedd y ddau yn gorwedd ar garthen mam Elaine yn rhannu potel o win. Coesau cywion ieir wedi eu crafu'n lân oedd yr unig beth oedd yn weddill o'u te bach yn yr awyr agored.
—Dwi'n gobeithio bod y pres yn saff. Mewn banc.
—Lle saffach o lawer.
—O, Em. Plîs bydda o ddifri.
—Maen nhw wedi eu lapio yn un o hen dronsia Pugwash.
—Bydda o ddifri!
—Fasa neb yn meddwl am chwilio'n fan'no. Na meiddio.

Dechreuodd Elaine bacio'r llestri picnic a gwneud cymaint o sŵn ag y gallai ond gan ofalu peidio â thorri dim.
—Wrth gwrs eu bod nhw yn y blydi banc. Be ti'n feddwl ydw i? Siec roddodd o am y car beth bynnag felly doedd

gen i ddim dewis, nag oedd?

—Dwi ddim isho nagio, 'sti. Ti'n meddwl 'mod i'n troi'n hen swnan?

Helpodd Emlyn hefo'r pacio er mwyn cael sbario ateb. Roedd Elaine wedi mynd i swnian fwy a mwy.

—Wyt ti?

—Wel, mi fedrat ti swnian llai mae'n siŵr. Jest yn ddiweddar 'ma mae o waetha.

—Poeni dwi, 'te.

A finna. Am resyma gwahanol.

— 24 —

Wele gwawriodd ddydd i'w gofio. Gwawrio'n gynnar ddiawledig hefyd.

Edrychodd Emlyn ar ei lun yn y drych mawr oedd yn yr ystafell ymolchi.

Rhwbiodd ei law ar hyd ei ên. Dyna braf oedd gwybod nad oedd rheidrwydd arno i siafio cyn mynd i'w waith.

Mynd i 'ngwaith! Dwi'n mynd i 'ngwaith! Yr wyf i yn mynd i weithio! Y mae Emlyn Finch yn mynd i weithio!

Ar ôl tua chwe wythnos o fod ar y dôl roedd Emlyn ar fin gweithio am ei gyflog unwaith yn rhagor. Teimlai'n llawer mwy nerfus nag y cofiai iddo wneud pan gychwynnodd yn laslanc diniwed am y llyfrgell yr holl flynyddoedd 'na'n ôl. Y gwahaniaeth oedd y gwyddai fwy neu lai beth i'w ddisgwyl bryd hynny. Er ei fod wedi bod yn ffrindiau hefo Dei Stamp ers dyddiau'r ysgol ac wedi treulio oriau yn yr iard gychod yn chwarae, yn gwylio Huw Stamp wrth ei waith ac wedyn, ymhen amser, yn gwylio Dei Stamp wrth ei waith yntau, nid oedd yn gwbl sicr beth oedd yn ei aros nac ychwaith os gallai wneud y gwaith. Nid oedd wedi arfer gwneud gwaith corfforol, nac wedi gwneud gwaith o'r fath ers pan oedd yn y chweched dosbarth ac yn gweithio yn ystod gwyliau'r haf ar gwch pysgota.

Ond roedd yn bwysig ei fod yn creu argraff ffafriol ar Huw Stamp. Er mai Dei Stamp oedd wedi trafod y swydd hefo Emlyn, nid oedd eto yn ddim mwy na gweithiwr llawn-amser yn iard ei dad. Gair Huw Stamp oedd yn cyfri yn yr iard a chan mai dyn prin ei eiriau oedd Huw Stamp roedd gair ganddo ef yn cyfri fel cant.

Gwyddai Emlyn o'r cychwyn mai swydd dros-dro oedd ganddo yn yr iard. Nid oedd digon o waith yno mewn gwirionedd i gyfiawnhau ei gadw'n llawn amser. Roedd yr iard yn cyflogi pedwar yn llawn amser, sef Huw Stamp, Dei Stamp, Gron Lewis a Twm Salt. Yn ystod misoedd prysur yr haf gellid cyflogi staff dros-dro a staff rhan-amser yn ôl y galw. Byddai swydd Emlyn yn parhau cyn hired i'r eiliad ag anhwylder Twm Salt; gwnaethpwyd cymaint â hynny yn glir iddo gan Huw Stamp, un o'r cyflogwyr mwyaf triw i'w weithwyr oedd i'w gael yn Llanddeiniol.

Busnes bach teuluol oedd gan Huw Stamp, busnes a ddechreuwyd gan ei dad yntau, yr hen William Stamp, neu Williams Jones i roi iddo'i enw cywir, a roddodd y gorau i'w swydd fel postmon oherwydd tynfa'r heli a'r pysgota. Roedd wedi troi ei ddiddordeb yn fusnes teuluol. Gallai yn hawdd fod wedi ehangu ac adeiladu busnes mwy ar sylfaen traddodiad morwrol Llanddeiniol ond roedd wedi dewis peidio. Dewis peidio wnaeth Huw Stamp hefyd a dewis peidio wnâi Dei Stamp yntau pan fyddai ef yn cymryd drosodd oddi wrth ei dad, ac os byddai byth fab gan Liz a Dei rhyw ddiwrnod ac etifeddu'r busnes, gwrthod ehangu wnâi hwnnw hefyd. Teulu fel'na oedden nhw.

Ni siomwyd Emlyn ar ei ddiwrnod cyntaf. Er bod digon o waith i'w wneud a llawer o hwnnw'n waith caled roedd awyrgylch llawer mwy cartrefol i bopeth. Cyn bwrw iddi go iawn cafodd ei gyflwyno'n ffurfiol i Gron Lewis er ei fod yn ei adnabod yn iawn ers blynyddoedd gan fod yntau yn un o griw selog y King's Head.

Gron Lewis oedd y fforman ac wedi gweithio yn yr iard i'r hen William Stamp yn gyntaf ers iddo adael yr ysgol flynyddoedd ynghynt. Profiad rhyfedd i Gron Lewis oedd gweld Huw Stamp yn etifeddu'r iard ar ôl ei dad ac yn symud o fod yn un o'r criw i fod yn fos. Ac os byddai Huw Stamp yn ymddeol cyn ei fod yn drigain a phump byddai'r profiad hwnnw'n cael ei ailadrodd eto gan ei bod yn amlwg fod Dei Stamp am etifeddu'r busnes yn ei dro.

Gyda'r gwanwyn ar ei ffordd roedd busnes yn dechrau prysuro gan fod dau gwch pysgota'r iard yn cael eu llogi'n feunyddiol bron, gan bwy bynnag oedd am fynd allan ar y môr mawr i geisio dal hyll–bysgod y dwfn a'u lladd yn y modd mwyaf creulon posib. Roedd rhai yn cymryd y diwrnod o ddifri ond eraill yn ei defnyddio fel esgus i fwynhau'r distawrwydd yng nghwmni dynion eraill a chratiau cwrw, a gwyro dros yr ochr i fwydo'r pysgod pan fyddai'r môr yn ymchwyddo a'r cratiau'n gwagio.

Nid oedd Huw Stamp yn fodlon gadael i neb logi ei gychod pysgota yn y gaeaf ar gyfer pleser. Golygai hynny fod pethau'n tawelu yn yr iard am ryw bedwar mis ond roedd digonedd o waith cynnal a chadw i'w wneud fel nad oedd raid i neb gael ei roi ar y clwt yn y gaeaf.

Ar ei ddiwrnod cyntaf cafodd Emlyn y cyfle i fynd allan i helpu Gron Lewis a Dei hefo parti o bysgotwyr oedd yn amlwg yn cymryd pethau o ddifri er eu bod yn bwriadu mwynhau a meddwi yr un pryd.

Dyma chdi, Em bach. Dyma be 'di be.

Roedd *Y Gwcw Fach* yn torri'n ddiymdrech drwy'r dŵr ar ei ffordd o loches bae Llanddeiniol. Pwysai Emlyn ei gefn yn erbyn yr ochr yn gwrando ar sŵn y môr a chlec y tonnau ac yn teimlo'r gwynt drwy ei wallt. Edrychodd draw ar Dei Stamp a gwenu. Gwenodd hwnnw'n ôl a chodi ei fawd a chymryd arno chwydu dros yr ochr. Ysgydwodd Emlyn ei ben a gwenu eto; na'n wir, roedd yn teimlo'n iawn.

Aeth y diwrnod heibio'n sydyn iawn, yn gynt na diwrnod cyffredin ar y dôl ac yn sicr yn gynt na diwrnod hefo'r llwch a'r llyfrau yn llyfrgell Llanddeiniol. Roedd mwyafrif y criw oedd wedi llogi'r *Gwcw Fach* wedi bihafio'n weddol er bod sawl cratiad o boteli cwrw wedi ei wagio. Ond roedd un yn llawer mwy cegog ac yn anfodlon iawn â'r pysgod a ddaliwyd. Ar y ffordd yn ôl i Landdeiniol dechreuodd ddadlau'n uchel ei gloch hefo Gron Lewis.

—Paid â thrio deud celwydd. Dwi 'di bod o'r blaen, yli, ac wedi dal lot mwy... a phetha lot gwell na'r rhain hefyd.

—Os ti 'di bod o'r blaen, hefo ni fasa hynny. Felly ddyliat ti blydi wel wybod yn well.

—Paid â rhegi hefo fi'r cwd bach, meddai'r pysgotwr piwis gan afael yn siwmper Gron Lewis yn fygythiol.

— Ty'd o'na, Malc, meddai un o'r parti a chydio ym mraich y taerwr a cheisio ei dynnu'n ôl.

—Gad lonydd. Neu gei di hi hefyd.

—Fedrwn ni fyth roi garantî y bydd neb yn dal dim siŵr iawn, meddai Gron Lewis

—Mi roi i garantî i chdi rŵan, cwd – y byddi di'n cael peltan iawn ar ôl i ni gyrraedd y lan.

Ond fe stopiodd y ddadl pan ddaeth Dei Stamp atynt. Doedd dim raid iddo wneud na dweud dim, roedd sefyll ac edrych yn ddigon. Ac wedi cyrraedd y lan aeth Malc a'i griw o'r iard yn ddigon llywaeth hefo'u pysgod a'u pennau mawr.

Pan na fyddai partïon pysgota i'w cario a'u cynorthwyo

byddai Emlyn yn aros yn yr iard. Roedd digon o waith i'w wneud bob tro ar y cychod a'r offer a'r adeiladau. Weithiau byddai'n helpu Huw Stamp yn y siop, siop oedd yn llawn o nwyddau o bob math ar gyfer hwylwyr a physgotwyr ac unrhyw un arall oedd a wnelo rhywbeth â'r môr. Dro arall, os na fyddai'n rhy brysur byddai'n mynd allan hefo Dei yn y *dory* i osod a chodi cewyll. Beth bynnag y tywydd nid oedd munud segur ac roedd y dyddiau a'r wythnosau'n gwibio heibio. Ond un diwrnod pan oedd hefo Huw Stamp yn y siop fe'i hatgoffwyd mai joban dros dro yn unig oedd ganddo.

—Em bach, faswn i wrth fy modd yn dy gadw 'mlaen. Ond gwiriondab fasa hynny. Jest digon i gynnal pedwar yn iawn sydd 'na. A joban Twm Salt ydy hi wedi'r cwbl.

—Ia dwi'n gwbod hynny, Mr Stamp… Jones… Huw. Sdim raid i chi esbonio, dwi'n dallt, siŵr. Dwi jest yn ddiolchgar am gael gwneud rhywbeth.

— 25 —

Roedd yn brynhawn dydd Gwener, dydd Gwener ail wythnos Emlyn yn yr iard, ac roedd Huw Stamp newydd roi ei baced cyflog cyntaf iddo. Teimlai Emlyn yn weithiwr go-iawn wedi iddo agor yr amlen fach frown a'i chael yn llawn o arian sychion yn hytrach na'r slip cyflog oeraidd a arferai ei gael yn y llyfrgell. Cawsai ei blesio cymaint o weld dwy law fudr a garw yn agor yr amlen ag a gawsai o weld ei chynnwys.

Cymerodd arno boeri'n ysgafn ar ei baced cyflog a'i roi ym mhoced top ei ofarôl. Byddai'n deimlad braf iawn cael ei dynnu allan yn y King's Head ar ôl gwaith a thalu am rownd hefo tenar grimp. Rhwbiodd ei ên, rhywbeth yr oedd yn dechrau ei wneud fwyfwy yn ddiweddar. Roedd ei locsyn yn dechrau teimlo ac edrych fel locsyn rŵan yn hytrach na blewiach rhywun oedd heb siafio. Ac roedd yn cosi llai a llai. Wrth gwrs, doedd Elaine ddim yn rhy hapus hefo'r ddelwedd newydd.

—Trio edrych fel Dei Stamp wyt ti? Caria di 'mlaen os wyt ti isho edrych fel josgin. Ti fel gwsberan breimin.

—Cach-bwc ydw i, ti'm yn cofio?

Roedd hefyd wedi mynd ati i rowlio ei sigaréts ei hun drwy'r amser bellach. Pan arwyddodd ar y dôl penderfynodd y byddai'n dechrau gwneud er mwyn arbed rhywfaint o bres ond roedd yn anodd rhoi'r gorau'n llwyr i'r Bensons. Ond bellach, ac yntau'n gweithio allan roedd yn beth naturiol ddigon i rowlio. Dyna wnâi Dei Stamp a Gron

Lewis ac roedd y ddefod o stopio am baned ddeg, llenwi caead y fflasg hefo te melys ac yna rowlio sigarét yn un bwysig. Roedd rhywun yn cael gwell blas ar y baned rhywsut ac roedd yr holl broses o rowlio yn un hamddenol a weddai i'r dim i waith yn yr awyr agored. Un o fanteision sigarét *home-made* oedd ei bod yn haws gweithio hefo un yn sownd yng nghornel ceg gan nad oeddent yn mygu cymaint ac felly nid oedd mwg yn llosgi llygaid rhywun mor aml.

Nid oedd yr un o'r cychod allan y diwrnod hwnnw felly roedd pawb yn gweithio yn yr iard. Parhau yn sych oedd y tywydd a'r haul yn dal i dywynnu ac roedd yr hanner awr am ginio drosodd. Pan fyddai'r tywydd yn braf byddai gweithwyr yr iard yn bwyta eu cinio allan, Dei Stamp ac Emlyn yn eistedd mewn hen gwch rwyfo bwdr a Gron Lewis ar hen stôl bysgota gyda'r *Sun* o'i flaen ar y llawr a'i ddwy droed yn dal y tudalennau rhag cael eu chwythu gan y gwynt. Brechdanau corn-bîff a phicl oedd gan Emlyn y diwrnod hwnnw a Dei Stamp hefo rhai cig moch ac wy ac roedd y ddau wedi rhannu'r cyfan hefo'i gilydd. Roedd yn well gan Gron Lewis beidio â rhannu ei frechdanau hefo neb gan ei fod yn hoffi brechdan dew iawn. Nid oedd yn golled i neb arall fodd bynnag, nid oherwydd trwch y frechdan yn unig ond hefyd ei chynnwys. Cig oen gwyn a seimllyd gyda jeli mintys yn drwch arno oedd hoff gynnwys brechdan Gron Lewis ac roedd hyd yn oed Bess, ast fach Huw Stamp, wedi troi ei thrwyn ar frechdanau Gron Lewis unwaith pan oedd hwnnw wedi cael gormod. Cacen ffrwythau Liz hefo menyn arni oedd pwdin Dei ac Emlyn tra oedd Gron Lewis wedi claddu *individual fruit pie*.

Ar ôl cinio roedd Emlyn wedi mynd yn ôl i ben yr ysgol

i roi côt o Gutter-Gard Deluxe i landerydd un o'r siediau. Roedd Dei Stamp wedi mynd allan yn ei *dory* ac roedd Gron Lewis ar y cwch pysgota yn didoli'r leiniau a'r bachau ac yn tacluso'r blychau *cantilever* ar gyfer trip pysgota'r bore trannoeth.

Roedd stwmpyn bach yng nghornel ceg Emlyn wrth iddo weithio a chwibanu ar yr un pryd.

—I'll name that tune in... Three thousand seven hundred and sixty.

Edrychodd i lawr. Roedd Maureen Lloyd yn sefyll wrth droed yr ysgol.

—Doeddat ti rioed y gorau am wistlo.

—Helô, *stranger*. Ti'n iawn, dwi'n *tone deaf,* 'sdi. Fedra i ddim deud y gwahaniaeth rhwng Fflat yr Ehedydd a Chodiad Huw Puw.

—Be ti'n 'neud?

—Dreifio bws i Landudno. Dydy o ddim yn amlwg?

—Ti mewn hwylia da beth bynnag ti'n ei 'neud.

Daeth Emlyn i lawr yr ysgol yn cario'i dun a'i frwsh. Gafaelodd yn y pric paent a rhoi tro i'r Gutter–Gard Deluxe rhag ofn i rywun ei weld.

—Be sy 'di digwydd i'r llyfrgell? Wedi cau? Ar dân?

—*Wishful thinking*. Pnawn ffwrdd, dwi'n gweithio bore fory.

—'Run hen drefn.

Am ryw reswm teimlai Emlyn yn nerfus; roedd cwlwm tyn yn ei stumog. Effaith felly gâi Maureen arno mae'n amlwg. Nid oedd wedi ei gweld ers iddo adael y llyfrgell. Y geiriau diwethaf a ddywedodd wrthi oedd pan ofynnodd iddi ddod am ddiod gydag ef a sylweddoli ei fod wedi camddehongli'r arwyddion.

Camddehongli'r arwyddion o ddiawl. Pa blydi

arwyddion?

Wedi eiliadau hir o ddistawrwydd dechreuodd y ddau siarad ar yr un pryd.

—Be sy'n...

—Sut mae'r...

Chwarddodd Emlyn yn nerfus.

—Dos di gynta.

—Sut mae'r job newydd yn mynd?

Sut oedd dechrau dweud wrthi ei fod wrth ei fodd, ei fod wedi darganfod ei faes o'r diwedd? Sut oedd esbonio'r teimlad o ddeffro bob bore cyn i'r cloc larwm ganu yn edrych ymlaen at gael mynd i'w waith? Sut oedd cyfleu'r wefr a'r pleser a gâi o weithio yn sŵn ac arogl a gwynt y môr? Sut oedd mynegi'r teimlad ei fod wedi cyrraedd ble yr oedd wedi bod yn anelu ato yn ddiarwybod ers ei fod yn hogyn yn ei arddegau? Sut y medrai ddod o hyd i'r geiriau i fynegi'r teimlad a gâi ar ddiwedd y dydd ei fod wedi cyflawni rhywbeth gwerth ei gyflawni ac y byddai'n fodlon gweithio yn yr iard am ddim neu dalu am weithio yno? Fedra fo ddim.

—Iawn, 'sti. A be sy'n dŵad â chdi i le fel hyn?

—P'nawn ffwrdd. Ddudis i.

—Fan'ma ddei di ar bob pnawn i ffwrdd?

Cochodd Maureen fymryn.

—Meddwl y basat ti... ella... Isho dŵad am ddrinc bach rhywdro... Hefo fi.

—Pryd?

—Rhywdro. Deud ti. Ar ôl gwaith heno?

***

Pan gerddodd Emlyn drwy gatiau'r iard am chwech o'r gloch roedd Maureen yn eistedd yn ei char yn codi ei

llaw arno. Eisteddodd Emlyn wrth ochr Maureen yn y car a chyn iddo gael cyfle i ddweud dim roedd Maureen wedi gwasgu'r sbardun. Llamodd y Mini yn ei flaen a saethu i mewn i'r llif traffig gan achosi i Daimler mawr frecio'n sydyn gyda gwichian teiars. Achosodd hyn yn ei dro i'r ddynes â gwallt piws oedd ar sêt gefn y Daimler sglefrio ar ledr y sedd nes cael ei hun yn gorwedd yn un swpyn blêr ar lawr y car. Canodd y *chauffeur* ei gorn ond ni chymerodd Maureen ddim sylw o gwbl. Gyrrodd allan o Landdeiniol heb ddweud gair.
—Lle 'dan ni'n mynd felly? holodd Emlyn.
—'Neith fan'ma'r tro, meddai Maureen gan stopio'r car mewn cilfan ynghanol y wlad.
—O'n i'n meddwl ein bod am fynd am beint?
—Dyna t'isho? Iawn.

Taniodd Maureen y car drachefn a gyrru ar wib nes cyrraedd tafarn fach ar ochr y ffordd.
—Ma' 'na rhywbeth yn dy boeni di, 'does? meddai Emlyn pan oedd y ddau wedi cael eu diod ac wedi eistedd.
—Da iawn, Sherlock! Ydy o mor amlwg â hynny?
—Mm.
—Malcolm, 'te. Fo 'di'r drwg.
—O.

Gallai Emlyn glywed ei galon yn curo'n uchel.
—Dwi'n amau ei fod o'n cyboli hefo rhywun eto.
—Eto?
—Fasa fo ddim y tro cynta – na'r tro ola mae'n amlwg.
—Ma' isho sbio'i ben o.

Cymerodd Maureen lwnc o'i wisgi a'i droi yn ei cheg cyn ei lyncu.
—Ges i hyd i handcyffs yn ei ddrôr o yn y tŷ. A phâr o nicyrs bach du... a doedd yr un o'r ddau yn perthyn i mi.

—Ti am ei adael o?
—Ti'm yn dallt. Dydy pethau ddim mor hawdd â hynny.

Cododd ysbryd Maureen fymryn wedi iddi gael cyfle i fwrw'i bol wrth Emlyn a galw Malcolm yn bob enw a fedrai a phan stopiodd y Mini yn ddiweddarach yn Station Road roedd hi'n teimlo'n ddigon da i bwyso drosodd o sedd y gyrrwr a rhoi cusan gynnes ar wefusau Emlyn.

—Diolch am wrando. Ti'm yn gwybod faint o help ydy o.
—Unrhyw dro. Diolch am dy help ditha hefyd. Dwi'n siŵr y gweithith dy dric di'n iawn i gael Taid yn ddyn rhydd eto, meddai Emlyn gan gau drws y car.

Wnaeth o ddim codi ei law ar Maureen wrth iddi yrru'r car ar wib o Station Road.

— 26 —

Gwawriodd dydd Sadwrn arall. Daeth y cyfnod o dywydd braf i ben, yn llythrennol gyda chlec. Deffrowyd Emlyn o drwmgwsg melys gan sŵn y daran. Agorodd ei lygaid yn sydyn a gwelodd fflachiadau'r mellt drwy lenni tenau ei ystafell ac yna rhwygwyd yr awyr gan daran anferthol arall. Rhoddodd ei ben dan ddillad y gwely am ychydig a gresynu nad oedd Elaine wrth ei ochr. Neu Maureen.

Dechreuodd feddwl am Maureen wrth ei ymyl, ei freichiau yn gafael yn dynn am ei chorff siapus noeth a'i law yn rhedeg yn ysgafn dros ei thin, ei bysedd hithau'n cosi'n ysgafn ac araf i fyny ei glun. Roedd yn dechrau ymateb i'w bysedd ac i'w ddychymyg pan rwygwyd y nefoedd eto gan glec taran arall. Edrychodd ar ei gloc larwm. Roedd yn ddeng munud wedi saith. Hanner goleuwyd ei ystafell wely gan fflachiadau mellten arall ac fe ddilynwyd honno rai eiliadau yn ddiweddarach gan atsain taran.

Ddim mor swnllyd y tro hwn. Nid oedd diwedd y byd wedi cyrraedd wedi'r cyfan. Roedd y storm yn pellhau. Ond yna daeth y glaw, heb rybudd, y nefoedd yn agor a glaw taranau henffasiwn yn dechrau fel cawod drom ac yn trymhau.

Cododd Emlyn at y ffenest. Roedd wrth ei fodd yn edrych allan drwy'r ffenest yn gwylio glaw. Yr hyn na allai ei ddioddef oedd bod yn y glaw yn edrych i mewn drwy'r ffenest. Yn barod roedd y stryd yn nofio a'r draeniau yn gorlifo. Safodd Emlyn yn y ffenest yn gwylio'r glaw ac yn smocio am rai munudau. Yn raddol peidiodd â bod yn storm o law taranau a throi'n gawod drom gyson, glaw oedd yn amlwg am barhau am rai oriau. Dim ond mewn hen ffilmiau du a gwyn yr oedd glaw taranau'n parhau am fwy nag ychydig funudau.

Gwisgodd Emlyn a mynd i siop bapur Tomi Lloyd. Pan ddaeth yn ôl i'r fflat aeth ati i baratoi brecwast mawr seimllyd iddo'i hun ac wedi ei fwynhau eisteddodd wrth y bwrdd yn darllen ei bapur, yfed te a smocio am tua awr.

Heddiw oedd diwrnod gweithredu Operation Achub Taid. Byddai Maureen yn galw amdano ar ôl iddi orffen gweithio yn y llyfrgell am un o'r gloch. Roedd yn dechrau cynhyrfu, teimlo rhyw dyndra yn ei stumog pan dorrwyd ar draws ei feddyliau.

—Ogla da ar y diawl gin ti.

Llusgodd Pugwash i mewn i'r gegin ac edrych o'i gwmpas. Roedd yn amlwg i Emlyn ei fod yn chwilio am unrhyw weddillion o'r brecwast.

—Sdim byd ar ôl? Ddim hyd yn oed croen *bacon*? Wel y blydi bolgi diawl.

Gwnaeth baned iddo'i hun ac eistedd wrth y bwrdd gyferbyn ag Emlyn.

— Be 'neith hi heddiw? Gas gen i Sadyrnau pan mae'r ffwtbol wedi gorffen. Er, o sbio ar y tywydd 'ma ella y basa pnawn bach yn swatio yn y King's Head yn well. Gêm o ddarts. Be ti'n ddeud?

—Gen i rywbeth ar y gweill, meddai Emlyn braidd yn gwta.

—O wel, sorry I bloody spoke!

Bu ennyd o ddistawrwydd.

—Be felly, os ca i fod mor hy â gofyn? Ga i... fod mor hy?

—Na chei!
—Twll, 'ta. Dwn i'm be sy'n bod arnach chdi'n ddiweddar 'ma, Finchy. Ti 'di mynd yn hen beth diflas ar y naw i fyw hefo fo, 'sti. Bob tro dwi'n cerdded i mewn i stafell 'di mynd, ti un ai'n cerdded allan neu'n dechrau gwingo yn dy gadair fel tasa rhywun yn stwffio wimblad i dwll dy din di. Pryd eisteddon ni hefo'n gilydd ddwaetha i wylio ffilm neu beth bynnag?
—'Dan ni byth i mewn 'run pryd. Ers i ti ddechra canlyn hefo Linda ti'n cysgu drwy'r bora, dobio drwy'r pnawn ac allan ar y cwrw bob nos. A fedri di ddim gwatsio ffilm beth bynnag heb fflicio o un peth i'r llall.
—Paid â gor-ddeud. Er, dwyt ti'm mor bell â hynny o dy le chwaith erbyn meddwl. Mae'n rhaid bod fy mhres i'n mynd i rywle. Fydd raid i mi seinio 'mlaen cyn bo hir.
— Ar y dôl 'ta ar long?
—Dwn i'm.
—Peint heno, 'ta? Os eith pob dim yn iawn.

Cododd Pugwash ei fawd.

—Helpa dy hun i frecwast — digon o *bacon* a sosej a ballu.
—*Top man*, Finchy.
—Jest paid â gadael llanast.

Some hopes.

Aeth Emlyn allan o'r fflat a reidio'i feic drwy'r glaw i Gae Bach. Roedd ei fam ar ben ei digon wrth ei weld a chafodd Emlyn gryn drafferth i'w pherswadio ei fod wedi cael brecwast a mwy o drafferth i'w pherswadio ei fod o ddifri ynglŷn â pheidio ag aros am ginio.

Cafodd sgwrs hefo'i daid, ac awgrymu ei fod efallai mewn sefyllfa i allu ei helpu o'r diwedd. Ddywedodd o ddim mwy na hynny, roedd yn bwysig nad oedd George Lloyd yn gwybod mwy.

—Jest byddwch yn normal 'na i gyd. Ewch chi am ddiod bach pnawn 'ma?
—Siŵr iawn. Pnawn Sadwrn. Pryd welist ti fi'n methu? Yn y British Grenadier fyddwn… fydda i os ti ffansi. Dim o ddewis ond... peint 'di peint yn y diwadd, 'te? Gas gen i'r King of Spades, 'sti, yn fwy na'r un cardyn arall.

Pan gyrhaeddodd Emlyn yn ôl i'r fflat roedd Maureen yn eistedd yn yr ystafell fyw hefo Pugwash yn gwylio rasys ceffylau. Rhoddodd Emlyn ei feic yn y gegin a'i ddillad gwlyb drosto i ddripian ac aeth yn ôl i'r ystafell fyw ac eistedd hefo'r ddau arall i wylio'r bocs. Ciledrychai Emlyn a Maureen ar ei gilydd o bryd i'w gilydd nes gwneud i Pugwash deimlo'n ddigon o gwsberan i godi ar ei draed.
—Wel, dwi'n meddwl ei bod hi'n amser cael y dos gyntaf o ffisig.

Roedd y ffordd yr edrychai ar Emlyn a Maureen yn estyn gwahoddiad iddynt ymuno ag ef.
— Na, meddai Emlyn. Nes ymlaen. Heno.

Pan glywsant ddrws y ffrynt yn cael ei gau closiodd Maureen at Emlyn a rhoi ei llaw ar ei goes. Teimlai Emlyn wres trydanol yn dod o'i chyffyrddiad.
—Reit 'ta, John Wayne, lle mae dechrau?

***

Er ei fod yn eistedd mewn tafarn a pheint tri chwarter llawn o'i flaen a rym coch wrth ochr hwnnw a phibell lawn yn mygu yng nghornel ei geg roedd golwg ddigon diflas ar George Lloyd. Iddo ef roedd ei berthynas â Bertha Protheroe wedi hen ddod i ben. Ond nid oedd yn gwybod sut i ddweud hynny wrth Bertha heb ei brifo. Roedd yn amlwg nad oedd hi'n gallu darllen yr arwyddion pan oedd George Lloyd yn gwneud ei wyneb diflas ac yn ateb bob cwestiwn ac ymgais i gynnal sgwrs gydag ebwch unsill. Ond wedyn pam ddylai hi? Wedi'r cyfan, felly'n union yr oedd ei thri gŵr blaenorol, pob un yn ymadawedig, wedi ymddwyn. Cyn belled ag y gwyddai Bertha Protheroe pethau diflas, di-sgwrs oedd pob dyn. Cyn belled ag y gwyddai hefyd dim ond am ryw ddeufis neu dri yr oeddent yn parhau'n weithgar yn rhywiol cyn i flinder a chefnau ciami gymryd drosodd.

Roedd lolfa'r British Grenadier yn eithaf llawn ac yn gymysgfa o fyfyrwyr swnllyd Seisnig gan fwyaf a Chymry lleol ardal College Road fel Edwin Epa, Tall Terry, Jeff Chef, Harriet Morris, Cled Cachu Ci a Wyn Baw Pobol, Colwyn a Gianfranco ac wrth gwrs, Bertha Protheroe.

Codai'r lleisiau wrth i'r cwrw fynd lawr a llanwai'r ystafell â mwg. O bryd i'w gilydd deuai chwerthin uchel o'r gornel lle'r oedd Colwyn a Gianfranco yn mynd trwy eu pethau ac yn adrodd eu straeon am helbulon glanhau ffenestri a gwneud *odd jobs*.

Tynnai George Lloyd yn hamddenol ar ei bibell ac edrych yn ei flaen ar ddim yn benodol. Eisteddai Bertha Protheroe wrth ei ochr, sigarét yn hongian o gongl ei cheg. Roedd hi bellach wedi tewi.

Agorodd y drws a daeth merch ifanc feichiog i mewn. Gwthiodd ei ffordd drwy grŵp o fyfyrwyr siwd oedd yn trafod gwrywgydiaeth. Roedd yn amlwg yn chwilio am rywun. Roedd dagrau yn ei llygaid.

Aeth draw at fwrdd George Lloyd a Bertha Protheroe.

—At last! I've looked everywhere for you. Elusive, aren't you?

Roedd hi'n edrych yn syth i lygaid George Lloyd. Roedd Bertha wedi troi ei phen i edrych arno hefyd ac roedd ef yn edrych yn syn.

—Well don't just sit there, you unethical… filthy old sod! What are you going to do about it?
—What? What am I going to do about what? I don't un...
—This, meddai'r ferch ifanc gan bwyntio at y lwmp.

Agorodd ceg George Lloyd mewn syndod a syrthiodd ei bibell ar y llawr.
—Is this your wife? Does she know about it… about us? Well do you, love?
—Y… no… no. Not husband, meddai Bertha.

Roedd llais y ferch ifanc yn codi ac roedd gweddill y lolfa wedi tawelu i wrando. Roedd sawl un yn gwenu ac yn chwerthin ar y picil yr oedd George Lloyd wedi landio ei hun ynddo.
—We've been having an affair. I'm surprised you don't know, him being the bragger he is.
—Paid â gwrando, Bertha...
—Cau hi'r...
—Ond Iesu bach, dwi erioed wedi gweld y jadan fach yma o'r blaen.
—What's he saying?
—He hasn't seen you before.
—Well he would say that, wouldn't he? Mind you, he always did prefer doing it in the dark!
—Wel, y cythra'l… yr hen fochyn diegwyddor, y… cwdyn.
—O csêc…

Chafodd George Lloyd ddim cyfle i orffen ei frawddeg gan fod cynnwys ei wydr peint wedi ei wagio dros ei ben. Dilynwyd hwnnw gan y rym coch. Eisteddai yn ei unfan yn diferu ac yn edrych mewn syndod ar y ferch ifanc o'i flaen a Bertha yn hwylio tua'r drws fel maniwar fawr a'r dorf yn agor o'i blaen i roi lle iddi.

Roedd Emlyn yn dod i mewn i'r lolfa pan gyrhaeddodd

Bertha'r drws.
—Mrs Protheroe! Ydach chi wedi gweld...
—Paid â deud 'i hen enw fo wrtha i. Paid.
—Be sy felly?
—Mae dy daid yn mynd i fod yn dad.

Gwthiodd heibio i Emlyn ac allan i'r glaw.

Aeth Emlyn draw at y bwrdd a gafael ym mraich ei daid gwlyb a'i arwain allan. Roedd yn ei chael yn anodd iawn i gadw wyneb syth. Roedd yn rhaid pasio bwrdd Colwyn a'i griw.
—George, you old fox!
—Digon o oel yn yr hen bwmp felly!

Roedd dagrau'n llifo i lawr eu hwynebau.

Cerddodd George Lloyd ac Emlyn at ble roedd Maureen wedi parcio ei char. Roedd Taid mewn perlewyg.

Agorodd Emlyn y car, mynd i eistedd i'r sedd gefn a dweud wrth ei daid am eistedd yn y blaen.
—Dwi'm yn dallt. Nac'dw, wir. Ddim yn dallt.

Agorodd drws y gyrrwr a daeth Maureen i mewn.
—Be yn y... be sy... Trodd George Lloyd rownd i edrych ar Emlyn yn y sedd gefn.

Roedd hwnnw'n glannau chwerthin. Roedd Maureen hefyd yn chwerthin. Agorodd ei chôt a dechrau sgrechian.
—Push... push. I am pushing. Aaaaaaaaa. Congratulations, Mrs Lloyd... it's a cushion.

Tynnodd glustog blodeuog allan o ble roedd wedi ei stwffio dan ei siwmper.
—Oo lovely, I think I'll call it Laura.
—Be ddiawl 'dach chi'ch dau wedi'i wneud?
—Maureen – Taid; Taid – Maureen. Wel Taid, dwi ddim yn meddwl y bydd Bertha Protheroe isho dim i'w wneud â chi o hyn ymlaen.

—Wel y blydi cnafon. Wel wel. Ia... go lew hefyd. Cha i ddim peint yn y Grenadier eto – ond be 'di bwys am hynny, 'te.

Ymunodd yntau yn y chwerthin. Ond y tu ôl i'r chwerthin roedd Emlyn yn gweld golwg ryfedd braidd arno, rhyw olwg fel nad oedd o'n hollol siŵr beth oedd yn digwydd, golwg drist yn ei lygaid gloyw, dyfrllyd. Ond roedd yn dal i chwerthin pan ddaeth allan o'r car a mynd i mewn i'r King's Head.

Dal i chwerthin yn afreolus a wnâi Emlyn a Maureen hefyd wrth iddynt yrru ar hyd y stryd fawr yn ôl i'r fflat. Siglai Maureen yn ei sedd. Gwyrodd drosodd tuag at sedd y teithiwr a gwyrodd Emlyn tuag ati hi. Roedd eu hwynebau rhyw chwe modfedd oddi wrth ei gilydd ac roedd y ddau yn glannau chwerthin.

Safai Dewi a Manon wrth y groesfan pelican yn disgwyl i'r goleuadau newid lliw pan aeth y car heibio. Roedd y ddau wedi gweld yn iawn.

Yn ôl yn y fflat, roedd Emlyn a Maureen newydd gael paned ac wedi chwerthin drosodd a throsodd wrth feddwl am lwyddiant eu cynllun a sut y twyllwyd ystafell gyfan o bobl gan glustog Laura Ashley.

Edrychodd Maureen ar ei horiawr.

—Arglwydd, sbia faint o'r gloch 'di hi. Well i mi fynd.

—Oes raid i ti?

—Dwi ddim isho. Ond...

—Malcolm?

—O paid, wir dduw. Paid â sôn amdano fo. Fedra i ddim cario 'mlaen lot hirach.

Cerddodd o'r gegin at y drws oedd ar dop y grisiau. Dilynodd Emlyn hi. Roedd ar fin agor y drws pan drodd at Emlyn.

—Uffarn o bnawn da.

Plygodd Emlyn i roi sws fach ysgafn ar ei boch. Fel yr oedd yn gwneud hynny, trodd Maureen ei phen nes yr oedd y ddau'n cusanu'n llawn. Roedd ei chusan yn wlyb ac yn gynnes. Ac yn hir. Roedd Emlyn wedi cynhyrfu drwyddo ac yn gafael yn dynn yn Maureen fel ei bod hi'n gallu teimlo'r effaith yr oedd yn ei gael arno.

—O Emlyn. Emlyn, Emlyn, Emlyn... O blydi *shit*.

Tynnodd ymaith o freichiau Emlyn.

—Sori... rhaid i mi...

Agorodd y drws a rhedeg i lawr y grisiau ac i'w char a gyrru ymaith.

Gyferbyn â'r fflat, yn nrws siop Tomi Lloyd safai Dewi a Manon yn llechwraidd. Mewn ffilm neu lun du-a-gwyn gallasant yn hawdd fod wedi bod yn William Powell a Myrna Loy.

— 27 —

Cwmni digon gwael ar y cyfan fu Emlyn ar y nos Sadwrn. Un peth oedd chwythu cusanau ond roedd cusanau poeth go-iawn yn rhywbeth arall. Roedd wedi cyfarfod ag Elaine ar ôl iddi orffen yn y salon ac wedi mynd â hi am fwyd Tsieiniaidd i'r Bozan. Roedd Emlyn wedi ysu erstalwm am gael mynd yno liw nos i beintio L rhwng yr O a'r Z.

Aethant am ddiod wedyn i'r Ceffyl Gwyn cyn cyrraedd y King's Head ac ymuno â Pugwash, Dei Stamp a Liz o gwmpas bwrdd bach cyfleus iawn ar gyfer y tai bach a'r bar. Beth mwy oedd ei eisiau? Yn erbyn ei hewyllys yr oedd Elaine wedi dod i'r King's Head – roedd y pryd Tsieiniaidd yn rhan o'r fargen yn ogystal ag addewid i fynd â hi i'r El Cordobes yn hwyrach – ond roedd hi i'w gweld yn dod ymlaen yn weddol hefo Liz er gwaetha'i rhagfarnau yn erbyn Dei Stamp.

Roedd Pugwash hefyd yn llawer bywiocach nag a fu ers peth amser, fel petai rhyw bwysau wedi ei dynnu oddi arno. Dyma'r tro cyntaf ers wythnosau iddo ef ac Emlyn fod allan gyda'i gilydd wedi trefnu gwneud hynny. Yn ddiweddar, rhyw daro ar ei gilydd yn y dafarn hon neu'r llall fyddent, ac oherwydd gwaith Emlyn a bywyd carwriaethol Pugwash ychydig a welsant ar ei gilydd yn y fflat hyd yn oed.

Edrychai Emlyn ar Elaine o bryd i'w gilydd. Roedd hi'n ferch smart, roedd o'n foi lwcus – cytunai pawb ar hynny. Byddai nifer fawr o hogia Llanddeiniol yn falch iawn o allu caru gyda merch fel Elaine, merch ddeniadol ac yn rhedeg ei busnes ei hun ar ben hynny. Ond mynnai Maureen ddod i'w ben bob munud. Ni fedrai anghofio'r gusan na'r teimlad trydanol. Ni allai anghofio'r symudiad sydyn, cynhyrfus yn ei drowsus chwaith. Roedd ei deimladau yn gymysgedd rhyfedd o gynnwrf a phryder, teimlad fod rhywbeth mawr ar fin digwydd, o fod eisiau hynny ond teimlad o ofn, ac o fod eisiau i bethau aros fel yr oeddynt yr un pryd. Teimlad fod cyfnod newydd yn galw ond teimlad o euogrwydd hefyd. O fod isho newid ond isho i bethau aros yr un fath. Edrychodd ar Elaine wrth iddi sgwrsio â Liz. Roedd o *yn* ei charu, yn caru ei gwên gam a'r ffordd y chwythai fwg yn araf drwy ei ffroenau. Roedd yn caru arogl ei chroen; yn caru'r un blewyn du a dyfai ar ganol ei boch. Roeddent yn deall ei gilydd.

Iawn, 'dan ni wedi bod yn ffraeo neu anghytuno lot yn ddiweddar. Ond – mae hi'n fy nallt. 'Dan ni'n gyfarwydd â'n gilydd. Dwi'n meddwl.

Teimlai'n euog. Brifo Elaine oedd y peth olaf a fynnai ond os oedd Maureen ar gael sut yn y byd mawr y gallai wrthsefyll?

Gen i gat o fin rŵan – jest meddwl amdani. Am blydi llanast. Ond beryg y bydd 'na lanast go-iawn taswn i'n cael bod yn agos ati eto.

Ni fedrai gael Maureen allan o'i feddwl. Yr unig ffordd i drio gwneud hynny oedd rhoi waldan go lew i'r Guinness.

Pan ganodd y gloch olaf roedd pawb rownd y bwrdd mewn hwyliau da. Roedd Dei Stamp wedi cael y nòd gan Barney ac wedi trosglwyddo'r neges na fyddai raid mynd oddi yno. Ond roedd Elaine eisiau mynd i'r El Cordobes; roedd wedi gwneud ymdrech i fwynhau'r King's Head ond

roedd y straen yn dechrau dweud arni erbyn hyn.
—Duw, waeth i chi gyd ddŵad, meddai Emlyn, gan wisgo ei gôt. Byddai'n llawer iawn gwell ganddo aros ond addewid oedd addewid. A doedd o ddim eisiau ffraeo hefo Elaine eto.
—Dwi ddim yn meddwl rhywsut, meddai Dei Stamp yn rowlio smôc.
—Mae'n rhy gyfforddus yma.

Felly Emlyn ac Elaine oedd yr unig ddau i fynd draw i'r El Cordobes. Roedd yn dal i fwrw glaw ac ni allai Emlyn ffitio'n iawn dan ambarél Elaine er bod ei fraich rownd ei hysgwyddau a'i braich hithau rownd ei ganol o.

Erbyn cyrraedd yr El Cordobes roedd ei ysgwydd chwith yn wlyb diferol. Awyrgylch gwahanol iawn oedd yn yr El Cordobes i'r hyn oedd yn y King's Head. Roedd miwsig uchel y Gypsy Kings yn chwarae a'r awyr yn gymysgfa o arogl mwg, diod a stêcs yn sislo. Wrth lwc, erbyn i Emlyn gael diodydd iddynt roedd Elaine wedi llwyddo i gael bwrdd a dwy sedd, neu'n hytrach gasgen fawr a dwy gasgen fach.

Tywalltodd Emlyn win i Elaine ac iddo'i hun. Gafaelodd Elaine yn ei bag llaw a mynd am y tŷ bach. Doedd Emlyn ddim yn disgwyl ei gweld yn ôl am sbel felly rowliodd sigarét ac edrych o'i gwmpas. Gallai weld ambell wyneb cyfarwydd. Pan wnâi, ceisiai beidio dal eu llygaid. Ond os na allai osgoi gwneud hynny, codai ei law yn sydyn, rhoi rhyw wên fach a throi i edrych i gyfeiriad arall cyn i neb feddwl am ddod draw ato am sgwrs. Bob yn hyn a hyn, heb rybudd o gwbl roedd Maureen yn dod i'w feddwl ac fe fyddai ei stumog yn tynhau'r un pryd. Teimlai fel hogyn ifanc unwaith eto cyn mynd allan ar ddêt cyntaf hefo rhywun. Roedd yn deimlad hyfryd ond yn llechu tu ôl i'r hyfrydwch roedd euogrwydd, rhyw brocer o gydwybod yn ei bigo.

Aeth chwarter awr dda heibio a doedd dim sôn am Elaine yn dod yn ôl o'r tŷ bach. Yna, gwelodd hi'n dod at y bwrdd o gyfeiriad hollol wahanol.

Roedd ar fin codi i wneud lle iddi fynd heibio.

—Pasia 'nghôt i, plîs. Dwi'n mynd.

Roedd ei gwefusau yn dynn gan gynddaredd a'i llygaid yn gwreichioni.

—Be sy? Mae'r gwin 'ma...

—Pasia hi, plîs. Dwi isho mynd.

Roedd Emlyn yn ei chasáu pan fyddai fel hyn.

Pam na ddudith hi be sy'n bod lle gneud rhyw blydi drama fawr.

—Be dwi wedi 'neud eto?

Gallai weld dŵr yn cronni yng nghornel llygaid Elaine ac roedd yn llawn edifeirwch, yn casáu ei hun am feddwl ei fod yn ei chasáu hi ond yn ei chasáu yr un pryd am beidio ag ateb.

—Dwi'n uffar o foi clyfar i dy ypsetio di dim ond wrth eistedd yn fan'ma.

—Gest ti dy weld.

—Yn ista'n fan'ma? Synnwn i ddim.

Roedd ei dymer yn codi.

—Sbia ffycin llawn ydy hi. Fasa'n wyrth tasa neb wedi 'ngweld i.

—Yn y car. Yn y fflat. Gest ti dy weld – hefo'r hwran 'na o'r llyfrgell.

Roedd Emlyn yn dechrau deall ac meddai'n sarcastig:

—O wela i. Pa hwran felly – Hafina Blydi Jenkins? Naci siŵr – Maureen. Esgusoda fi, ond be mae hyn i gyd yn ei olygu? Dwi wedi cael fy ngweld mewn car hefo lot o bobl

ac mae 'na lot o bobl wedi cael eu gweld yn y fflat. Be 'di blydi arwyddocâd yr holl beth.
—Y ffordd cest ti dy weld. Dewi a Manon yn deud. Yn chwerthin lond eich boliau.
—Chwerthin? O, crogwch fi, plîs. Dwi ddim yn haeddu maddeuant.
—Y ffordd yr oeddach chi'n chwerthin.
—O wela i. Yli, does dim raid i ti fynd, mi af i. Aros di hefo dy Fanon a dy blydi Ddewi a thria ddeud wrthyn nhw na fedri di roi clec i neb na dal dim wrth chwerthin. Deuda wrthyn nhw crio rhywdro. Fasa'n gneud lles iddyn nhw gracio chydig ar 'u gwyneba.

Syfrdanwyd Elaine gan rym ei ymateb. Oedd hi wedi bod yn fyrbwyll? Roedd yn rhy hwyr i ddarganfod gan fod Emlyn wedi diflannu drwy'r drws ac erbyn iddi gyrraedd y drws nid oedd golwg ohono.

***

Roedd Emlyn yn eistedd ar y soffa wedi ei amgylchynu gan bapurau dydd Sul. Roedd blas cinio Sul ardderchog Pugwash yn dal ar ei wefusau. Doedd dim dwywaith, roedd Pugwasg yn gallu gwneud cinio pan rôi ei fryd arni. Dros y misoedd diwethaf fodd bynnag, roedd Pugwash wedi bod yn rhoi ei fryd ar bethau eraill. Ond beth bynnag oedd wedi digwydd i Pugwash nid oedd wahaniaeth gan Emlyn os y golygai ei fod yn mynd i gymryd mwy o ran mewn edrych ar ôl y fflat. Roedd hyd yn oed wedi gwrthod gadael i Emlyn helpu hefo'r llestri. Gallai Emlyn glywed sŵn cypyrddau'n agor a llestri'n cael eu cadw yn dod o'r gegin.

Daeth Pugwash i mewn i'r stafell fyw.
—'Neith hi beint?

—Nes ymlaen. Wela i di yn y King's, ia?

Canodd cloch y drws.

—Ista di. Af i. Dwi'n mynd allan rŵan beth bynnag. Sychad. Gormod o halen yn y tatws.

Aeth Pugwash allan o'r ystafell ac i lawr y grisiau.

Clywodd Emlyn sŵn traed yn dod i fyny'r grisiau. Daeth Elaine i mewn i'r ystafell a golwg flinedig arni.

—Dwi heb gysgu winc drwy'r nos... yn meddwl am neithiwr.

Roedd Emlyn yn benderfynol nad oedd am feddalu'n rhy gynnar.

—Wel, os ti'n mynnu gwrando ar y ddau 'na.

—Y trwbwl ydy... dwi ddim isho'u credu nhw ond fedra i ddim bod yn siŵr.

—Does 'na ddim mwy i'w ddweud felly, nagoes, meddai Emlyn a chodi ei bapur newydd.

—Dyna'r cwbwl? Ar ôl yr holl flynyddoedd?

—Ia. Ella basa well.

Un o'r pethau yr oedd Emlyn wedi ei sylwi ar Elaine dros y blynyddoedd oedd ei bod yn gallu troi'n gath pan ddymunai. Ac mae'n amlwg ei bod yn dymuno gwneud hynny'r eiliad honno.

—Gei di weld am hyn, y diawl. Tasa gin i fodrwy mi faswn i'n ei blydi lluchio i dy hen wynab di rŵan. Ond ti'n rhy blydi llywath i feddwl am ddim felly. Ti'n clywed. Ti'n pathetig.

Diflannodd y gath a safai Elaine yno'n crynu. Yna trodd ar ei sawdl a rhedeg i lawr y grisiau.

Agorodd ddrws y ffrynt ar yr union adeg yr oedd Maureen ar fin canu'r gloch.

Gwthiodd Elaine heibio iddi a rhedeg i lawr y stryd dan grio.

Roedd Emlyn yn sefyll yn y ffenest pan ddaeth Maureen i mewn i'r ystafell. Bu raid iddo sychu deigryn o gornel ei lygaid cyn y gallai droi i'w hwynebu. Safai Maureen yn y drws yn gwenu arno ac yn dal potel win i fyny yn ei llaw dde.

—S'gin ti rwbath i agor hwn?

—Yn y gegin.

Trodd Emlyn yn ôl i edrych drwy'r ffenest.

Clywodd Maureen yn ymbalfalu yn nroriau'r gegin ac roedd ar fin mynd i'w helpu pan drodd a'i gweld yn sefyll yn y drws fel o'r blaen. Roedd dau beth yn wahanol y tro hwn. Roedd y gwin wedi ei agor ac roedd hi'n noethlymun.

***

Agorodd drws ffrynt y fflat a daeth sŵn traed trymion Pugwash i fyny'r grisiau. Wnaeth o ddim cau'r drws ar ei ôl.

—Dyna sy 'i gael am newid crys, 'te. Anghofio'n blydi walat. Finchy? Fi sy 'ma. Finchy?

Ni ddaeth ateb gan Emlyn i weiddi Pugwash.

Roedd Pugwash wedi cael gafael ar ei waled yn ei lofft ac yn pasio drws yr ystafell ymolchi pan glywodd sŵn dŵr yn sblashio a llais dyn.

—Mae o'n iawn. Ty'd. Stedda i ar y plwg.

Yna clywodd lais merch yn chwerthin.

—Aw. Mae o'n boeth.

—Dw inna hefyd. Ty'd yma.

Safodd Pugwash wrth y drws am ychydig yn gwrando a gwenu a chenfigennu.

—Pwy bynnag sydd ar y gwaelod – gwnewch yn siŵr fod ych trwyn chi allan o'r dŵr.

Pan oedd ar fin troi i fynd allan clywodd sŵn traed ar

ben y grisiau a gwelodd Elaine yn sefyll yno. Edrychodd Pugwash yn syn arni ac ar ddrws yr ystafell ymolchi bob yn ail.

—Elaine! Sut... ma'i.

Edrychodd ar ddrws yr ystafell ymolchi eto. Roedd Elaine yn amlwg yn gallu clywed y chwerthin ac wedi sylweddoli beth oedd yn digwydd a throdd ar ei sawdl a rhedeg i lawr y grisiau gan roi clep ar ddrws y ffrynt nes roedd y waliau'n crynu.

—Ti 'di gneud hi rŵan, Finchy. 'Di cachu yn y nyth go iawn, meddai Pugwash wrtho'i hun.

— 28 —

Roedd yn fis Awst a'r haf ar ei anterth. Yn dilyn cyfnod byr o dywydd ansefydlog roedd y tywydd braf wedi dychwelyd unwaith eto. Nid addewid gwag a gafwyd ar ddydd Gwener y Tramp wedi'r cwbl. Yn Llanddeiniol, fel ym mhob tref glan môr arall, byrlymai'r prom a'r traeth hefo pobl. Nid oedd sgaffaldiau bellach y tu allan i'r un adeilad; chwarae teg i'r Cyngor, roedd pob ymdrech wedi ei wneud i gael y dref yn edrych ar ei gorau ar gyfer prysurdeb yr haf.

Roedd gwestyau'r dref yn dal i gystadlu'n deg neu'n annheg â'i gilydd i ddenu cwsmeriaid er mai Gwelfor yn unig oedd wedi mynd i drafferth i beintio'r tu allan yn ogystal â'r tu mewn.

Yn llyfrgell y dref roedd Arddangosfa Agored Celfyddyd Gain Llanddeiniol a'r Cylch yn barod a'r gwahoddiadau i'r agoriad wedi eu dosbarthu. Fel pob artist go-iawn, roedd pwysau'r byd yn drwm ar ysgwyddau culion Morus Deiniol. Roedd popeth yn ei boeni – popeth o newyn yn y trydydd byd a llygredd yn y gofod i effeithiau Corwynt Cadwaladr-Pugh ar y cynhaeaf grawn yng ngogledd canol America. Ond, ei boen fwyaf oedd gwybod a oedd ei ddyfrliw o 'Llanddeiniol dan eira' wedi ei grogi'n syth yn yr arddangosfa agored. Nid oedd eto wedi maddau'n llwyr i'r trefnwyr am osod 'Llanddeiniol mewn niwl' yn gam ar y wal ddwy flynedd ynghynt.

Bellach roedd Sarjant McAndrew wedi gadael y ffors,

wedi priodi ac wedi ymsefydlu fel tafarnwr rhadlon yn y Bosun's Packet. Beth bynnag oedd barn pobl Llanddeiniol amdano fel plismon, ac roedd y farn yn amrywiol a dweud y lleiaf, allai neb wadu fod ganddo gryn weledigaeth a phen busnes pan ddôi yn fater o wneud arian. Roedd wedi addasu hen ystafell flêr a ddefnyddid yn achlysurol iawn iawn fel man cynnal twmpath dawns a noson lawen yn fwyty a arbenigai ar fwyd môr a bwydydd megis samwn, sgwarnog a ffesant – bwydydd y gallai eu cael yn rhad iawn oherwydd cysylltiadau a wnaeth pan yn blismon. Roedd wedi gwneud sawl ffafr â sawl potsiwr, wedi cau llygaid ar sawl digwyddiad y dylai fod wedi rhoi gwybod i'r heddlu amdanynt bellach roedd yn bryd derbyn rhai ffafrau yn ôl. Fodd bynnag, gwraig neu beidio roedd penolau merched yn dal yn atyniad mawr. Ni allai faddau iddynt, na'u pasio heb un ai eu rhwbio neu eu pinsio'n ysgafn. O bryd i'w gilydd, os oedd wedi ei gynhyrfu digon byddai'n stwffio ei fawd ynddynt.

Yn Ysbyty Frenhinol Llanddeiniol, yn y Cadwaladr-Pugh Ward, gorweddai bachgen gwalltgoch hefo un goes yn blastar Paris o fodiau ei draed hyd at ei glun. Roedd Gary, brawd Harry, mab Barry a Mari Parry, wedi syrthio i lawr clogwyn ger Allt Craig y Meibion tra oedd yn rhedeg ar ôl ci bach blêr oedd wedi dwyn un o'i drainers. Ni welwyd mo'r ci na'r esgid wedyn. Un cysur i Gary Parry oedd y byddai ei draed wedi tyfu'n rhy fawr i'w drainers beth bynnag erbyn y byddai ei goes wedi gwella'n ddigonol i dynnu'r plastar.

***

Bellach roedd tair wythnos wedi mynd heibio ers i Elaine orffen hefo Emlyn. Teimlai Emlyn boen o bryd i'w gilydd o deimlo fod yr holl flynyddoedd wedi bod yn ofer. Ond dro arall teimlai ryddhad. Ond yr hyn a'i poenai fwyaf oedd nad oedd wedi gweld Maureen ond unwaith yn y cyfamser ac roedd hi'n ymddwyn fel petai dim wedi digwydd. Yn waeth na hynny roedd yn sôn am Malcolm hyn a Malcolm llall drwy'r amser, rhywbeth nad oedd wedi ei wneud cynt. Byddai'n haws i Emlyn ddelio â'r boen o golli Elaine petai Maureen yno i'w gysuro ond nid oedd, ac yn waeth na hynny nid oedd yn rhoi'r argraff y byddai, byth.

Nid oedd yn deall ei meddwl; roedd fel pyped yn ei dwylo a hi oedd yn rheoli ei symudiadau i gyd. Ond doedd dim rheol na rheswm i symudiadau ei dwylo.

***

Un bore, daeth amlen frown swyddogol yr olwg drwy ddrws y Dysgwr Mawr. Llythyr arall yn gwrthod swydd iddo, meddyliodd, wrth ei godi oddi ar y llawr, llythyr arall yn dechrau '*Thank you for your interest, unfortunately we regret...*' Ond yna cofiodd nad oedd wedi trio am swydd. Nid oedd wedi gwneud cais am unrhyw fath o ddim ers dwy flynedd a mwy, byth ers iddo gael ei wrthod am swydd fel cogydd dan hyfforddiant yn ffatri Llanddeiniol Industrial Pumps Ltd, a byth ers iddo ddechrau ar y drefn o grwydro rownd Llanddeiniol rhwng naw a phump. Agorodd yr amlen â dwylo crynedig.

Dear Friend

I thought it mite be in you're best intrest too no that your wife is having an affair. Most days of the weak she is meeting up with her lover and spending the hole afternoon shagging. He is a seilor and 'in every port he

finds a wife'. Only this time he has found you'res. This has been going on for a wile now and it is time yew new.
Yours
A Sympathiser.

Edrychodd yn y llyfr ffôn a gweld nad oedd neb o'r enw hwnnw yn Llanddeiniol cyn dod i'r casgliad mai nodyn dienw ydoedd. Rai dyddiau yn ddiweddarach gadawodd y Dysgwr Mawr ei gartref cyn naw o'r gloch fel arfer. Os rhywbeth, roedd ei gerddediad yn arafach, ei gam yn drymach a'i ên yn pwyso'n is ar ei frest. Ond, yn wahanol i'r arfer ni lusgodd ei ffordd i Landdeiniol ac at y môr ond yn hytrach aeth i gaffi Dylan oedd gyferbyn â'r orsaf bysys. Eisteddodd yno am awr dros baned a sgonsan a'i fyd yn troi'n arafach ac yn arafach fel yr oerai'r te. Ni wyddai a oedd yn gwneud y peth iawn ai peidio ond bellach roedd yn rhy hwyr i boeni.

Daeth bws Maes Afallon i mewn i'r orsaf. Curodd calon y Dysgwr Mawr yn gyflymach yn erbyn ei fest seimllyd. Roedd rhan ohono yn gobeithio na fyddai ei wraig ar y bws, ond roedd rhan arall ohono yn gweddïo y byddai, petai ond er mwyn rhoi rhyw fymryn o esboniad am yr oerni a'r atgasedd oedd wedi syrthio fel niwl tamp dros eu perthynas a'u priodas.

Roedd hi yno.

Linda, gwraig y Dysgwr Mawr, oedd yr olaf i gamu oddi ar y bws, â llygaid soser y gyrrwr wedi eu hoelio arni. Gadawodd y Dysgwr Mawr ei baned oer ar ei hanner a gadael y caffi. Dilynodd ei wraig ar hyd y stryd gan sicrhau ei fod yn cadw'n ddigon pell i ffwrdd. Roedd Linda'n cerdded yn gyflym â'i meddwl yn amlwg ar rywbeth llawer mwy pleserus na thrampio strydoedd a siopau Llanddeiniol.

Ni fu raid i'r Dysgwr Mawr gerdded yn bell. Rownd y gornel o'r orsaf bysys, gyferbyn â'r orsaf trenau, roedd Station Road ac un o'r fflatiau yno oedd cyrchfan Linda. Arhosodd y Dysgwr Mawr yn ddigon pell i ffwrdd fel nad oedd perygl iddo gael ei weld ond yn ddigon agos i weld ei wraig yn curo drws Rhif 7, i weld y drws yn agor a dyn mewn trôns a chrys-T yn agor y drws, cusanu Linda a'i llusgo i mewn. Suddodd calon y Dysgwr Mawr. Roedd y peth yn wir. Pa fath o gariad oedd gan Linda ei wraig oedd mor ddigywilydd ag agor y drws wedi hanner gwisgo amdano?

Ddau funud yn unig yn ddiweddarach roedd Linda yn sefyll wrth un o'r ffenestri uchaf â'i chefn at y stryd. Nid oedd yn edrych yn debyg fod dim amdani ac roedd dwy fraich ddynol rownd ei gwddw yn ei chofleidio'n dynn.

Roedd awdur y llythyr bach dienw, pwy bynnag ydoedd, yn gwybod ei ffeithiau. Efallai mai ceisio gwneud ffafr â'r Dysgwr Mawr oedd y llythyrwr anhysbys ond yr eiliad honno, wrth weld ei wraig noeth ym mreichiau dyn arall, roedd byd bach y Dysgwr Mawr yn deilchion.

Y diwrnod canlynol, roedd un Elfyn ap Rhys yn mynd â'i bwdl bach am dro drwy'r goedlan fechan oedd yn rhan o'r tir agored rhwng Llanddeiniol a Maes Afallon. Fe'i deffrowyd o'i freuddwyd felys o eisteddfodau lleol a phwyllgorau cyllid a chynnal raffl ar gyfer yr achos hwn a thombola ar gyfer y llall gan gyfarth y ci bach aflonydd. Pan ddaeth y Bonwr ap Rhys at lannerch fechan yn y coed roedd y ci yn dawnsio o gwmpas pâr mawr iawn o draed oedd yn hongian rhyw ddwy droedfedd o'r llawr. Cael a chael oedd hi, ond cyrhaeddodd Elfyn ap Rhys jest mewn pryd i achub y Dysgwr Mawr rhag crogi ei hun. Wedi i hwnnw sylweddoli beth oedd wedi digwydd ac ymhle yr oedd o, roedd o'n hynod ddiolchgar.

—Doedd fi ddim wedi meddwl hongio fy hun. Cri am help oedd fo. Dwi wedi bod yn diodde o gwasgedd isel ers gwybod fod gwraig fi yn cael boncs hefo ddyn arall.

Cusanodd y Dysgwr Mawr Elfyn ap Rhys a chusanodd y pwdl y Dysgwr Mawr.

***

Ar ddydd Mawrth Eisteddfod Genedlaethol Caernefydd a'r Cylch derbyniwyd Mr Cadwaladr–Pugh yn aelod cyflawn o Orsedd Beirdd Ynys Prydain.

—Not before time hefyd, oedd ymateb Mrs Cadwaladr–Pugh i'r achlysur.

Ni wyddai ef bod tâl aelodaeth hefyd ac felly ni fyddai byth yn derbyn unrhyw bapurau swyddogol. Ni wyddai chwaith cymaint o dwl–lal yr edrychai yn ei wisg wen. Yr oedd wedi gwneud ei hun yn bricsiwn go-iawn y tro hwn.

Am hanner awr wedi tri un bore roedd ambiwlans wedi ei barcio y tu allan i Gae Bach a'i olau glas yn fflachio. Roedd ei sŵn wedi deffro nifer o'r cymdogion oedd yn byw yn y tai a'r bythynnod o gwmpas ac nid oedd modd iddynt fynd i gysgu gyda'r golau yn fflachio fel yr oedd a heb gael gwybod beth oedd yn bod a phwy oedd yn sâl. Felly roedd llenni sawl ffenest wedi eu symud yn ôl rhyw ychydig er mwyn i'r cymdogion gael gweld digon. Yr hyn a welsant oedd dau ddyn ambiwlans yn dod allan o Gae Bach ymhen hir a hwyr yn rowlio cludwely. Gan fod Mrs Mary Finch yn cerdded wrth ochr y cludwely, yn dal hances at ei cheg, a chan fod unig fab y tŷ wedi symud allan a'r unig ferch wedi priodi ac yn byw yn Wolverhampton roedd yn amlwg mai George Lloyd oedd ar y ffordd i'r ysbyty.

Erbyn i Emlyn glywed y ffôn yn canu yn ei fflat, sylweddoli nad oedd yn rhan o'i freuddwyd a'i ateb, roedd yn ugain munud wedi pedwar ac erbyn iddo wisgo amdano a reidio ei feic i'r ysbyty roedd wedi troi pump.

Roedd ei fam yn aros amdano â golwg bryderus iawn ar ei hwyneb. Arweiniodd ef at erchwyn y gwely ymhle y gorweddai George Lloyd wedi ei gysylltu i nifer o wifrau a thiwbiau yn union fel petai'n fom.

—Edrycha arno fo. 'Ngwas i. Tydi o'n edrach yn fach, d'wad?

—Dydy o ddim yn edrach yn dda, nac'di?

—Mae o wedi cael bywyd da, 'sti. Do wir, bywyd da iawn.

—Be 'dach chi'n awgrymu felly? Ein bod ni'n gofyn i'r doctor ei roi o i gysgu?!

Y noson cyn iddo gael ei ruthro i'r ysbyty, gwelwyd George Lloyd yn crwydro'n ddibwrpas hyd y lonydd yng nghyffiniau Cae Bach am hanner awr wedi deg. Gomer Lewis yn y diwedd aeth ag ef adre. Meddai hwnnw wrth ei wraig:

—Wedi meddwi faswn i'n ddeud. Er nad oedd na smach o ogla diod arno fo. Ond yn rwdlian am fethu ffendio'r llong a bod rhywun wedi symud y gangwe ac yn gweiddi rhywbeth am watsiad y *first mate*, ei fod o'n ddyn tina. Ac wedyn yn deud rywbath ynglŷn â ma' bastad ydy'r *King of Spades*, ac na fedra fo mo'i drystio fo. A rhywbeth am beidio â chwerthin am ben y dyn bach, fod y dyn bach yn gwybod pob dim ac yn gweld pob peth. Dyna i ti gymaint o sens ges i gynno fo.

Ei gael ar y landin rhwng ei lofft a'r tŷ bach wnaeth Mary Finch pan gododd i bi-pi am dri o'r gloch. Roedd yn eistedd yn pwyso yn erbyn y wal a'i ben ar dro a gwaed yn diferu o un ffroen. Roedd y doctoriaid yn bryderus iawn. Y ddamcaniaeth fwyaf poblogaidd ar y dechrau oedd fod George Lloyd wedi cael strôc.

Ond dridiau yn ddiweddarach roedd yn cerdded yn dalog drwy ddrysau otomatig yr ysbyty ac am adre yn rhybuddio'r nyrsys yn erbyn y *King of Spades*. Nid oedd gan y doctoriaid syniad beth oedd yn bod arno.

***

Un dydd Sadwrn braf galwodd Maureen yn fflat Emlyn. Roedd wedi ei gwisgo mewn ffrog haf fach ysgafn, gwta, pâr o sandalau a dim sanau.

—Dwi'm yn dallt, 'sti. Waeth i mi beidio cogio 'mod i.

—Picnic, ti'n gwybod. Enw ydy o am fwyd ti'n fwyta allan. Bechdanau tomato sogi, neu wyau ogla drwg, crisps, coesa ieir – math yna o beth. Pop coch. Gwin os ti'n llanc go-iawn.

—Wn i be 'di picnic. Nid oedd am chwerthin. Chdi, dyna dwi ddim yn ddallt. Ti'n fy hudo, gwneud hi'n amhosib i wrthod. O ganlyniad mae popeth ar ben hefo fi ac Elaine. Ac wedyn dwi ddim yn clywed dim, ddim yn dy weld. Dwi ddim yn gwybod lle dwi'n sefyll na be sy'n mynd ymlaen. A faswn i'n lecio cael gwybod. Maureen?

—Ddaw bob dim yn glir. Dwi'n addo. Jest rho amser. Cris croes tân poeth. Rŵan, be am bicnic?

Teimlodd Emlyn ei hun yn cynhesu tuag ati. Gwenodd.

—Ti'n edrych yn smart.

Cododd Maureen fymryn ar odre ei ffrog yn sydyn a throi rownd yn sydyn. Yn rhy sydyn i Emlyn fynd ar ei lw nad oedd hi'n gwisgo nicyr. Ond roedd bron yn bendant o beth welodd.

***

Yn ddiweddarach y prynhawn hwnnw eisteddai'r ddau wrth fwrdd y tu allan i'r Rhosysgall Arms. Roedd y picnic ar lan yr afon wedi ei fwyta ers amser ac roedd y sgwrs rhyngddynt wedi llifo'n rhwydd a naturiol. Cafodd sawl pwnc ei wyntyllu. Roeddent wedi cofleidio a chusanu bob yn ail â siarad ac roedd dwylo Emlyn wedi cadarnhau'r hyn y credai yr oedd wedi ei weld yn gynharach. Ond nid oedd fymryn yn agosach at ddeall Maureen.

—'Run peth eto?

Gorffennodd ei beint a chodi a cherdded i mewn at y bar.

— 29 —

Cerddodd Emlyn gyda dau wydr llawn tuag at y bwrdd lle eisteddai Maureen. Roedd hi'n edrych arno'n syn gan fod hipi blêr gyda'i wallt gwyn mewn cynffon merlen a het ar ei ben yn cerdded wrth ei ochr.

Cyrhaeddodd y ddau y bwrdd a rhoddodd yr hipi ei wydr arno cyn eistedd i lawr.

—Maureen, ga i gyflwyno… Jack Finch… fy nhad! Dad – dyma Maureen.

Edrychodd Maureen yn syn ar y tad ac ar y mab bob yn ail.

—Sut hwyl sy, cariad?

Cododd Jack Finch yr het ddu a'r bandyn amryliw oddi ar ei ben i gyfarch Maureen a dangos corun moel gwyn. Eisteddodd gyda hwy wrth y bwrdd mawr pren a tharo ei dun baco o'i flaen. Nid oedd Emlyn wedi dod ato'i hun cweit digon i ddechrau sgwrs. Roedd ei wyneb gwelw yn arwydd plaen fod gweld ei dad yn y Rhosysgall Arms wedi bod yn dipyn o sioc iddo. Er ei fod wedi gweld rhywun tebyg iddo fisoedd yn ôl pan ddaeth i Rosysgall gyda'i fam a'i daid ac wedi amau, roedd wedi gwrthod â chredu y gallai'r peth fod yn wir.

Gwyliodd ei dad yn rowlio sigarét iddo'i hun. Gallai Emlyn weld sawl paced Rizla yn y tun a'r cardfwrdd ar bob un wedi ei dorri.

Ma' Dad yn dope head!

Roedd ei dad wedi newid tu hwnt i bob rheswm ers y

tro diwethaf iddo'i weld. Bryd hynny roedd wedi ei wisgo mewn siwt lwyd dywyll; roedd ganddo wallt ar ei gorun ond dim cynffon merlen ac roedd ei ewinedd yn lân. Roedd bob amser yn lân a thrwsiadus, byth angen shêf ac yn ogleuo o Old Spice bob tro. Rŵan roedd ei dad yn gwisgo hen drowsus byddin yr Almaen yn bocedi i gyd, hen siwmper batrymog liwgar dyllog, esgidiau mawr trymion a het. Roedd croen ei wyneb a'i ddwylo un ai'n frown neu'n fudr, neu'r ddau, ac roedd ganddo locsyn bach blêr di-siâp. Hongiai clustdlws ar ffurf morlo o'i glust dde ac roedd modrwy fach yn un ffroen. Gallai Emlyn arogli'r olew *patchouli* yn gryf ar ei groen.

Pymtheg oed oedd Emlyn pan welodd y dyn hwn ddiwethaf, ychydig cyn iddo gerdded allan o'i fywyd a bywyd ei fam am byth. Bellach roedd Jack Finch yn drigain oed ond oherwydd ei wisg a'i edrychiad gallai'n hawdd basio am rywun pymtheng mlynedd yn iau. Roedd hynny'n fwy nag y gellid ei ddweud am Mary Finch, oedd wedi gadael i bob blwyddyn a aeth heibio adael mwy na'i hôl naturiol arni.

—Gest ti sioc, do?

—Blydi *too true*. Wyddwn i ddim os oeddach chi'n fyw neu'n farw. Yn sicr ro'n i'n meddwl eich bod chi'n byw ddigon pell o Landdeiniol.

Roedd Jack Finch yn edrych i lawr ar y bwrdd ac yn pigo graen y pren hefo'i fys.

—Wel, ro'n i'n teimlo 'mod i wedi dŵad i'r pen, 'sti. Teimlo fod fy nhrwyn i'n fflat ar y wal a heb unman i droi. Fedrwn i ddim cario 'mlaen fel ro'n i. Roedd gen i ddau ddewis – dal i bwyso yn erbyn y wal nes basa 'mhen i'n cracio neu ddringo dros y wal a gweld beth oedd yr ochr arall. A dyna wnes i. A dwi'n dal wrthi'n darganfod yr holl

ryfeddodau sydd ’na yr ochr arall.
—Feddylioch chi ddim am Mam drwy hyn i gyd, mae’n siŵr?
—Creda neu beidio ond amdani hi ro’n i’n meddwl. Fasa’r graduras yn ei bedd erstalwm taswn i wedi aros.
—Sut gwyddoch chi nad ydy hi?

Edrychodd Jack Finch ar ei fab.

— Dwi’n gwybod bod gen ti reswm da dros fy nghasáu i…
—Iesu, dydw i ddim yn eich casáu chi. Dwi ddim wedi meddwl amdanoch chi o gwbl ers blynyddoedd maith. Felly peidiwch â blydi fflatro’ch hun.
—Dwi wedi bod yn cadw tabs, ’sti. Ffonio hwn a’r llall, gwneud yn siŵr eich bod yn iawn.
—Fawr o feddwl gyrru rhyw ffeifar bach o bryd i’w gilydd, naddo? Pres i Mam a fi gael crystyn bach. Ond na, wrth gwrs, dianc rhag cyfrifoldebau ariannol wnaethoch chi, ’te?
—Dim dianc. Dewis troi ’nghefn.
—Oes ’na wahaniaeth?
—Beth bynnag, wnaethoch chi ddim diodde, naddo? Yn enwedig pan ddaeth pensiwn môr George. Drodd allan yn well i bawb fel oedd hi, ’sti.
—Ella wir. Ddowt gin i os bydd Mam yn cytuno hefyd rhywsut. Graduras, wedi treulio’r deunaw mlynedd ddwaetha ’ma fel tasa hi’n wraig weddw. Ond heb allu galaru’n iawn chwaith. Pawb yn siarad yn ’i chefn hi – ar y dechra, ’te. Wedyn pawb yn bod yn graig iddi a’ch galw chi’n ben dafad, a gwaeth.

Ond yn y bôn, er gwaetha’r ffaith fod Jack Finch wedi gadael ei deulu pan oedd Emlyn yn hogyn pymtheg oed, a’i fod wedi clywed sawl cyfeiriad at ei dad fel ‘bastad’ a gwaeth yn y blynyddoedd a aeth heibio, roedd Emlyn yn falch o'i weld. Dros beint yn yr haul clywodd am fywyd ei dad ers y diwrnod y penderfynodd mai y tu draw i'r wal yr oedd ei ddyfodol.

Roedd Jac Finch wedi penderfynu yn sydyn ac yn ddirybudd. Ar ei ffordd i'w waith un bore Mawrth glawog a diflas gofynnodd iddo'i hun yn ddifrifol am esboniad llawn ar ei bwrpas mewn bywyd a'i reswm dros wneud yr hyn a wnâi ac ni allai ateb. Ceisiodd ddeall beth oedd pwrpas gweithio oriau gosod bob dydd er mwyn ennill cyflog gosod bob mis er mwyn cael arian ar ddiwedd y mis hwnnw i dalu biliau a thalu morgais am dŷ i fyw ynddo; talu am ddrws ffrynt i'w agor a'i gau wrth fynd i'r gwaith bob bore i weithio oriau gosod am fis arall eto hyd nes y byddai'n amser ymddeol a chau'r drws am byth ac aros am y diwedd. Ac ni allai. Felly gwnaeth benderfyniad sydyn yn y fan a'r lle. Trodd drwyn y car yn ôl at Gae Bach ac eistedd ynddo nes iddo weld Mary Finch yn brasgamu o'r tŷ gyda'i basged siopa. Yna aeth i'r tŷ, tynnu ei siwt a phacio ei hen ddillad i gyd a gadael ei ddillad gwaith a pharch a nodyn i'w wraig.

Annwyl Mary
Fedra i ddim cario 'mlaen fel hyn neu fe fydd fy mhen wedi byrstio felly dwi wedi penderfynu gadael. Gadael Llanddeiniol a chdi ac Emlyn bach. Rwy'n gwerthfawrogi y bydd hyn yn andros o sioc iti ond creda fi, rhyw ddiwrnod fe weli fod yr hyn a wnaf er y gorau. Nid wyf am gymryd arian o'r banc felly dylech fod yn iawn am rywfaint. Ni fyddwch yn clywed dim ymhellach gennyf ar ôl hyn o nodyn.
Cofion
Jack (dy ŵr)
O.N. Gei di werthu'r siwt.

Wrth yrru i ffwrdd o Landdeiniol gwnaeth adduned y byddai'n byw gweddill ei oes yn dilyn egwyddorion tramp. Ni fyddai byth eto yn gadael i'r cloc a'r calendr reoli ei fywyd. Byddai'n byw ei fywyd o ddydd i ddydd heb boeni am yfory. Eto, roedd yn ddiolchgar fod ganddo ddau gerdyn credyd yn ei waled – rhywbeth i'w helpu i gael ei draed 'dano tra oedd yn dod i ddygymod â bywyd tramp.

Gyrrodd ar hyd arfordir Gogledd Cymru heb wybod yn iawn i ble roedd yn mynd. Gwerthodd ei gar yn y Rhyl a phrynu VW Camper fel cartref symudol iddo yn ei fywyd newydd fel tramp a chrwban.

Dros y misoedd a'r blynyddoedd cyntaf bu'n crwydro'n gyson o le i le yn gwneud jobsys bychain er mwyn talu am y symudiad nesaf – gweithio ar ffermydd, codi tatws, labro, ffrio bwyd sothach mewn *lay-by*, golchi ffenestri, peintio tai ac ati. Roedd wedi treulio gaeaf yn yr Alban yn torri coed, wedi pigo hopys yng Nghaint, afalau yn swydd Henffordd a thatws yn Sir Benfro.

Oherwydd natur anwadal injan y VW daeth yn gryn giamstar ar drin peiriannau a gwneud gwaith llaw o bob math ac ni chawsai drafferth byth mewn ennill digon i dalu am faco a pheint a phetrol. Wrth gwrs, roedd yn seinio ar y dôl hefyd ble bynnag yr âi. Roedd yn ennill digon i fyw arno a mwynhau ychydig o bleserau heb orfod clymu ei hun i ddim. Peint, smôc, bwyd a rhyddid.

Ymhen amser setlodd mewn comiwn yn swydd Efrog ond un diwrnod, ac yntau yng nghrombil injan tractor, fe'i trawyd yn sydyn gan bwl mawr o hiraeth. Gwibiodd delweddau o fynyddoedd, llynnoedd, glannau môr glân a bachgen mewn trowsus bach yn codi castell tywod a chladdu ei daid drwy ei feddwl. Rhoddodd ei eiddo prin yn y VW a gyrru'n ôl am yr henwlad. Daeth yn syth i gyffiniau Llanddeiniol a sefydlu comiwn yn Rhosysgall a bellach roedd wedi bod yno ers tair blynedd.

Roedd ei beint yn wag erbyn iddo adrodd ei hanes.

—A dyna chdi sut y bu hi. Dwi ddim am eiliad yn disgwyl y byddi di'n dallt ond...

Edrychodd Emlyn ar Maureen yr un eiliad ag yr oedd hi'n troi i edrych ar Emlyn. Gwenodd y ddau ac yna chwerthin yn uchel ac yn afreolus.

—Na, sgen i ddim gobaith dallt ymddygiad mor afresymol, meddai Emlyn rhwng pyliau o chwerthin, gadael job fel'na heb reswm. Job dda, job saff, job siwt.

Cododd Jack Finch ei wydr peint ac aeth i archebu rownd arall. Daeth yn ôl ymhen rhyw bum munud hefo'r diodydd. Roedd merch hefo fo. Gwyddai Emlyn yn syth mai hon oedd y ferch a welodd yn nrws y ffermdy fisoedd yn ôl hefo'r plant bach o'i chwmpas. Gwisgai sgert laes felfed ac esgidiau trymion fel rhai Jack Finch a siwmper liwgar dyllog a'r llewys wedi eu torchi.

Tybed oes 'na siop yn eu gwerthu nhw? Mae pob blydi hipi yn eu gwisgo.

Roedd ganddi fodrwy yn un ffroen a gem yn y llall, ac roedd un fraich noeth frown yn cynnal dwsinau o freichledau main a dau datŵ. Roedd ei chroen hithau'n frown. Neu'n fudur. Neu'r ddau.

Cyflwynodd Jack Finch Anjelique i Emlyn a Maureen. Fe'i cyfarchwyd gan Emlyn a Maureen ond ni ddywedodd hi ddim, dim ond estyn am dun baco Jack Finch a rowlio sigarét fain.

—Mae Anjelique a fi'n byw hefo'n gilydd. Hi 'di'r rheswm penna y des i'n ôl i Gymru.

—Saesnes ydy hi? Ffrances?

—Cymraes. O Aberteifi. Anwen ydy'i henw iawn hi ond

mae Anjelique yn mynd yn well hefo modrwy yn dy drwyn, tydi?

***

Yn ddiweddarach, wedi ychydig mwy o ddiod cafodd Maureen ac Emlyn eu tywys o gwmpas y comiwn a'u cyflwyno i aelodau 'Teulu' Jack Finch. Roedd pawb wrthi'n ddygn yn gweithio – coginio, carthu, palu, trwsio, cribinio, peintio. Ac yn eu canol roedd Arthur, cyn-ŵr Janet Myfanwy, â'i wallt yn un carped clymog, budr. Bu bron i Emlyn beidio â'i adnabod gan nad oedd erioed wedi ei weld yn gwenu pan oedd y tu ôl i far yr Unicorn.

— Arthur! Wel ar f'enaid i! Mae'r stori'n dew ffor'cw bod Janet wedi dy fwrdro di.

—Pam na fasan nhw'n rhoi'r astan yn y jêl, 'ta?

Roedd pobl a phlant bach tin-noeth mewn welingtons ym mhobman a'r hyn a drawodd Emlyn oedd pa mor hapus yr oedd pawb i'w weld. Gwelai ei bod yn bosib gwenu wrth weithio pan nad oedd cadwynau ar gael. Heb iddo sylweddoli, roedd yntau'n gwenu'n barhaol wrth ddilyn ei dad o gwmpas y ffarm, yn gwenu am fod symlrwydd y bywyd a'r syniad wedi ei daro heb ddisgwyl. Gallai weld pwrpas, rheswm a dyfodol wrth gerdded o amgylch y comiwn.

Gwelodd rywbeth arall hefyd. Pan drodd Maureen ei phen oddi wrtho gwelodd farciau hyll coch a du a melyn ar ei gwddf a gwelodd am y tro cyntaf nad oedd yn gwisgo modrwy briodas. Roedd yn teimlo'n sâl ac yn drist ac yn llawen ac wedi ei gynhyrfu yr un pryd. Roedd cwlwm tyn yn ei stumog.

— 30 —

Daeth mis Awst i ben. Er mai siomedig oedd ail hanner y mis o ran tywydd roedd Llanddeiniol wedi cael haf arall llwyddiannus a llewyrchus gyda'r ymwelwyr. Wrth i wyliau'r ysgol ddod i ben roedd math gwahanol ar ymwelydd yn dod i'r dref am wyliau Medi, yn y gobaith o Ha' Bach Mihangel i ychwanegu at y nefoedd o gael promenâd di-blant. Yn wahanol i fisoedd prysur yr haf, Cymry oedd yn y mwyafrif o blith yr ymwelwyr hwyr ac yn raddol roedd Llanddeiniol yn troi'n dref Gymraeg unwaith eto ar gyfer y gaeaf.

Yn wythnos olaf mis Awst aethpwyd â gwraig gwesty Min-y-Môr i'r ysbyty yn dioddef o anaf i'w phen. Yr un noson aethpwyd â'i gŵr i'r carchar. Ond wedi iddi hi wella a dod allan penderfynodd beidio â gwneud unrhyw gyhuddiad yn erbyn ei gŵr ac aeth bywyd ymlaen fel arfer yn y gwesty. Nid oedd yr un o drigolion Llanddeiniol yn synnu gan fod ymddygiad felly ar ran y ddau yn gyffredin bellach. Ni fyddai diwedd Awst yr un fath heb gythrwfwl domestig yng ngwesty Min-y-Môr. Yr unig wahaniaeth y tro hwn oedd mai hi oedd wedi dioddef waethaf.

Daeth anrhydedd arall i un o drigolion blaenllaw'r dref pan gyhoeddwyd fod John Taran Cadwaladr-Pugh i dderbyn gradd anrhydedd gan Brifysgol Salt Lake City am ei wasanaeth i bopeth.

Roedd Mrs Mary Finch yn graddol ddod dros y sioc ddirfawr o wybod bod ei gŵr nid yn unig yn dal ar dir y byw ond wedi dod yn ôl i'r ardal.

Digwyddiad arall cynhyrfus oedd y tân a ddinistriodd dafarn y Bosun's Packet. Roedd y tân wedi dechrau yn y bar cefn ac wedi llosgi drwy'r adeilad cyfan cyn i'r frigâd dân gael ei galw. Pan gyrhaeddodd yr injan dân roedd y to ar fin syrthio i mewn a'r adeilad cyfan yn llosgi'n afreolus. Yng ngolau'r fflamau gellid gweld Robert Mervyn McAndrew yn gwylio'r tân ac yn smocio. Nid oedd golwg rhy bryderus arno o ystyried bod ei eiddo a'i fywoliaeth a'i gartref yn wenfflam. Dridiau yn ddiweddarach daethpwyd o hyd i weddillion dynes yn y lludw. Barn y cwest oedd mai damwain oedd y cyfan ond dau fis wedyn roedd Robert Mervyn McAndrew wedi cymryd drosodd yn nhafarn y Ceiliog Du ac wedi dyweddïo hefo merch o Manilla.

Roedd Emlyn wrth ei waith un prynhawn Iau yn clirio mwsog o landerydd un o'r siediau pan ddaeth Dei Stamp ato â golwg ddigon pryderus arno.

—Finchy bach. Newyddion drwg am Twm Salt.

Bu bron i Emlyn â syrthio oddi ar ei ysgol.

—'Di marw?

—'Di gwella. Ac yn awyddus i ddod yn ôl i weithio.

Suddodd calon Emlyn hefyd. Gwyddai yn iawn mai bwriad Twm Salt oedd dod yn ôl cyn gynted ag yr oedd wedi gwella digon. Ond fel yr âi'r amser heibio roedd gobaith Emlyn yn codi. Sychodd Emlyn ei ddwylo yn ei ofarôl.

—Pryd fydd o'n dechrau?

—Dibynnu be ddudith y doc. Dydd Llun, os ceith o'r ocê.

Roedd ysbryd Emlyn yn isel iawn y noson honno pan aeth adre o'i waith. Aeth draw i gyfeiriad y Station Arms, tafarn nad oedd byth yn ei mynychu, gan obeithio cael llonydd i feddwl ac i yfed ei hun yn stond. Wrth basio siop Tomi Lloyd gwelodd fwrdd hysbysu y *Llanddeiniol Gazette*:

LLANDDEINIOL MAN ON INDECENCY CHARGE.

Prynodd bapur ac aeth i'r dafarn. Bu am beth amser cyn dod o hyd i'r stori berthnasol.

Successful barrister Dewi ap Rhydderch of Maes Afallon Llanddeiniol was arrested earlier today on suspicion of committing an act of indecency. Mr ap Rhydderch is a member of the Llanddeiniol family firm of Trench, Vaughan, ap Rhydderch. Police were unwilling to disclose details.

Teimlai Emlyn yn well yn barod. Rhyfedd sut oedd newyddion drwg rhywun arall yn codi calon rhywun. Nid oedd colli swydd yn ddim o'i gymharu â cholli enw da.

Dyna ddrwg storïau papur newydd, 'dyn nhw byth yn deud digon. Sgwn i beth wnaeth y sglyf.

Nid oedd Emlyn yn adnabod neb a weithiai ar y *Gazette* er mwyn holi ymhellach.

Mi fasa Elaine yn gwybod. Paid â bod yn wirion, fasa hi byth yn deud wrthat ti. Hyd yn oed os 'di hi'n gwybod bob dim. Dydy hi ddim yn siarad hefo chdi. Dewi ap Rhydderch, pwy fasa'n credu. Wedi bod yn gwneud rhywbeth budr. Ond be? Be?

***

Y dydd Llun canlynol digwyddodd dau beth i roi'r felan ar Emlyn. Yn gyntaf, cafodd gadarnhad fod doctor Twm Salt wedi ei basio'n holliach i ailddechrau gweithio. Ac yn ail, rhyddhawyd Dewi ap Rhydderch heb unrhyw gyhuddiad yn ei erbyn. Roedd yr heddlu wedi derbyn nad oedd yn agos at Ysgol-y-Garn ar y diwrnod dan sylw ac nad ef oedd y dyn a welwyd yn agor ei gôt law i ddangos i'r plantos pa mor llydan yr oedd yn gallu agor ei falog.

Felly'r bore hwnnw roedd Emlyn wedi mynd drwy'r un hen rigmarôl o seinio 'mlaen unwaith eto â'i ysbryd yn isel iawn.

***

Ni siomwyd ymwelwyr hwyr y tymor gan y tywydd, daeth Ha' Bach Mihangel unwaith eto 'yn gelwydd i gyd' i orffen haf bendigedig, haf a ddechreuodd mor addawol gyda thywydd annhymorol ar Ddydd Gwener y Tramp. Aeth Emlyn yn ôl i'r drefn o godi'n gynnar a cherdded yn y wlad, o ddefnyddio'i amser yn bwrpasol tra oedd yn meddwl i ba gyfeiriad yr hoffai i'w fywyd ei arwain. Ond ni wnaeth yr ha' bach ddim i godi ei ysbryd. Roedd allan o waith. Roedd ei gariad – ei ddyweddi bron – wedi gorffen hefo fo. Nid oedd wedi gweld Maureen ers y diwrnod hwnnw yn y Rhosysgall Arms pryd y gwelodd ei dad. Nid oedd ganddo syniad beth oedd yn digwydd ar y ffrynt hwnnw. Nid oedd am godi ei obeithion yn ormodol, roedd ganddo deimlad mai cael eu chwalu'n deilchion fyddai eu hanes.

Un prynhawn pan ddaeth yn ôl i'r fflat wedi bod yn crwydro daeth ar draws Pugwash yn eistedd yn y gegin yn yfed wisgi a chwmwl o fwg o'i gwmpas.

—Dechra'n gynnar?

—Pam lai. Boddi'r blŵs, Finchy.

—Dim chdi hefyd. Be sy'n bod arnon ni, d'wad?

—Be sy'n bod ar y twll lle 'ma ti'n feddwl?

—*Dead End Gulch*.

—Dwi wedi penderfynu mynd yn ôl i'r môr. Ma' angen

siot o heli yn y gwaed bellach. Be 'nei di hefo'r fflat? Fedri di ei gadw fo ar ben dy hun?
—Go brin, finna ar y dôl rŵan. 'Nôl at Mam, mwn.

Tywalltodd Pugwash wisgi iddo'i hun ac un i Emlyn.

—Pryd benderfynaist di hyn, 'ta?
—Mae'r syniad wedi bod yn corddi yn fy mhen erstalwm fel y gwyddost. Ond mae'r hen fusnes 'ma hefo Linda wedi rhoi coron ar y cwbl.

Nid oedd gan Emlyn syniad am beth yr oedd yn siarad ac roedd hynny i'w weld ar ei wyneb.

—Ti'n gwbod bod ei gŵr hi wedi ffendio allan?
—Wel, roedd o'n bownd o ddigwydd, toedd? Blydi hel 'run fath.
—Ia. Roedd 'na rywun wedi anfon nodyn ato fo neu rywbeth. Yn deud y cwbl, meddai Pugwash, â chysgod gwên ar ei wyneb. Sillafu uffernol mae'n debyg. Beth bynnag, mae hi wedi penderfynu aros hefo fo. Achos bod y lob wedi trio crogi'i hun.

Cymerodd Pugwash ddracht helaeth o'r wisgi a thanio sigarét arall.

—Dim bwys gin i a deud y gwir. Oedd, roedd o'n hwyl tra parodd o ac oedd, roedd hi'n uffarn o un dda yn y ciando ond... wel, rhywbeth dros dro oedd o i fod, 'te. Beth bynnag, fedrwn i ddim diodda'r nicyrs oedd hi'n eu gwisgo.

Chwarddodd Emlyn.

—Be ti'n feddwl?
—Hen nicyrs mawr, 'sti. Rhai sidan. Drud. Digon o le i law ond yn edrach yn henffasiwn.
—Arglwydd, dwi'n synnu dy fod ti wedi sylwi. Doedd ei nicyrs hi ddim amdani hi yn ddigon hir pan oedd hi hefo chdi. Wnest ti sôn wrthi?

—Asu bach naddo. Do'n i ddim yn lecio.
—Pam na fasat ti'n prynu rhai newydd iddi, 'ta?
—Callia. Be ti'n feddwl ydw i?

***

Daeth Maureen i'r fflat ar ddiwedd y prynhawn er mawr syndod i Emlyn. Erbyn hynny roedd Pugwash wedi gwagio'r botel wisgi ac wedi mynd draw i ddweud wrth ei fam am ei benderfyniad i fynd yn ôl i'r môr ac yna i ddeud ffarwél wrth dafarnau Llanddeiniol tan y tro nesaf.
—Helô, *stranger*, meddai Emlyn wedi iddo agor y drws.

Gwenodd Maureen arno a dal ei boch iddo'i chusanu. Roedd ôl dagrau ar ei gruddiau a chlais melynddu dan ei llygaid.
—Dwi wedi cyrraedd y pen mae arna i ofn, meddai wedi iddi eistedd yn y gadair freichiau. Dwi'n gallu cydymdeimlo'n llwyr hefo'r ffordd oedd dy dad yn teimlo, trwyn yn fflat ar y wal a dim unman i fynd. Ond mae 'na rywle i fynd. Bob tro. Dim ond i rywun feddwl yn ddigon clir a chanolbwyntio. Mae 'na rywle i fynd o hyd.

Dechreuodd grio'n dawel.
—Lle felly? holodd Emlyn. Roedd wedi gobeithio swnio'n cŵl ac mewn rheolaeth ond roedd gwich yn ei lais yn datgelu ei fod ar binnau. Wyt ti'n meddwl gadael?
—Yn y meddwl.
—Y ffordd orau i deithio, meddan nhw.
—Pwy ddiawl ydyn 'nhw'? Dwi wedi penderfynu gadael un peth – Malcolm. Fedra i ddim byw hefo fo ddim eiliad yn hirach. Dwi'n credu o ddifri ei fod o'n dechrau drysu. Mae arna i ei ofn o. Sbia.

Pwyntiodd Maureen at ei llygaid.
—Mae o 'di trio 'nhagu i cyn heddiw.

—Mm. Ti isho i mi gael gair hefo fo?

Chwarddodd Maureen drwy ei dagrau.

—Ti'm yn dallt. Dydy o ddim yn gall. A sbia ar ei seis o. Dydy o'n *obsessed* hefo codi pwysa a magu *muscles*. Mi fasa'n dy larpio di, Em bach. Fedrith o ddim pasio blydi drws heb afael yn y ffrâm a gwneud blydi *chin-ups*. Mae o'n bocsio yn erbyn ei hun yn y drych yn y bore cyn cael pisiad hyd yn oed.

—'Di *muscles* ddim yn bob dim, 'sti. Beth bynnag, faswn i'n gofyn i Pug a Stamp ddŵad hefo fi siŵr iawn. Dwi ddim yn hollol wirion, 'sti.

—Na. Dim rŵan beth bynnag. Aros i weld be fydd ei ymateb o.

—Ti ddim 'di deud wrtho fo?

Wnaeth hi ddim ateb.

—Be ti am wneud? I ble'r ei di?

Sut oedd gofyn iddi a oedd ef yn rhan o unrhyw gynlluniau oedd ganddi?

—At dy rieni ei di? Neu... y... mae croeso i chdi yn fan'ma. Gei di stafell Pugwash os ti isho. Mae o am fynd yn ôl i'r môr. Neu... beth bynnag. Fel leci di.

Pan adawodd Maureen yn ddiweddarach nid oedd gan Emlyn fawr mwy o syniad beth oedd ei chynlluniau. Pan gynigiodd le iddi yn y fflat roedd wedi codi ei phen ac edrych arno drwy ei dagrau ac roedd ef yn meddwl ei fod wedi gweld awgrym o ddiolch yn ei llygaid. Ddywedodd hi ddim. Roedd yn amlwg ei bod yn dal yn isel iawn ei hysbryd ynglŷn â'r hyn a'i hwynebai.

Wrth ymyl y drws ffrynt trodd at Emlyn.

—Diolch am fod yn gefn. Paid â mynd yn rhy bell oddi wrth y ffôn os medri di. Rhag ofn.

— 31 —

Er nad oedd llawer iawn o ddillad gan Pugwash i'w pacio fe gymerodd yr orchwyl drist ac annifyr honno rai oriau iddo. Un broblem oedd ei fod yn stopio'n rheolaidd am baned, ond y rheswm pennaf oedd ei fod yn cael trafferth mawr i ddod o hyd i'w bethau i gyd. Roeddent wedi eu gwasgaru ar draws pedwar ban y fflat. Roedd llyfrau wedi eu pentyrru hwnt ac yma, cloriau cryno ddisgiau wedi eu stwffio i lawr ochr y soffa, hosan unigol yma a thraw yn hiraethu am bartneres a phan edrychodd dan y gwely daeth ar draws sawl dilledyn oedd yn wyn gan fflyff. Aeth y cyfan i mewn i'r cês, y glân, y budr, y gwyn a'r gwarthus fel ei gilydd.

Teimlai Emlyn yn chwithig iawn. Ni allai fod o gymorth mawr, dim ond rhyw edrych yma ac acw a thynnu sylw at eitemau y credai oedd yn perthyn i Pugwash ac a allai fod o ddefnydd. Ond yn fwy na dim, teimlai'n drist. Er gwaethaf arferion aflednais Pugwash roedd trefn bywyd yn y fflat wedi gwella, nid oedd am ei weld yn mynd ac nid oedd yn siŵr os y gallai wynebu'r ffarwelio olaf. Yn y gorffennol, yn hwyr y nos ac yn llawn o gwrw y byddai rhywun yn dweud ta ta wrth i Pugwash hel ei bac yn ôl am y môr. A'r bore drannoeth byddai wedi hen fynd, a'r cur pen yn unig fyddai'n aros i atgoffa rhywun ei fod wedi bod heibio unwaith eto. Penderfynodd Emlyn, ar ôl gwylio Pugwash yn pacio a rhannu sawl cwpanaid gydag ef, y byddai'n well ganddo fod allan o

Landdeiniol pan fyddai Pugwash yn cau drws y fflat am y tro olaf.

Safodd yn nrws llofft Pugwash hefo'i *rucksack* ar ei gefn. Estynnodd ei law.

—Tan tro nesa, Pug. Paid â hel dy din yn yr hen borthladdoedd poeth 'na – wyddost ti ddim be ddali di. A cadwa'n glir o nicyrs henffasiwn.

Ac yna cychwynnodd gerdded allan o Landdeiniol.

Roedd yn ddiwrnod diflas o ran tywydd hefyd, y gwynt wedi codi ac yn chwipio hen law mân i bobman. Adlewyrchai'r tywydd deimladau Emlyn i'r dim.

***

Roedd cist y Mini coch a drws Cân-yr-Afon ar agor yn llydan. Yn y bwthyn roedd Maureen Lloyd hithau yn pacio. Roedd wedi llwytho bagiau duon a bagiau cynfas a chesys a bocsys hefo dillad ac eiddo personol, ac yn eu cario fesul un i'r car. Edrychai'n debyg y byddai raid iddi wneud mwy nag un siwrnai. Diolchai fod ganddi rywle i fynd. Roedd wedi penderfynu derbyn cynnig Emlyn a mynd i Fflat 2, Rhif 7 Station Road i fyw. Ac nid oedd yn fwriad o gwbl ganddi gysgu yn ystafell ddrewllyd Pugwash. Er ei bod am newid bwthyn clyd a chysurus yn y wlad am fflat ddigon di-ddim yn y dre nid oedd ots ganddi. Roedd cariad yn llenwi'r fflat tra nad oedd dim ond atgasedd bellach ar ôl yn y bwthyn

Ceisio sgriblo pwt o nodyn i'w adael i Malcolm oedd hi pan glywodd gar yn stopio y tu allan a drws y car hwnnw'n cael ei glepio ynghau.

Pan ddaeth Malcolm i mewn i'r bwthyn roedd yn amlwg ar ei wyneb ei fod yn sylweddoli beth oedd yn digwydd ac yn amlwg hefyd nad oedd yn hapus gyda hynny.

—Ti wedi penderfynu felly?
—Edrych felly, tydi?
—Os clywa i mai at yr hen fotwm blows 'na wyt ti'n mynd... fydd eich bywydau chi ddim gwerth eu byw.
—Tyfa'i fyny. Pa fotwm blows beth bynnag, Tarzan?
—Dwi'n 'i feddwl o, Maureen. Chei di ddim gwneud sbort am fy mhen i. Does 'na neb i fod i chwerthin am fy mhen i. Chdi na'r stampiwr llyfra na. Ti'n dallt?
—*Dwi'n* dallt. Chdi sydd ddim – neu mi fasat ti wedi clywed pobl yn chwerthin am dy ben di ers blynyddoedd. Fydda i'n ôl am weddill fy mhethau.

Cerddodd tuag at y drws ble safai Malcolm. Nid oedd ef am symud o'r neilltu.
—Ti'n ffycin twp? Fi bia chdi.

Daeth tuag ati â'i freichiau allan fel petai am ei thagu. Ond roedd Maureen wedi paratoi ar gyfer y posibilrwydd y byddai hyn yn digwydd. Tynnodd y twca allan o'i bag a'i wthio'n fygythiol i gyfeiriad ei gŵr. Roedd hwnnw yn ei hadnabod yn ddigon da i wybod nad bygythiad gwag oedd hwn. Gallai weld yr atgasedd a'r penderfyniad ar ei hwyneb. Camodd i'r ochr. Chwarddodd yn ddirmygus.
—Chei di ddim *get away* hefo hyn, 'sti. Paid â meddwl hynny. Lle bynnag yr ei di, edrycha dros dy ysgwydd. Does wybod be weli di. Ac os ca i afael ar y twca 'na – mi wna i ffrityrs allan o'i bidl-dŵ fo.

***

Eisteddai Emlyn wrth yr hen *look-out* yn ymochel rhag y gwynt a'r glaw, yn edrych allan i'r môr.

Bellach roedd yr haf bron ar ben a'r hydref yn agosáu. Roedd ei feddyliau yn gwibio a rasio yn ôl ac ymlaen yn ei ben. Yn ystod y gwanwyn a'r haf roedd wedi colli dwy swydd ac un cariad. Yn ystod y cyfnod hwnnw hefyd roedd wedi gadael cartref am y tro cyntaf yn ei fywyd ac yn wynebu'r ffaith y byddai raid iddo fynd yn ôl yno os nad oedd Maureen am ddod i rannu'r fflat hefo fo. Maureen. Roedd yr enw'n canu yn ei ben. Maureen. Roedd barddoniaeth yn yr enw. Roedd yn dechrau teimlo'n fwy hyderus fod ei berthynas â pherchennog yr enw gogoneddus yn troi i'r cyfeiriad iawn. Nid oedd Malcolm na'i bres, na'i gar crand na'i ben mawr na'i geg fwy yn fygythiad iddynt bellach. Eto, roedd Elaine yn dal yn llechu yn ei feddwl hefyd.

***

Un o gas bethau Ambrose Mathews oedd diwrnodau fel hwn – gwynt cryf a glaw mân, y gwynt yn chwythu drwy bob twll a chornel ac yn dod â'r glaw i'w ganlyn. Roedd twll bach rhydlyd yn nho caban y llyfrgell deithiol ac ar dywydd fel hyn roedd glaw yn sicr o'i ddarganfod a dod drwyddo i ddiferu ar ei ben. Doedd dim a sticiai Ambrose yno yn gwneud y gwaith o gau'r twll – roedd wedi trio papur blotio, *blue tac,* a hyd yn oed lwmp o *chewing gum*, ond doedd dim yn tycio na sticio. Ar ben hynny, oherwydd y tywydd, tawel iawn fyddai hi yn y pentrefi gwledig gan amlaf; doedd brwydro'r tywydd er mwyn cael llyfr newydd a dychwelyd hen un ddim yn uchel ar restr neb o ddyletswyddau pwysig i'w cyflawni. Gweithred anodd hefyd fyddai gwahanu un llyfr Mills and Boon print mawr fyddai wedi glynu wrth un arall hefo gwlybaniaeth a thamprwydd. Pethau felly oedd yn mynd drwy feddwl Ambrose Mathews wrth iddo yrru ar hyd lonydd culion cefn gwlad tuag at Lanandras.

Roedd y sychwyr ar y sgrîn wynt ddwbl yn brwydro'n

ofer yn erbyn y glaw mân glynedig.

Plygodd Ambrose yn ei flaen i sychu rhywfaint ar y stêm oedd ar y sgrîn wynt pan welodd y car. Prin y cafodd amser i fygwth rhoi ei droed ar y brêc pan welodd y Mini coch yn sglefrio rownd y gornel ar yr ochr anghywir i'r lôn ac ar gyflymder cwbl anaddas i lôn wledig, waeth be fo'r tywydd. Roedd yn rhy hwyr. Ceisiodd y Mini coch droi i'r ochr iawn ond sgrialodd y car yn afreolus yn syth i'r clawdd gyda sŵn ofnadwy metel yn plygu, gwydr yn ffrwydro a theiars yn gwichian. Wedyn roedd tawelwch ym mhobman.

Pan ddaeth Ambrose ato'i hun gallai weld cês agored ar y lôn a bagiau duon wedi byrstio a dillad wedi eu gwasgaru ym mhobman. Roedd y ferch oedd wrth lyw y Mini yn llonydd a'i llygaid ar agor, ac roedd Ambrose yn ei hadnabod yn iawn.

RHAN 3

— 32 —

Roedd yn fis Hydref ac er gwaethaf proffwydoliaethau gwae Mr Alwyn Bagwell, y dyn tywydd amatur lleol, oedd wedi sylwi ar bob arwydd naturiol a'u cofnodi'n fanwl, roedd Ha' Bach Mihangel yn parhau am rywfaint o hyd. Eto roedd y gwynt yn feinach a'r dyddiau'n byrhau. Bellach roedd tymor gwyliau Llanddeiniol drosodd i bob pwrpas ac fe fyddai'r gwestyau ger y môr yn tawelu'n raddol dros y gaeaf. Byddai ambell deulu DSS, ambell i ddyn busnes neu gynhadledd Rotary neu Ferched y Wawr yn cadw busnes yn troi dros y misoedd i ddod ond ni fyddai'r prysurdeb yr un fath. Yn raddol byddai'r llwydni a'r tamprwydd yn cymryd drosodd eto.

Roedd cwmni Trench, Vaughan, ap Rhydderch wedi penderfynu peidio ag erlyn yr heddlu am arestio Dewi ap Rhydderch ar gam. Bellach roedd Manon yn feichiog ac roedd edrych ymlaen eiddgar at y diwrnod mawr yn llenwi bryd Dewi ap Rhydderch. Roedd clytiau yn bwysicach o lawer iddo bellach na brîffs.

Pan ddaeth yn hysbys i bawb fod y dre'n tawelu ailymddangosodd sgaffaldiau ar rai o adeiladau'r Stryd Fawr. Roedd yn amlwg ei bod yn bolisi gan Gyngor Tref Llanddeiniol i beidio â gadael palmant hollol glir i drigolion y dre dros y gaeaf. Rhan o'r un polisi mae'n siŵr oedd yn gyfrifol am y ffaith fod gweithwyr y Cyngor wedi agor twll mawr arall, y tro yma yn Stryd y Cei. O leia, byddai tagfeydd traffig yn rhoi'r argraff fod pethau'n brysur o hyd.

Yn yr ardd o flaen rhif 46 Gilgant y Gog / Cuckoo Crescent, Maes Afallon roedd arwydd mawr pren gyda 'Malcolm Lloyd and Partners' arno, ac o dan hwnnw '*Sold subject to contract*'. Roedd y Dysgwr Mawr a Linda wedi penderfynu symud i dref newydd a bywyd newydd. Fyddai ddim yn broblem i Linda symud ei busnes gan mai trefnu partïon gwerthu nwyddau rhywiol oedd ei maes ac fe fyddai mynd cystal ar nwyddau o'r fath mewn tref newydd ag yr oedd yn Llanddeiniol. Nid oedd nicyrs yn rhan o'r hyn oedd ganddi yn ei stoc. Byddai tref arall yn sialens newydd i'r Dysgwr Mawr hefyd i gael cerdded o gwmpas strydoedd gwahanol am ychydig. Ond o leiaf fe fyddai ei gam yn fywiocach a'i gerddediad yn sioncach gan fod goresgyn yr argyfwng priodasol a gawsant wedi ailgynnau ochr gorfforol eu priodas. Oedd, roedd y Dysgwr Mawr, methiant ai peidio ym maes diwydiant, wedi ailddarganfod pleserau digymar cnychu. Roedd Linda, wrth gwrs, yn hen gyfarwydd â'r pleserau ond roedd eu profi gyda'i gŵr yn newid mawr iddi.

Darganfu Emlyn mai peth anodd iawn oedd godro gafr yn enwedig un oedd yn benderfynol o droi rownd i drio llyfu ei glust, ond rhywsut neu'i gilydd fe ddaeth ef a Zoe i ddeall ei gilydd yn y diwedd ac fe lanwodd y bwced yn raddol. Wedi iddo ddarfod godro, mwythodd dop pen Zoe a'i gadael yn rhydd yn y cae. Cerddodd draw i'r tŷ hefo'r bwced, a'r segs yn ei esgidiau trymion yn clecian ar gerrig crynion y cowt.

—Mae Ssoe'n dechra fy lecio i dwi'n meddwl. Driodd hi gael *aural sex* hefo fi!

—Ti'n debyg iawn i dy dad, Emlyn, smo tithe'n gallu gweud 'Z' – Ssoi, Ssw, Sswm.

Chwarddodd Anjelique a derbyn y bwced llefrith.

—A Zac druan, bob tro ti'n gweud 'helô' wrtho fe ma'n swno fel bo ti'n cyfarch sach.
—'Dan ni'n tueddu i ddefnyddio'r wyddor Gymraeg yn y gogledd 'ma ti'n gweld – lle wyt ti wedi dewis setlo gyda llaw. Does dim i fod cywilydd ohono mewn methu ynganu llythyren o wyddor estron hyd y gwela i. Fedar hwntws fel chdi ddim ynganu pob llythyren yn yr wyddor Gymraeg *for fuck's sake*. UUUUUUUUUUUU. Heb na phedol na dot... weli di... Anwen!
—Anjelique!
—*Bollocks*!

A brasgamodd Emlyn allan o'r gegin ac allan o'r tŷ ac allan o'r cowt i gyfeiriad yr ardd lysiau. Stopiodd wrth y sièd a gafael yn y fforch. Pan gyrhaeddodd yr ardd taflodd y fforch i ganol y domen dail fel petai'n taflu gwaywffon ac fel petai'r domen dail yn ferch o Aberteifi. Yna eisteddodd i lawr a rowlio smôc.

Dechreuodd hel meddyliau. Tosturiodd drosto'i hun am y canfed tro ei fod wedi colli dwy job a dwy gariad eleni. Ac un job ac un cariad wedi marw.

Tra oedd gweddillion Maureen Lloyd wedi diflannu tu ôl i'r llenni i'w troi'n llwch bu ffrae hyll y tu allan i Amlosgfa Caernefydd gyda Malcolm Lloyd yn dadlau hefo Emlyn dros y llwch hwnnw.
—Fi oedd pia hi. A fi sydd pia'r llwch.

Mam Maureen dorrodd y ddadl drwy fynd â Malcolm o'r neilltu.
—Ddylia bod gin ti gwilydd dangos dy wyneb yma heddiw beth bynnag, yr hen sinach bach diegwyddor. Welais i rioed mo Maureen mor hapus â phan oedd hi wedi penderfynu dy adael di.
—Stwffiwch 'i blydi llwch hi, 'ta, meddai hwnnw.

Cyfrifoldeb anghynnes Emlyn felly oedd bod yn gyfrifol am gael gwared â llwch Maureen.

Heb Maureen, doedd dim dewis wedyn ond gadael y fflat. Roedd y rhent yn ormod i rywun di-waith ei dalu. A beth bynnag, roedd gormod o atgofion yn glynu fel tamprwydd i'r waliau.

Cynigodd Liz a Dei Stamp ddod i helpu Emlyn symud allan o'r fflat ond roedd yn well ganddo wneud y cyfan ei hun. Nid oedd am i neb ei weld yn crio. A chrio wnaeth, yn anorfod, wrth dynnu ei ddillad o'r droriau a chlywed arogl persawr Elaine a Maureen yn gymysg arnynt.

Daeth lwmp i'w wddw hyd yn oed wrth fynd i ystafell Pugwash am un cipolwg arall. Roedd yr arogl yn yr ystafell yn dal mor gryf ag yr oedd pan oedd Pugwash yno – arogl chwys a dillad budron a rhyw chwa o Right Guard rhywle o dan y drewdod a rhyw gyffyrddiad bach o bersawr drud Linda yma ac acw. Fel dyn ar fin boddi, gallai Emlyn weld ei fywyd yn y fflat yn gwibio heibio; y tân cyntaf ar yr aelwyd ac Elaine ac yntau'n noeth o'i flaen; y man lle safodd Maureen heb gerpyn amdani yn chwifio'r botel win; y man lle safodd yntau wedyn pan benliniodd o'i blaen i'w harogli a'i chusanu; a'r mannau di-ri lle y cododd Pugwash fymryn ar ei goes dde i daro rhech. Ni fedrai aros yn y fflat hyd yn oed pe tasai'n gallu talu'r rhent ddwywaith trosodd. Roedd llawer gormod o atgofion chwerw yn gymysg â'r melys yno. Roedd pob un o'r tri pherson a oedd wedi chwarae rhan amlwg yn ei fywyd yn y fflat wedi symud, am wahanol resymau, allan o'i fywyd.

Pan ddaeth allan o 7 Station Road a chau'r drws am y tro olaf, rhoddodd ei eiddo i gyd yng nghefn VW Camper ei dad a symud i'r comiwn yn Rhosysgall. Wedi iddo setlo i mewn aeth am dro hyd y rhostir at yr afon fechan y bu ef a Maureen yn bwyta picnic ar ei glan ac yno y gwasgarodd lwch Maureen. Ac yno, ar lan yr afon, yr eisteddodd a thorri ei galon dros yr hyn yr oedd wedi ei golli.

Ni allai wadu nad oedd bywyd ar y comiwn yn dygymod ag o. Er nad oedd yn gyfan gwbl rannu'r un delfrydau a daliadau â gweddill y trigolion roedd ganddo ddigon o gydymdeimlad hefo'u breuddwydion i allu byw'n ddigon bodlon yn eu plith. Nid rhai camarweiniol fu ei argraffiadau cyntaf o'r lle. Yr unig drafferthion amlwg oedd ynganu rhai o'r enwau'n iawn, fel yr oedd Anjelique wedi ei atgoffa – Zoe'r afr, Zeta a Zak a'u mab bach Zeke. Hyd yn oed Denzil o Donypandy, ond Cymro oedd hwnnw a doedd dim ots gan hwnnw.

Siaredid Cymraeg a Saesneg yn y comiwn a chwarae teg i fwyafrif y Saeson, roeddent yn gwneud ymdrech i ddysgu Cymraeg. Roeddent yn ystyried parhad yr iaith yn rhan o'r frwydr dros barhad gwareiddiad a pharhad y blaned ei hun. Wrth gwrs roedd eithriadau. Roedd Jenny o swydd Bucks wedi dysgu Cymraeg ac yn mynnu ei siarad bob cyfle a gâi mewn acen ogleddol naturiol. Ond roedd Marina o Feddgelert ar y llaw arall yn Gymraes Gymraeg naturiol oedd yn mynnu siarad Saesneg a hynny mewn acen oedd yn fwy Bucks na Beddgelert. Nid oedd unrhyw reswm dros hyn ar wahân i'r ffaith iddi unwaith weithio ar ddau gynhyrchiad i HTV flynyddoedd yn ôl.

I drigolion y comiwn roedd pob diwrnod dôl yn ddiwrnod i'r brenin. Wedi troi'r Giro'n arian sychion yn swyddfa bost Rhosysgall âi pawb i'r Rhosysgall Arms am ginio ac i feddwi. Emlyn oedd yr unig un fyddai'n archebu stêc seimllyd a phlatiad o jips; *broccoli bake* a thatan bôb neu'r *lasagne* llysieuol fyddai dewis y lleill. Roedd ffacbys, ffa a llysiau ffres yn iawn yn eu lle ond deuai amser pryd na wnâi dim ond lwmp brau o gig gwaedlyd y tro – a diwrnod dôl oedd hwnnw.

Y drefn ar y comiwn oedd rhannu popeth – yn fwyd ac yn bres, yn faco ac yn gyffuriau. Roedd Emlyn dan yr argraff eu bod yn rhannu gwelyau hefyd, yn neidio o un i'r llall fel y dôi'r ffansi ond nid oedd eto wedi gwella digon ar ôl colli Elaine a Maureen i ymuno yn y *musical beds* hyd yn oed tasa fo wedi cael cynnig. Peth arferol iawn fyddai i aelodau'r comiwn gerdded o gwmpas y tŷ, a'r ardd ran hynny, yn noethlymun. Nid oedd gweld ei dad, dyn trigain oed, yn din noeth yn cynaeafu'r cnwd cannabis yn un o uchafbwyntiau ei fywyd. Ond nid oedd gweld Anjelique, Zeta, Libby, Jasmine na Savannah heb eu dillad yn cynhyrfu dim arno chwaith. Wel, dim lot beth bynnag.

Roedd beth bynnag oedd yn weddill o'r arian dôl ar ôl y diwrnod i'r brenin yn cael ei ddefnyddio i gynnal bywyd y comiwn. Tyfid y llysiau angenrheidiol i gyd ac roedd gang reit dda o ieir yn dodwy digon.

Wrth gwrs, roedd nifer o ffyrdd eraill i wneud pres ar gyfer byw. Byddai'r dynion yn cynnig eu help ar ffermydd yr ardal ac yn cael eu talu mewn arian neu nwyddau. Roedd digonedd o wyau a llysiau bob tro i'w gwerthu. Hefyd, roedd galw mawr ar wasanaeth Jack Finch a Denzil yn yr ardal fel mecanics i drin a thrwsio peiriannau fferm a phethau eraill. Dulliau eraill o godi arian oedd byscio, gwerthu doliau peg a gwerthu coed tân. Cyfraniad Libby oedd gwerthu ei phwdin yn Llanddeiniol ar ddiwrnod mart. Gyda phopeth, roedd incwm digonol i gynnal y comiwn.

Ar ben hyn i gyd roedd celc bach twt wedi ei gadw

mewn cymdeithas adeiladu wedi i nifer o gynlluniau pensiwn ac yswiriant Jack Finch aeddfedu. Breuddwyd Anjelique a Jack oedd agor siop trendy, yn llawn arogldarth a geriach o'r fath, yn Llanddeiniol.

Un gyda'r nos wedi swper roedd Anjelique a Jack rownd bwrdd y gegin yn trafod y fenter newydd. Roedd Emlyn yn tylino toes ar gyfer pobi bara.

—Sdim byd tebyg i ga'l ffordd hyn, allwn ni ddim ffili.

—Bydd arian y twristiaid ar ôl yr ha' yn ddigon i'n cynnal drwy'r gaeaf, 'ddyliwn, meddai Jack.

—All pawb wneud eu siâr drwy witho yno.

—Cyfloga'n mynd yn ôl i'r busnes ac i goffra'r comiwn. *Simple pimple*!

—Gwerthu be fyddwch chi? Wyau? Tatws? Tail gafr?

—*Typical* ohonot ti, Emlyn! *Honestly*! S'mo ti'n gwrando ar ddim ni'n drafod, gwêd? ebychodd Anjelique.

—Cofia, allwn ni werthu wyau hefyd, 'sti Anj. Deud y gwir, does 'na ddim pen draw i'r hyn allwn ni werthu.

—Wi moyn y siop yn llawn dop o bethe. Sai moyn i rywun agor y drws a dod miwn a mas heb dreulio dwyawr o leiaf yn browsan.

Rhoddodd Emlyn ddwrn caled i'r toes.

—Fedra i ddim gweld sut y bydd sbio ar wya'n cymryd cyn hired rhywsut.

Roedd cael enw i'r siop yn anos na gosod terfyn ar y rhestr o nwyddau y gellid eu stocio.

—Wi moyn rhywbeth sy'n swno'n Geltaidd neu'n mystig.

—Neu rhywbeth i wneud hefo'r Aztecs neu'r Incas. Ti'n gwybod, math yna o beth.

—Pam na gyfunwch chi ddau enw? Rhywbeth fel Aztinca.

—Os nad wyt ti'n mynd i gymryd y peth o ddifri, Em, ella basa well i ti fynd yn ôl i fyw at dy fam.

—Jôc, Dad. Mae'n ymddangos i mi fod dilyn y bywyd rhydd yn cwtogi'n uffernol ar hiwmor rhywun. Peidiwch â chymryd eich hunain gymaint o ddifri er mwyn y Pab.
—Elli dim ddim cymryd popeth yn ysgafn chwaith, Emlyn, meddai Anjelique. Nid 'da'r byd yn y fath gyflwr.

Dyna un o'r pethau nad oedd Emlyn yn ei ddeall am safbwyntiau aelodau'r comiwn. Roeddent yn credu yng Nghyfeillion y Ddaear, Greenpeace a phob mudiad arall oedd am achub unrhyw beth ond yn meddwl dim am fwyta'r holl ffacbys a chynhyrchu'r holl wynt, nac am losgi'r holl oel hefo'u faniau a'r hen fws ysgol glas.

Cafwyd sawl awgrym arall yn ystod y noson o amgylch y bwrdd mawr yn y gegin – Turqoise, Celtic Rainbow, Clouds, Squirrel Away.

—'Naethoch chi rioed feddwl am roi enw Cymraeg i'r siop, mwn?
—Smo Wiwer i Ffwrdd yn swno'n reit rhywsut odi fe, Emlyn? Fi moyn rhywbeth niwtral os yn bosib.
—Treasure Island?
—Swno fel siop *toys*.
—Aztec Arts?
—Nage petha Aztec yn unig fyddwn ni'n eu gwerthu. Ta beth, ma' 'Z' yndo fe! Felly dim sôn am Aztecs na Zen, ocê? Elli di ddychmygu Emlyn yn ateb y ffôn? Helô, Ssen and Asstec Cssentre. Byddai angen sbwnj i sychu'r ffôn ar 'i ôl e.
—Bolivar's? Ar ôl Simon Bolivar? Na, swnio fwy fel *wine bar*, tydi. Boliv-arts! Hei beth am hwnna?
—Fydd pobl Llanddeiniol yn galw'r lle yn blydi ffarts cyn i chi orffen peintio'r blydi sein.
—Sai'n gwybod. Mae rhywbeth yndo fe. Emlyn, ti'n meindio mynd mas o'r ystafell. Ma'r siop 'ma'n rhan o'n

dyfodol ni ti'n gwybod. Felly os ti moyn bod yn rhan o'r un dyfodol paid â bod mor *flippant*!

Trodd Emlyn ei gefn i guddio ei wên ac ailafael yn y toes.

— 33 —

Roedd yn fis Hydref. Daeth newid yn y tywydd. Dilynwyd Ha' Bach Mihangel gan Hydref mawr rhywun arall. Cododd y gwynt a disgynnodd y glaw, yn gyson. Roedd Wil Boot druan yn ymladd brwydr ofer yn erbyn y dail. Nid oedd ei wagen liw hufen gyda Llanddeiniol UDC ar ei hochor yn ddigon mawr na'i frwsh bras yn ddigon llydan. Cyn gynted ag yr oedd wedi cyrraedd pen un stryd ac wedi llenwi'r wagen â dail byddai'n troi rownd i weld mwy fyth o ddail yn syrthio'n gawod ar y lôn wlyb.

Llithrodd Mary Finch ar ddail gwlyb ger Cae Bach a throi ei ffêr a bu raid i George Lloyd wneud y neges am wythnos gyfan tra oedd hi â'i throed i fyny. Ni fyddai raid i drigolion Cae Bach boeni am fynd heb Smash na phwdin sago am flynyddoedd i ddod.

Roedd Mr Wordley o Bolton yn ysbyty Caernefydd yn pwyso'n beryglus ar y ffin rhwng byw a marw. Yn ôl ei arfer, roedd wedi dod yn ôl i Landdeiniol am benwythnos hir yn yr hydref ac yn cerdded gyda'i wraig ar y prom pan dynnodd y gwynt lechen oddi ar do Min-y-Môr a'i chario fel frisbee i'r llawr. Ond cyn i'r llechen lanio a chwalu'n deilchion roedd wedi torri sleisen gigog hyll oddi ar gorun Mr Wordley. Ac yn waeth na hynny, roedd wedi difetha ei het. Petai'n gwella, byddai'n siŵr o ddweud wrth ei ffrindiau yn Bolton fod brodorion gwyllt Llanddeiniol wedi ei sgalpio.

Un noson roedd Dei Stamp a Liz yn swatio yn eu

hystafell fyw o flaen tanllwyth o dân coch. Hyrddiai'r gwynt a'r glaw yn erbyn y ffenest ac ysgwyd caead y blwch llythyrau yn union fel petai'r dyn anweledig ei hun yno'n curo. Roedd Dei wedi codi i ateb y curo sawl gwaith cyn deall mai Morus y Gwynt oedd yno'n chwarae *rat-a-tat ginger*. Pan oedd cerddoriaeth agoriadol *Coronation Street* yn llenwi'r ystafell hefo cysur daeth curo eto ar gaead y blwch llythyrau.

—Clyw hwnna wrthi eto, meddai Dei wrth Liz, sticia i *masking tape* ar yr uffar ar ôl *Coronation Street*.

Ond roedd y curo'n rhy rythmig.

—Mae 'na rywun yno go iawn rŵan.

Cododd Dei yn araf a chyndyn.

Gallai Liz glywed lleisiau wrth y drws ffrynt. Yna agorodd drws yr ystafell fyw a daeth Elaine Rees i mewn gyda Dei i'w chanlyn. Syfrdanwyd Liz. Dyma'r tro cyntaf iddi fod yn Awel-y-Môr, cartref Dei a Liz, ar ei phen ei hun. Hyd yn oed pan oedd hi'n canlyn Emlyn anaml iawn y deuai yno. Nid oedd hi erioed wedi gallu cuddio'r ffaith nad oedd ganddi lawer iawn o amynedd hefo Dei Stamp. Roedd hi wedi bod yn llawer iawn mwy llwyddiannus wrth guddio'r rheswm am hynny. Nid oedd dim amdano i beidio ei hoffi. Rhyw oddef ffrindiau Emlyn yn dawel wnaeth hi erioed a rhyw obeithio y byddai'n eu newid neu'n eu anghofio.

Eisteddodd yng nghadair freichiau Dei â'i bag ar ei glin.

—Mae'r tywydd wedi troi, tydi, meddai ar ôl distawrwydd annifyr.

Roedd yn rhaid i Dei a Liz gytuno hefo'r gosodiad.

—Roedd Mr Bagwell yn iawn. Roedd o wedi dweud y bydda 'na wynt cry a glaw.

—Oedd ym mis Medi! Roedd o'n bownd o fod yn iawn rhywdro, doedd. Roedd o'n sôn wrtha i am eira – ac os daw 'na gawod o hwnnw ym mis Ionawr fydd hi'n ddim ganddo fo ddeud 'ddudis i do?' Wel am ddiawl o broffwyd tywydd – fedrith o fyth fod yn rong.
—Tân braf gynnoch chi.

Unwaith eto nid oedd gan Dei a Liz ddewis ond cytuno â'r sylw.
—Mm. Mwg taro weithiau. Dyna ddrwg yr hen wynt 'ma. Mae Dei wedi deud ei fod o am roi cowl ar y corn.
—Af i ddim i ben to yn y gwynt 'ma, 'sti Liz.

A rhyw sgwrsio gwag a dibwrpas fel'na gafwyd am amser. Roedd Elaine wedi gorffen ei choffi ac wedi derbyn y cynnig o jin a thonig ac wedi dymuno iechyd da i Dei a Liz pan siaradodd eto.
—Pryd welais di Emlyn ddwaetha, Dei?

Gwenodd Dei ar y tu mewn, heb ddangos dim ar ei wyneb. Dyna pam oedd hi wedi galw. Am i Dei wneud da iddi hefo Emlyn yr oedd hi.
—Yn weddol ddiweddar. Es i draw i Rosysgall ar ddiwrnod dôl. Ges i beint bach hefo fo.

Tybiodd Dei iddo weld gruddiau Elaine yn gwrido wrth sôn am Emlyn.
—Sut oedd o?
—Go lew. O ystyried pob dim.

Cymerodd Elaine gegiad o'i jin. Nid hi oedd yr unig un oedd yn teimlo'n annifyr.
—Dydy o ddim wedi bod yn hawdd i'r un ohonoch chi, nac'di, meddai Liz.
—Soniodd o rywbeth am Llanddeiniol – am ddod yn ôl 'ma?
—Ges i'n siarsio i beidio sôn dim am y lle.

—Beth am...

Gwyddai Dei yn iawn beth yr oedd hi'n trio ei ofyn.

—Ddim yn benodol, Elaine, naddo. Ond ges i'r teimlad dy fod ti'n dal ar ei feddwl.

Gwridodd Elaine eto ac ni fedrai guddio ei gwên er cymaint y ceisiai wneud. Llwyddodd Dei Stamp fodd bynnag i guddio'r ffaith mai dweud celwydd yr oedd. Celwydd golau ond celwydd 'run fath. Roedd o wedi gweld Emlyn ac wedi cael peint gydag ef – sawl un. Roedd Emlyn hefyd wedi ei siarsio i beidio â sôn dim am Llanddeiniol, roedd y lle yn rhy llawn o atgofion chwerw. Ond ni ddaeth enw Elaine i mewn i'r sgwrs unwaith. Eto, gallai Dei ddadlau ei fod yn cael y teimlad fod Emlyn yn meddwl am Elaine. Nid oedd hynny'n fawr o gelwydd.

Pan ddaeth yn amser i Elaine Rees feddwl am adael roedd yn hanner awr wedi un ar ddeg.

Roedd y gyda'r nos wedi gwibio heibio. Am chwarter wedi naw bu raid i Dei Stamp fynd i'r King's Head a gofyn i Barney am fenthyg potel o jin. Wrth godi i feddwl mynd at y drws sylwodd Elaine ei bod wedi yfed gormod i yrru. Roedd yn dal i dresio bwrw ac nid oedd dewis ganddi ond cysgu yn yr ystafell sbâr. Erbyn hynny roedd unrhyw ragfarn oedd ganddi yn erbyn Dei a Liz wedi mynd ac roedd pob jin a lowciwyd wedi closio'r tri.

***

Erbyn diwedd y mis roedd Jack Finch ac Anjelique wedi gweld siop wag addas yn Stryd y Cei, Llanddeiniol ac wedi arwyddo cytundeb i'w rhentu. Gwnaethpwyd y gwaith glanhau a'r peintio i gyd gan aelodau'r 'Teulu'. Roedd Jack a Denzil wedyn wedi gwneud y gwaith coed i gyd a gosod silffoedd ac unedau mewn pren a staeniwyd hwy yn wyrdd. Llawr pren oedd i'r siop ac fe gafodd hwnnw ei sgwrio a'i bolisio. Cafodd wyneb y siop ei beintio hefyd mewn glas gyda sêr a lleuad aur. Ychydig wedyn peintiwyd yr enw 'Astarte's' mewn aur uwchben y drws. Savannah feddyliodd am yr enw yn y diwedd pan oedd hi wrthi'n carthu cwt Zoe ac yn taflu'r tail ar yr ardd a sylweddoli fod popeth yr oedd y Fam Ddaear yn ei roi yn cael ei ddychwelyd i'r Fam Ddaear yn y diwedd. Roedd Jack Finch eisiau ei sillafu'n Aztarte's ond roedd Anjelique wedi rhoi ei throed i lawr, 'S' neu ddim.

Galwai fan y post yn Astarte's sawl gwaith y diwrnod am gyfnod wedyn yn danfon parseli a bocsys ac yn raddol dechreuodd y siop lenwi.

Teimlai Emlyn ei bod yn rhy gynnar iddo ddychwelyd i Landdeiniol i helpu hefo'r prosiect mawr teuluol ac felly dewisodd aros ar y fferm gyda Denzil a'i wraig Dora. Ond aeth gweddill y comiwn ati fel lladd nadroedd i lenwi'r silffoedd a'r siop. Ymhen dyddiau roedd yn amser golchi'r Windolene oddi ar y ffenestri a thynnu'r arwydd 'Opening soon / Agor yn fuan' i lawr.

Elaine Rees ac Ann Evans oedd y cwsmeriaid cyntaf. Daeth tincial ysgafn hyfryd o'r gloch uwchben y drws wrth iddynt ei wthio ar agor a'i gau. Bu bron i Ann Evans â chyfogi gan mor gryf oedd mwg yr arogldarth a lanwai'r siop. Roedd y siop yn llawn o drugareddau mân a mawr. Canhwyllau o bob siâp, maint a lliw, tuniau o ganhwyllau ac arogldarth yn cyfateb i bob arwydd y sidydd, dijeridŵs cyntefig a chrefftau ethnig o bob rhan o'r byd ond Cymru, siwmperi o wlân *yak* o Nepal oedd yn ogleuo o gachu buwch, dysglau metel oedd yn canu wrth eu taro â phren i'w defnyddio ar gyfer myfyrio – popeth yr oedd trigolion truan Llanddeiniol wedi gorfod gwneud hebddynt cyhyd.

Roedd casgliad o gasetiau rhyfedd iawn yn eu mysg, *The Song of the Whales*, *The Silence of the Andes*, *The Haunting Air of Eryri* a *Django Kominsky plays the Beatles on Nose Flute and Chinese Finger Cymbals*. Neilltuwyd rhai silffoedd ar gyfer aromatherapi a meddygaeth amgen – jariau bychain o olew ar gyfer pob aflwydd ac achlysur, llyfrau megis *Coping with Stress, My Hot Left Foot, Tired Feet Syndrome Explained*, a *Teach Yourself Levitation*. Gan fod pawb o'r Teulu wedi cyfrannu tuag at y fenter roedd rhai o'r nwyddau yn adlewyrchu chwaeth a thueddiadau unigolion. Fel cyfaddawd i Libby, yn hongian ar un wal yn y cefn roedd chwipiau o Bolivia a chyffion a chadwynau ffansi o'r Almaen. Ar silff arall roedd cardiau Tarot, Runes a llyfrau ar ragweld tynged. Gellid prynu popeth yno ar gyfer rhwbio, tylino, mwytho, myfyrio, dweud ffortiwn a dweud y drefn.

Roedd silffoedd eraill wedi eu neilltuo ar gyfer bwydydd llysieuol a chyfanfwyd, dŵr o wahanol ffynhonnau Cymru a choffi di-gaffîn nad oedd yn manteisio ar neb o'r trydydd byd. Wrth y drws roedd wal yn blastar o bosteri yn hysbysebu popeth oedd yn cydweddu â damcaniaethau'r Teulu – '*Yoga Classes in the Church Hall, Llanddeiniol every Thursday*'; '*Stop smoking! Lose Weight! Acupuncture is for you*!'; *Vegan Cookery* gan Jasmine Fairfax. '*Order your copy here*'; *Bowel Control Without Tears* gan Elvira Greengage; a phethau'n ymwneud â *reflexology*, aromatherapi, TM a Bwdhaeth.

Y cam nesaf yn natblygiad y siop fyddai agor caffi llysieuol ar y llawr cyntaf ond cynllun ar gyfer y dyfodol oedd hwnnw.

Roedd y siop yn wir fel ogof ladron, pob twll a chornel ohoni yn llawn o drugareddau o bob maint a math. Byddai peth amser eto cyn i Anjelique ddarganfod mai hunllef oedd dystio'r silffoedd.

Pan ddaeth yn amser i Emlyn gymryd ei dro yn y siop roedd busnes ar gynnydd. Agorwyd y siop mewn da bryd i fanteisio ar farchnad y Nadolig. Erbyn hynny teimlai Emlyn hefyd yn barotach i ddychwelyd i Landdeiniol petai ond am rai oriau yn y siop. Ond nid oedd yn gwneud dim mwy na mynd i'r siop i weithio a galw i weld ei fam a'i daid weithiau cyn mynd yn ôl i'r ffarm. Nid oedd yn teimlo fel galw yn y King's Head na'r un o'r tafarndai eraill, roedd gormod o atgofion a gormod o ysbrydion, a'r cyfan yn rhai gwael.

Un dydd Llun roedd Emlyn yn gweithio yn y siop. Roedd yn amser cinio ac roedd newydd wneud paned iddo'i hun, tanio brigyn arall o arogldarth Ylang Ylang a rhoi casét Django Kominsky ymlaen. Pan oedd hwnnw'n perfformio 'Obla Di Obla Da' daeth Elaine i mewn i'r siop.

Roedd yn sioc fawr i Emlyn ei gweld. Cymerodd Elaine arni ei bod yn sioc iddi hithau ond roedd wedi galw yn y siop droeon yn y gobaith y byddai'n gweld Emlyn yno.

—S'ma'i, Emlyn.

—Elaine.

—Sut ma' petha?

—Da iawn, 'sti. Busnes yn edrych yn dda i feddwl ma' newydd agor 'dan ni. Sut ma' petha hefo chdi?

—Grêt. Mae'n bosib y byddwn ni'n symud i le mwy flwyddyn nesa. Y salon dwi'n feddwl. Mae 'na hogan newydd wedi dechra acw ers mis. At ei gilydd fedra i ddim cwyno.

—Grêt.

—Ia, 'de. Grêt. A da iawn fod petha'n... dda iawn hefo chdi hefyd.

—Ia, 'de.
—Siop neis.
—Ti'n meddwl?
—Ydw. Neis iawn. Gwahanol iawn i betha arferol Llanddeiniol deud y gwir.
—Ydy.
—Dim byd arall 'run fath yma, nac oes?
—Na.
—Fedrwch chi ddim methu, na fedrwch.
—Na fedrwn? Na. Dyna maen nhw'n 'i ddeud hefyd.
—Ti'n lecio'r tywydd 'ma?
—Dim ots gin i.
—Gas gin i o.
—Ydy?
—Ydy.
—O tydi o'm ots gin i. Cyn belled â bo fi ddim yn gorfod gwlychu.
—Rho haul i mi unrhyw dro.
—Ia, 'de. Dynes haul wyt ti, 'de.
—Ia, plîs.

Gawn ni wahoddiad i fynd ar Question Time *cyn bo hir.*

Fe fyddai Anjelique yn siomedig, ond chwarter awr yn unig dreuliodd Elaine Rees yn Astarte's. Ond gan ei bod wedi galw yno'n gyson iawn ers agor y siop roedd wedi gweld popeth oedd yno ac wedi codi pob eitem o stoc o leiaf unwaith a'i symud rhyw chwarter modfedd. Wedi iddi gerdded o gwmpas daeth yn ôl at y cownter. Erbyn hynny roedd Django Kominsky yn perfformio ei fersiwn o 'I am the Walrus'.
—Wel, well i mi hel 'y nhraed yn ôl i'r salon, mae'n siŵr.
—Pnawn prysur?

—Mrs Cadwaladr-Pugh. Ceisiodd Elaine ddweud yr enw mewn tôn oedd yn mynegi 'y petha 'dan ni'n gorfod eu gwneud i ennill ein bara' ond ni allai guddio'r balchder yn ei llais.

—*Jolly*!

Oedodd Elaine cyn mynd am y drws ac edrych ar y llawr yn swil.

—Neis iawn dy weld di eto, Emlyn, meddai yn y diwedd heb edrych i fyny.

—Ia. Neis iawn dy weld tithau.

Cododd Elaine ei phen. Roedd ei llygaid yn sgleinio.

— Ella welwn ni fwy ar ein gilydd... os ti'n mynd i weithio mwy yn y siop hynny 'di.

—Amser cinio?

—Ia.

Dawnsiai'r gloch fach ar y drws am ychydig wedi iddi fynd drwyddo a'i gau.

Yr eiliad honno sylweddolodd Emlyn ei fod yn ei charu, yn dal i'w charu. Sylweddolodd nad oedd erioed wedi peidio â'i charu. Aeth at y drws gan feddwl rhedeg ar ei hôl ond pan gyrhaeddodd gallai weld Elaine drwy'r gwydr. Roedd hi'n oedi ar y palmant yn union fel petai am droi yn ôl i mewn. Ond ni wnaeth. Wedi oedi, cerddodd yn gyflym i gyfeiriad y Stryd Fawr ac aeth Emlyn yn ôl tu ôl i'r cownter fel yr oedd cerddoriaeth 'Yellow Submarine' yn dechrau.

***

Cyn gynted ag yr oedd Mary Finch yn ôl ar ei thraed cafodd George Lloyd ei ruthro i'r ysbyty unwaith eto. Pan aeth ei ferch i'w ddeffro gyda phaned yn ôl ei harfer roedd yn eistedd i fyny yn y gwely yn pwyntio at gornel y nenfwd yn canu 'Rum, bum and baccy, the joys of the navy'.

Ceisiodd Mrs Finch siarad ag o ond ni chafodd unrhyw synnwyr.

Pan ddaeth George Lloyd i lawr i'r gegin yn ddiweddarach roedd wedi ei wisgo yn ei siwmper wen dew gwddw polo, ei gôt dyffl, trowsus pyjamas a sliperi.

—Leave the bridge, Number One. The King of Prussia demands it.

Yna gafaelodd yn y mop o'r bwced a dechrau canu 'Moonlight becomes you' iddi. Ni allai Mary Finch wneud dim, dim ond edrych yn syn arno. Dawnsiodd yr hen gapten rownd y gegin hefo'r mop cyn syrthio'n un swpyn ar y llawr teils.

Ugain munud yn ddiweddarach roedd yn yr ambiwlans yn gwibio ar ei ffordd i'r ysbyty.

— 34 —

Roedd y cyrri ffacbys a llysiau yn amlwg wrth fodd Penny. Gwenai Emlyn wrth ei gwylio'n sglaffio'r gwlybaniaeth yn swnllyd o'i chafn. O ystyried yr effaith wyntog gâi cyrri ffacbys ar weddill y 'Teulu' byddai'n syniad peidio sefyll y tu ôl i'r hwch am ddiwrnod neu ddau ar ôl hyn.

Roedd Emlyn yn pwyso ar wal y twlc yn ei gwylio. Clywodd sŵn traed yn dod ato.

—Hai, Libby.

Roedd Libby wedi ei gwisgo mewn crys-T gwyrdd golau ac roedd yn amlwg nad oedd dim oddi tano, sgert gwta iawn a phâr o welingtons. Edrychai'n ddeniadol tu hwnt.

—Jack newydd ffowniow o Llanddeiniol.

—Ia. Rhywbeth yn bod?

—Taid ti.

—Be?

—Yn yr hosbyty.

—'Di o'n iawn?

—Fi dim gwybod. Ond *at a guess*, fi'n deud na. Os fo mewn hosbyty.

—Diolch, Libby.

Gwyliodd hi'n cerdded yn ôl at y tŷ ac ar siâp ei phen-ôl bach perffaith yn ei sgert dynn. Yna aeth yntau i'r tŷ a chodi'r ffôn.

—Emlyn? Lle ddiawl ti 'di bod?

—O'n i ddim yn sylweddoli eich bod yn dal ar y ffôn.

Lwyddodd Libby ddim deud cymaint â hynny. Sut mae o?
—Ddim yn dda. Ddim yn dda o gwbl a deud y gwir.
—Mam ddudodd wrthach chi?
—Callia. Ddaw hi ddim ar gyfyl y siop heb sôn amdana i. Ond well i ti ddod lawr 'ma ati hi, i fod yn gefn.

Gyrrodd Libby ef i lawr i Landdeiniol yn y Land Rover. Bob tro y newidia'r gêr neu ddefnyddio'n brêc roedd ei sgert fer yn mynd yn fyrrach. Gallai Emlyn weld man geni bach ar dop ei chlun. Wrth lwc, cyrhaeddodd yr ysbyty cyn i ddim arall allu digwydd.

Roedd Jack Finch yn llygad ei le. Nid oedd Taid yn dda o gwbl. Roedd yn gorwedd ar ei gefn yn y gwely gyda'r dillad i fyny at ei ên. Eisteddai Mary Finch wrth erchwyn y gwely yn cyrlio cornel ei hances boced rownd ei bys, drosodd a throsodd.
—Sut mae o? holodd Emlyn cyn sylweddoli y gallai ofyn y cwestiwn yn uniongyrchol. Sut 'dach chi?

Rowliodd llygaid George Lloyd yn ei ben nes yr oeddent yn rhyw fras edrych i gyfeiriad Emlyn. Roedd y llygaid yn loyw ac yn llawn dŵr.
—Fedrith o ddim dy ateb di. Mae o wedi colli ei leferydd i gyd.
—Be maen nhw'n ddeud sy'n bod arno fo tro yma?

Caeodd Mary Finch ei gwefusau'n dynn ac ysgwyd ei phen yn sydyn. Un ai nid oedd yn gwybod neu nid oedd am ddweud.
—Strôc?

Atebodd Mrs Finch y cwestiwn hwn hefyd drwy gau ei gwefusau'n dynn ac ysgwyd ei phen.
—Pa fath o atab 'di hynna, ddynas? Er mwyn dyn!
—'Dyn nhw ddim yn gwybod, Emlyn bach. Dim syniad

be sy'n bod arno fo. A phaid â gwylltio fel'na hefo dy fam. Hen hogyn difynadd wyt ti weithia. Sdim rhyfadd bod Elaine wedi gorffan hefo chdi.
—Ia, 'dach chi'n iawn. Sori. A ddaru hi ddim gorffan hefo fi. Roedd y ddau ohonon ni'n cytuno.
—Os ti'n deud.

Edrychodd Emlyn ar ei daid. Roedd ei lygaid wedi cau a'i wyneb yn llwydlas.
—Taid! Nyrs! Mam! Help!

Agorodd y llygaid ac roedd George Lloyd yn edrych arno â'i lygaid yn dweud 'Be gythral 'di'r sŵn 'ma? Gad i mi gysgu'r lembo ddiawl.'

Rhai dyddiau'n ddiweddarach, roedd Emlyn yn rowlio ei daid allan o'r ysbyty mewn cadair olwyn tuag at fan Dei Stamp. Roedd Taid yn cael dod adre ond nid oedd gan yr un doctor nac arbenigwr y syniad lleiaf beth oedd yn bod arno. Roedd yn dal i edrych fel corff ac yn dal yn methu â siarad gair. Ond roedd angen y gwelyau ar yr ysbyty.

Yn gynharach y prynhawn hwnnw roedd fan Dei Stamp wedi ei pharcio ar gowt fferm Bryn Rhedyn. Roedd Dei yn pwyso yn erbyn y drws yn smocio ac yn gwylio Libby yn eistedd ar stepan y drws yn mwytho cath. Gallai Dei weld ei nicyrs gwyn yn glir. Roedd Savannah wrthi'n hongian dillad ar y lein. Roedd wedi ei gwisgo mewn jîns glas a siwmper liwgar ac yn edrych yn hyfryd. Nid oedd Dei Stamp wedi credu Emlyn yn llwyr pan fu'n sôn am y merched hardd oedd yn rhan o'r 'Teulu' ond bellach ni allai amau gair ei gyfaill o gwbl.

Torrwyd ar draws ei freuddwydion pan ddaeth Emlyn allan o'r tŷ yn cario ei fagiau. Helpodd Dei Stamp ef i'w rhoi yng nghefn y fan a'i ddilyn i'r tŷ wedyn i gasglu'r bocsys o lyfrau a recordiau. Yn y gegin eisteddai Zeke yn ei gadair babi a Zeta'n pwyso drosodd yn ei fwydo.

Gallai Dei weld yn iawn nad oedd ganddi ddim o dan ei chrys. Roedd yn falch iawn pan oedd y fan wedi ei llwytho ac ar y ffordd yn ôl i Landdeiniol.

—Ar gefn sawl un fuest ti, 'ta? holodd.

—Dim un wan jac, washi.

—Fedrwn i ddim byw mewn lle fel'na. Be wyt ti? Sant 'ta gwallgo?

—Rhwystredig! Ches i ddim digon o amser i setlo i mewn yn iawn. Beth bynnag, does wybod beth fasa rhywun yn ei ddal, 'sti.

—Mm, meddai Dei Stamp ac edrych draw at ei gyfaill yn sedd y teithiwr. Deud ti.

Roedd arogl hyfryd lobsgows yn llenwi'r tŷ pan gyrhaeddodd y mab afradlon yn ôl yng Nghae Bach. Cofleidiodd ei fam ef.

—O'n i'n meddwl y basa'n haws bwydo Tada fel hyn. Dim gormod o waith cnoi, meddai pan gyfeiriodd Emlyn at yr arogl hyfryd.

—Mor ddrwg â hynny? Fedrith o symud 'i geg o gwbl?

—O medrith. Wedi colli ei ddannedd gosod o 'dan ni. Sdim byd yn bod ar 'i geg o 'mond bod 'na'm sŵn yn dod ohoni.

***

—Gofala di ei fod o wedi 'i lapio'n iawn.

—Gwnaf, Mam. Iawn, Mam. Lle mae'r blanced, 'ta?

Pan gychwynnodd Emlyn a George Lloyd allan o'r tŷ roedd Taid wedi ei orchuddio mewn blanced ac roedd sgarff rownd ei wddw, cap ar ei ben, menig ar ei ddwylo a phibell yn ei geg.

Nid fod gan honno unrhyw ran i'w chwarae yn y broses

o'i gadw'n gynnes. Nid oedd Taid mewn stad i'w thanio bellach nac mewn cyflwr i'w smocio ran hynny petai rhywun yn digwydd ei thanio iddo. Sipian blas hen faco a hen dannau o bowlen ei bibell oedd ei unig bleser nicotinyddol bellach. Roedd y dannedd gosod wedi dod i'r fei ym mhoced ei byjamas ac felly nid oedd ganddo broblem cadw'r bibell yn ei geg.

Rowliodd Emlyn y gadair yn gyflym i lawr y lôn o Gae Bach, ar hyd Stryd y Cei, heibio iard gychod Huw Stamp ac ymlaen at Allt Craig y Meibion ac allan o Landdeiniol i gyfeiriad y *look-out*. Er nad oedd George Lloyd yn fawr o gorffolaeth ac wedi mynd yn eiddilach byth yn ei salwch nid gwaith hawdd oedd ei wthio i dop yr allt.

Drwy'r cyfan, roedd meddwl Emlyn yn rhedeg yn ôl dros y misoedd diwethaf. Roedd bron yn bymtheg ar hugain mlwydd oed ac yn dal i fyw adre er iddo drio symud i ffwrdd ddwywaith yn y misoedd aeth heibio. Roedd ei fywyd dros y misoedd rheini wedi bod fel mordaith Bill Parry – gadael yr harbwr yn llawn gobaith cyn rhedeg allan o stêm ar y creigiau ac yna rhyw listio'n ôl i'r harbwr drachefn. Teimlai'n fwy unig nag a wnaethai erioed – roedd Pugwash wedi mynd, Maureen wedi marw a Taid yn ddim ond cragen wag o'r hyn ydoedd. Beth oedd iddo mewn tref fel Llanddeiniol bellach?

Beth bynnag ti'n feddwl ohono fo, roedd gan dy dad gyts yn mynd o'ma.

Byddai wedi gwneud unrhyw beth y munud hwnnw i gael gweld Elaine, siarad â hi a gafael yn dynn ynddi, dal ei phen ar ei ysgwydd, a dweud dim gair. Ond gwyddai na fyddai ganddo ddigon o blwc i fynd i'w gweld nac i ddweud wrthi sut oedd yn teimlo. Roedd wedi colli'r cyfan.

— 35 —

Canai'r ffôn yn benderfynol yng Nghae Bach ond nid oedd neb i ateb. Roedd Mary Finch wedi mynd i siop y cigydd i nôl lwmp o'r cig eidion gorau i wneud tatws popty i Emlyn, George Lloyd a hithau ac roedd y ddau ddyn allan yn cerdded yn rhywle, neu yn hytrach roedd un yn cerdded a'r llall yn cael ei rowlio. Yn yr Élan Beauty Salon rhoddodd Elaine Rees y ffôn yn ôl yn ei grud yn siomedig. Roedd wedi trio ffonio deirgwaith o leiaf yn yr hanner awr olaf ac ni fu'n hawdd gwneud hynny. Roedd hyd yn oed meddwl am wneud yn achosi poen a thyndra yn ei stumog ac nid oedd ganddi'r syniad lleiaf beth fyddai'n ei ddweud wrth Emlyn os oedd adref ac os oedd eisiau siarad â hi. Daeth allan o'i swyddfa ac i mewn i'r salon. Roedd tair dynes yno'n cael gwneud eu gwalltiau a dwy arall yn aros. Aeth at y drws ac edrych allan. Gwelai ei bod yn bwrw glaw yn drwm ac roedd hynny o siopwyr oedd ar Stryd Fawr Llanddeiniol yn gwibio gorau medrent i gyrraedd siop neu gartref neu rywle i gael bod allan o'r glaw. Ymdrechai sawl cerddwr yn ofer i geisio cadw ambarél yn y siâp iawn yn y gwynt. Ar draws y stryd yr eiliad honno daeth Mrs Finch allan o siop Deiniol Fruits yn llwythog hefo bagiau. Agorodd Elaine ddrws y salon heb feddwl.

—Iŵ hŵ, Mrs Finch. Iŵ hŵ.

Os clywodd Mary Finch wnaeth hi ddim cymryd arni, dim ond cerdded yn drymlwythog yn ei chwman tuag at yr orsaf bysys. Aeth Elaine yn ôl i mewn i'r salon a thrwodd i'r cefn. Teimlai'n ffŵl ac yn llawn cywilydd. Teimlai'n falch hefyd nad oedd neb wedi codi'r ffôn yng Nghae Bach.

Roedd yn dechrau amau mai wedi dychmygu popeth yr oedd Dei Stamp ac nad oedd Emlyn yn meddwl amdani o gwbl. Neu ei fod yn dweud hynny am nad oedd yn ddigon gonest i ddweud y gwir. Rhy swil neu ormod mewn sioc i'w hanwybyddu oedd Emlyn yn y siop siŵr iawn, erbyn iddi feddwl.

***

Ychydig wedi i Emlyn a'i daid gychwyn o gysgod y *look-out* a cherdded tuag adref oedd yr amser pryd y dechreuodd y glaw. Cawsant eu dal yn ei ganol, yn rhy bell i droi yn ôl i fochel ac yn bellach fyth o gynhesrwydd aelwyd Cae Bach. Gwnaeth Emlyn yr unig beth a allai o dan y fath amgylchiadau, rhegodd y glaw a'r awyr a phopeth y tu hwnt. Tynnodd ei gôt ei hun a'i rhoi fel gorchudd ychwanegol dros ei daid. Unwaith yr oedd wedi derbyn mai gwlychu at ei groen fyddai ei hanes cerddodd cyn gynted ag y gallai gyda'i ben i lawr. Dechreuodd ganu 'Just walkin in the rain' i geisio codi rhywfaint ar ei ysbryd ac i drio dangos i bwy bynnag oedd yn gyfrifol am y glaw nad oedd ots ganddo. Edrych yn syth ymlaen wnaeth George Lloyd gyda dau lygad gwag a'r glaw yn diferu oddi ar big ei gap ac yn llenwi ei bibell.

Pan gyrhaeddodd y ddau yn ôl yng Nghae Bach roedd arogl cig eidion yn rhostio yn llenwi'r tŷ, roedd Emlyn yn wlyb domen ac yn crynu ac roedd George Lloyd yn agos at farw. Nid oedd yn gallu gwneud unrhyw sŵn, ni allai ymateb i gwestiwn syml ac yn waeth roedd yn ymddangos fel na allai weld dim na neb. Yn arferol, byddai wedi lladd am blatiad o datws popty ac er gwaetha'r salwch nid oedd dim yn bod ar ei stumog ond roedd mewn cyflwr mor wael fel nad oedd dim i'w wneud ag o ond ei roi yn ei wely.

—Mae'n amheuaeth gen i os gwelith o ddiwedd yr wythnos, meddai'r meddyg. Dydd Sadwrn fan bellaf.

Chwarae teg i'r meddyg, roedd wedi symud rhyw lathen oddi wrth erchwyn y gwely cyn datgan ei ragolwg. Ond petai wedi ei weiddi ar dop ei lais yng nghlust George Lloyd go brin y byddai'r hen forwr wedi deall dim oedd yn mynd ymlaen.

Gwenai'r doctor wrth adael Cae Bach a mynd at ei gar. Nid ym mhob tŷ yr oedd o'n cael llond dysgl fawr o datws popty a lwmp o gig brau i fynd adre gydag ef. Roedd ei ddatganiad ynglŷn â ffawd Taid wedi chwalu unrhyw awydd am fwyd yn nhrigolion Cae Bach.

Y noson honno ni fedrai Emlyn feddwl am aros i mewn. Eto, teimlai'n euog am fynd allan a gadael ei fam i edrych ar ôl ei thad, yn enwedig gan ei fod yn teimlo mai ef oedd wedi gwthio'i daid yn gyflymach i gyfeiriad y bedd wrth ei wthio yn y glaw.

—Dos di allan, 'ngwas i. A phaid â meddwl fel'na. Doedd na'm bai ar neb. Mae rhif y King's Head gen i tasa 'na rywbeth. Rŵan dos allan.

Bu bron i Emlyn â chrio pan stwffiodd ei fam bapur deg punt i'w law.

Ymhen hanner awr roedd yn eistedd ar stôl wrth far y King's Head yn troi'r Guinness rownd yn ei wydr. Roedd gan fwyafrif cwsmeriaid y bar wynebau hir wedi i Emlyn adrodd wrthynt am gyflwr ei daid.

—Fydd hi'n chwith ar ei ôl o, meddai Barney. Gei di fynd

â rhyw botel neu ddwy o stowt adra gen i. Codi dipyn ar ei galon.

—Fydd o ddim callach, Barney bach. Waeth i ti wagio cwrw i gragen wag ddim.

—Gas gen i feddwl amdano fo'n diodde, meddai Dei Stamp oedd yn eistedd ar stôl wrth ymyl Emlyn.

—Dydy o ddim, Dei. Mae'n rhaid i chdi fod yn ymwybodol i ddiodde, does? Ŵyr o ddim be ddiawl sy'n mynd ymlaen o'i gwmpas o er ei fod o'n effro a bod ei ll'gada fo'n trio dilyn rhywun rownd yr ystafell.

—'Di o'n siarad?

—Dim ebwch.

Nid oedd y Guinness yn gwneud dim i godi calon Emlyn ac, yn wahanol iawn i'r arfer, nid oedd y Bushmills mawr roddodd Barney iddo'n gwneud dim chwaith. Yr unig effaith oedd y ddiod yn ei gael arno oedd ei wneud yn llwglyd gan fod y tatws popty bellach yn setlo'n ddel yn stumog Dr McNab.

—Sgen ti ffansi cyrri, Dei? Dwi jest â llwgu.

—Dwi'n siŵr bod na dwll bach yn rhywle y medra i 'i lenwi.

Nid oedd neb erioed yn cofio iddo wrthod y cynnig i fynd am gyrri. Gadawodd Emlyn a Dei y King's Head am ddeg o'r gloch a mynd i'r Moti Mahal Tandoori yn y Stryd Fawr. Roedd y Moti Mahal yn fwy adnabyddus yn Llanddeiniol fel y Groti Mahal. Roedd yn dawel iawn yno.

—Su'ma'i, Mr Emlyn, Mr Dei. How are you tonight? Bad weather... always bad weather. But I like Wales you know. It's nice.

Roedd Shalim y rheolwr yn falch iawn o'u gweld ac wedi arllwys dau wydraid o Lal Toofan iddynt cyn iddynt gael cyfle i dynnu eu cotiau ac eistedd i lawr.

Roedd Emlyn wedi anghofio pa mor gyffredin oedd bwyd y Groti ond o leiaf roedd yn ddigon poeth ac wedi'r cyfan cyrri oedd cyrri ac mae adegau pam na wnaiff dim byd arall y tro. A chyffredin neu beidio roedd y Groti'n well na dim. Pan oeddent hanner ffordd drwy eu Meat Madras, Murgh Pathia *half and half,* daeth Machon, tad Shalim, atynt o'r gegin.

—Hello, Mr Finch. How is your grandfather? I hear not well.

Byddai Machon o hyd yn holi hynt a helynt George Lloyd, nid am fod hwnnw'n fwytäwr mawr ar gyrris ond roedd Machon yn byw gyda Shalim a'i deulu yn agos at Gae Bach ac roedd George Lloyd wedi bod yn Chittagong ddwywaith ac roedd gan Machon gefnder yn byw yno felly teimlai'r ddau fod ganddynt rywbeth yn gyffredin.

Pan glywodd Machon gadarnhad o gyflwr yr hen gapten a'r posibilrwydd na fyddai ar dir y byw hyd yn oed erbyn i Emlyn gyrraedd adref y noson honno aeth yn ôl i'r gegin gan ysgwyd ei ben a mwmian rhywbeth wrtho'i hun.

Roedd Emlyn yn rhy llawn o gyrri a lagyr i feddwl am gerdded am adre felly aeth i chwilio am dacsi. Cyn gwahanu ar y Stryd Fawr, gofynnodd Dei Stamp i Emlyn fynd draw i Awel y Môr am swper nos Sadwrn. Cytunodd Emlyn cyn ychwanegu fod popeth yn dibynnu ar gyflwr ei daid.

Pan gyrhaeddodd yn ôl yng Nghae Bach roedd ei fam yn dal ar ei thraed a golwg ddigon pryderus arni.

—Wel?

—'Run fath, 'ngwas i. Newydd fod i fyny'n cael rhyw olwg arno. Ond ro'n i'n meddwl ei fod o'n mynd â'n gadael am hanner awr wedi deg, 'sti. Glywais i o'n gweiddi ond do'n i'n deall 'run gair. Wedyn mi rowliodd ei ll'gada yn ei ben o ac mi wnaeth rhyw sŵn rhyfedd yng nghefn ei wddw. Rhyw sŵn fel tasa fo'n garglio cacwn.

Galwodd Emlyn yn ystafell ei daid ar ei ffordd i'w wely. Roedd yr hen ŵr yn cysgu. Oni bai am y wich fach yn ei anadlu gallai'n hawdd fod yn gorff marw yno yn y gwely.

— 36 —

Parhau yn sefydlog wnaeth cyflwr George Lloyd heb arwydd o gwbl ei fod yn gwella nac ychwaith yn gwaethygu. Daeth Dr McNab i'w weld unwaith eto yn ystod yr wythnos a chadarnhau ei sylw cynharach y byddai'n lwcus i weld diwedd yr wythnos.

—Welaist ti wyneb Dr McNab bach – roedd o'n teimlo i'r byw, meddai Mrs Finch wedi i'r doctor fynd.

—Oedd. Teimlo am nad oedd o wedi cael pryd arall o fwyd cartra da i fynd hefo fo.

—Emlyn!

—Siŵr dduw. Dim ots gin hwnna am Taid. Pawb yn gwybod sut un ydy o. Albanwr diawl.

—Be s'arn' ti? Cymro 'dy o.

—O ia? Un o Facnabs Llancachundena, mwn.

Beth bynnag am ddadansoddiad y doctor roedd George Lloyd yn dal ar dir y byw pan ddaeth dydd Sadwrn. Prin gyffwrdd y tir hwnnw â blaenau ei draed yr oedd ond roedd yn dal i anadlu o leiaf. Ac roedd hynny'n fwy na ellid ei ddweud am Dr McNab gan i hwnnw farw'n sydyn ar y prynhawn Gwener, neu mor sydyn ag y cymerodd i goeden sycamorwydden syrthio ar ben car ei ysgrifenyddes, oedd wedi ei barcio mewn *lay-by* tawel yn y wlad. Yr hyn fu'n ddirgelwch i Mrs Finch a nifer o rai eraill oedd pam fod y doctor da yn eistedd yng nghefn car ei ysgrifenyddes ymhell o bobman yn y lle cyntaf, a pham nad oedd yn gwisgo'i drowsus. Daeth yr ysgrifenyddes allan o'r car gyda mân anafiadau ond heb ei nicyr.

Eisteddai Emlyn ar erchwyn gwely ei daid yn gafael yn ei law.

—Colli 2-0. Adra hefyd. Dewi Pen Bocs yn sgorio *own goal* yn y munud dwaetha. Gofyn iddyn nhw 'i siapio hi reit handi neu mi fydd y blydi *league* ar ben – cyn Dolig.

Bron nad oedd Emlyn yn gallu gweld y bywyd yn llithro allan o'r corff eiddil oedd yn gorwedd ar y gwely o'i flaen yn anadlu'n ysgafn.

Cwffiwch o, Taid. Stwffiwch o, Taid. Come on, Taid. Come on.

Am eiliad credai Emlyn ei fod yn gallu teimlo llaw ei daid yn gwasgu'n ysgafn yn ei law ef.

Taid? 'Dach chi'n clywed, Taid?

Ond bellach roedd llaw ei daid yn llonydd ac yn llipa. Plygodd Emlyn drosto. Gallai deimlo anadl ysgafn ei daid a chlywed chwiban yn ei anadlu. Rhoddodd gusan ar ei dalcen ac aeth allan o'r ystafell.

Parhau yr oedd y tywydd cawodlyd ond penderfynodd Emlyn gerdded i dŷ Dei Stamp y noson honno. Roedd y lleuad bron yn llawn ac yn dod i'r golwg bob hyn a hyn o du ôl i gwmwl. Pan wnâi, roedd y cymylau yn ymddangos yn hyll o ddu a bygythiol yn y golau. Unwaith y cyrhaeddodd Emlyn y Stryd Fawr nid oedd yn poeni petai pob cwmwl yn penderfynu arllwys ei gynnwys i gyd ar dref Llanddeiniol; gallai fochel yn nrws unrhyw un o'r siopau. A dyna'n union wnaeth pan ddechreuodd diferion mawr o law syrthio. Daeth rhyw deimlad cysurus rhyfedd drosto wrth sefyll yn nrws siop Piggot and Jones yn smocio, rhyw deimlad o unigrwydd hyfryd ac o fod heb boen yn y byd. Roedd yn nos Sadwrn a'r stryd yn wag.

Ynys bellennig oedd drws siop Piggot and Jones a dim ond ef oedd ar ôl yn y byd. Ond teimlad braf oedd hynny. O wybod fod y byd wedi ei adael. Efallai mai eistedd mewn ystafell oedd yn llenwi'n raddol â marwolaeth oedd wedi dangos iddo nad oedd dim i'w ofni. Roedd y gyfrinach wedi dod iddo. Os gallai rhywun beidio ag ofni marwolaeth yna nid oedd dim o gwbl i boeni amdano. Marwolaeth oedd y diwedd i bawb, y cyfoethog, y tlawd, perchennog deg tŷ a pherchennog blanced a bocs, yr iach a'r afiach fel ei gilydd. Angau oedd diwedd y stori a'r peth gwaethaf allai ddigwydd. Ac os nad oedd rhywun ofn marw doedd dim arall i boeni amdano.

Aeth y gawod heibio ac wedi iddi fynd peidiodd yr ynys â bod. Daeth pobl eraill o ddrysau'r siopau i boblogi'r byd unwaith eto. Cerddodd Emlyn yn ei flaen a gallai glywed arogl hyfryd yn dod i'w gwrdd o gyfeiriad y Groti Mahal Tandoori. Roedd Shalim yn sefyll yn y drws agored yn gwylio nos Sadwrn arall yn mynd heibio ac yn edrych ymlaen at y prysurdeb meddwol arferol.

—Hello, Mr Emlyn. Weather in Wales, eh! Not good. But nice. Wait, Mr Emlyn, my father want to have a word with you.

Cymerodd beth amser i Machon lusgo at y drws yn ei sliperi.

—George Lloyd OK.

Nid oedd yn swnio fel petai'n gofyn cwestiwn.

—Wel no, Mr… y… Machon. About the same really.

—I speak to my cousin in Chittagong. Then he phone back. He say George Lloyd OK.

—Wel, thank you, Machon. That's nice to know. Sorry but I must go now. I'm a bit late.

—Tell George I see him soon. Very soon. Little drinky.

Rhaid i ti frysio, 'ta. Y rwdlyn uffar.

Stopiodd Emlyn yn siop wirodydd Moorlands a phrynu caniau Guinness a dwy botel o win. Wedyn cerddodd yn syth yn ei flaen at gartref Dei Stamp a Liz.

—Diolch, Emlyn. Oedd dim raid i ti siŵr. Ti ddim yn cofio am yr *home brew*?

—Dwi 'di dechra parchu 'mhen yn fy henaint.

Cymerodd Liz y bag ganddo a dal ei boch i Emlyn gael rhoi cusan iddi.

—Be gymri di i ddechrau? Guinness? Iawn, dos i'r stafell ffrynt, ddo i â fo i ti.

Agorodd Emlyn y drws pin a chamu i mewn i'r ystafell glyd. Roedd Elaine yn eistedd yng nghadair freichiau Dei a jin a thonig mawr yn ei llaw. Yn wahanol i'r diwrnod pryd y cyfarfu'r ddau yn y siop, y tro hwn roedd gweld Emlyn yn sioc aruthrol i Elaine. Roedd ei gweld hithau yn gymaint o sioc iddo ef. Wedi eiliadau o nerfusrwydd annifyr a rhyw 'helô' swil eisteddodd Emlyn i lawr yn y gadair freichiau gyferbyn ag Elaine.

—Sut mae dy daid?

—'Run fath, 'sti. Dim gwaeth beth bynnag.

—Dim gwell?

—Wel, na, fydd 'na ddim gwella. Dim os 'di rhywun am wrando ar y blydi Dr McNab 'na.

—Albanwr diawl.

—Albanwr diweddar hefyd. Diawl o bwys gen i a deud y gwir. Un yn llai. Dydy'r diawlad yn gwthio'u hunain i bob twll, dydyn? Yn llythrennol yn ei achos o. Ella cawn ni ddoctor Cymraeg rŵan.

—*Some hopes*.

Gwenodd Emlyn arni. Chwarae teg. Dyna'r tro cyntaf erioed iddo glywed tinc o sinigiaeth yn ei llais.

Mae 'na obaith eto.

—Busnes yn dal ar i fyny? Mrs Cadwaladr-Pugh yn dal i ledaenu'r gair?

Chwarddodd Elaine.

—Ydy. Chwarae teg i'r hen jadan.

—Pry godith, 'te? Hi a fo.

—Ti'n dal yn rhan yn Astarte's? Dwi heb gael cyfle i fynd yno ers tipyn rŵan.

—Callia. Dim lot o ots gin i os na chlywa i ddim am Django Kominsky am weddill fy nyddia na byta dhal. A dwi'n meddwl 'mod i'n *allergic* i *patchouli*.

—Roedd hi'n job cofia... well na dim.

Edrychodd Emlyn i lawr.

—Eto, mae hapusrwydd personol yn bwysig hefyd, tydi? ychwanegodd Elaine. Cael job a hapusrwydd 'di'r gamp.

Roedd y glaw wedi ailddechrau o ddifri ac yn taro yn erbyn ffenest y bwthyn bach.

—Tŷ braf ydy o, 'te? Clyd neis hefo'r glaw yn clatsio'n erbyn y ffenest fel'na.

—Hen dŷ, 'te Elaine!

Chwarddodd hi a nodio i gytuno.

—Dwi'n gweld dy bwynt di sti. Ond dwi'n dal i lecio tai newydd hefyd... a Maes Afallon. Ond ma' fan'ma'n fwy cyfleus tydi? A mwy clyd.

Daeth arogl hyfryd o'r gegin i mewn i'r ystafell ffrynt a daeth Liz i'w ganlyn.

—Pawb yn iawn am ddiod? Ddown ni drwodd mewn dau funud. Emlyn, mae Dei newydd ddeud wrtha i nad wyt ti'n lecio *prawns*.

—Dim byd sy'n dod o'r môr, Liz, os na alwi di fo'n còd a rhoi *batter* o'i gwmpas o.

—*Shit*, sori. Ga i 'neud rhywbeth arall yn *starter* i ti? Fydda

i ddim dau funud.
—Cei – brechdan letys. Hefo lot o halen.
Edrychodd Liz arno'n amheus.
—O ddifri.
Roedd Liz yn un o'r llysieuwyr hynny nad oedd Emlyn yn eu deall – un oedd yn bwyta cig – cyn belled â bod y cig hwnnw wedi dod o'r môr ac nad oedd erioed wedi brefu neu bori.
Ar wahân i'r corgimychiaid roedd gweddill y swper yn llysieuol llwyr, yn fwytadwy ac yn fendigedig. Eisteddai'r pedwar wedyn o gwmpas y bwrdd yn yfed gwin, smocio, siarad ac yfed mwy o win. Er mwyn amrywio ychydig ar y noson agorodd Dei botel o Napoleon de Tangerine, diod a gyflwynwyd iddo gan Glyn Bach, tafarnwr The Last Packet.
—Sglyfath.
—Ti'm yn lecio fo?
—Yndw. Neis.
—Pwy? Glyn?
—Naci. Hwn.
—Rhywbeth bach i'n twymo ni, 'te, meddai gan arllwys yr hylif triogllyd i bedwar gwydr.
Nid oedd angen dim twymo a dweud y gwir gan fod y gegin yr un mor gyfforddus a chlyd a chwaethus â gweddill y bwthyn. Roedd Emlyn wedi tynnu ei siwmper cyn y prif gwrs a'i grys cyn y pwdin a bellach roedd yn ei grys-T. Roedd Dei wedi bod yn ei grys-T drwy gydol y nos. Nid oedd yr un o'r merched wedi diosg dilledyn.
Byrlymai'r sgwrs o gwmpas y bwrdd. Ar un adeg, tawelodd Emlyn ac edrych ar y tri arall yn bwyta ac yn siarad ac yn yfed ac yn siarad a siarad a siarad.
Ffrindiau pwy ydy'r rhain?

Bu adegau yn y gorffennol pan oedd Elaine wedi dod gydag Emlyn i Awel y Môr ond rhyw ddod yn groes i'w hewyllys a wnâi. Ac nid oedd erioed wedi cuddio hynny. Ond heno roedd wedi dod yno o'i gwirfodd yn amlwg ac roedd yn gwbl gartrefol yn y bwthyn ac yn y cwmni.
—Dwi'n cyfadda 'mod i'n un o'r rhai lwcus, meddai Dei Stamp, yn cael cyflog am wneud be dwi'n lecio.
—Finna hefyd, meddai Elaine. Ro'n i'n ddigon bodlon yn trin gwallt ond rŵan dwi'n cael gwneud hynny a gwybod mai fi sy'n elwa y caleta'n byd y gweithia i.
—Ond yn y lleiafrif ydan ni, ddyliwn. Mae'r rhan fwyaf o bobl yn casáu eu gwaith. Yn gas ganddyn nhw weld dydd Llun yn dŵad.
—Mae'r rhan fwyaf fel fi, ychwanegodd Emlyn. Oherwydd diffyg uchelgais a dreif wedi cael ein hunain yn erbyn y wal. Ac mae nos Sul mor *depressing* â bore Llun gyda llaw, Dei.
—Yn hollol. Mae'n uffernol o bwysig bod rhywun yn mwynhau be mae o'n ei wneud.
—Do'n i rioed yn meddwl y baswn i wedi gallu cytuno hefo hynna ond... ti'n iawn, Dei, meddai Elaine. Mae iechyd a hapusrwydd yn bwysicach na phres.
—Ac mae iselder yn afiechyd. Felly mae casáu nos Sul a dydd Llun yn afiechyd mewn ffordd, tydi. O doctor, help!
—Cymerwch chi Manon ap Rhydderch, meddai Liz. Mae hi'n athrawes dda, yn hapus yn yr ysgol, yn disgwyl babi, ei gŵr yn bartner yn y cwmni. Mae popeth ganddi fasach chi'n meddwl. Ond ydy hi'n hapus? Nac'di. Achos mae hi isho mwy a phan gaiff hi fwy mi fydd hi isho mwy fyth. Mae 'na ben draw i bob uchelgais, siŵr iawn.
—Ac mae'r hen gwmwl na uwch ei phen hi fod pobl yn amau Dewi – dim mwg heb dân.

—Dim fflashyr heb bidlan.

A rhyw symud ymlaen ac yn ôl ac i'r ochr y bu'r sgwrs, fel neidr ddall ar gyffuriau.

Sylweddolodd Emlyn rywdro rhwng gwaelod un botel a chorcyn y llall ei fod ef ac Elaine wedi cytuno ar fwy o bethau yn ystod yr oriau a aeth heibio nag a wnaethant mewn blynyddoedd o berthynas cyn hynny. Ac wrth i'r gwydrau a'r poteli wagio roedd yn teimlo'i hun yn closio'n agos iawn ati.

Erbyn deuddeg o'r gloch roedd y Napoleon yn wag a'r glaw wedi peidio.

Gwrthododd Emlyn gynnig Dei i ffonio am dacsi. Gwnaeth Elaine yr un modd.

—Fasat ti'n lecio i mi gerdded adre hefo chdi, gofynnodd Emlyn iddi pan oeddent wedi cyrraedd pen y stryd.

—Mae o'n bell i chdi, tydi?

—Dim pellach nag ydy o i chdi, nac'di'r lemon.

—Ti isho cerdded i Gae Bach wedyn dwyt, y crinc.

Hanner ffordd i gyfeiriad cartref Elaine roedd y ddau yn cerdded law yn llaw.

—Ma' isho berwi'n penna ni, does? holodd Elaine. Rhyw hen ffraeo dros ddim byd yr holl amser. Anghytuno er mwyn anghytuno. Yn lle trafod a thrio deall safbwynt rhywun.

—Dydy o mo'i werth o.

Marw 'di diwedd popeth.

Stopiodd y ddau a throi i wynebu ei gilydd. Cusanodd y ddau am hir ar ganol y palmant gan anwybyddu unrhyw gar a ganai ei gorn. Cerddodd y ddau ym mreichiau ei gilydd wedyn hyd nes cyrraedd cartref Elaine. Roedd yn hanner awr wedi deuddeg. Stopiodd y ddau wrth giât y tŷ a gwasgu ei gilydd yn dynn.

Llaciodd Elaine ei gafael am ychydig.

—Sut deimlad ydy o i fod yn ôl? Ti *yn* ôl 'dwyt?

—Yndw siŵr. Ti'n gwybod be? Ddim yn ddrwg. Ddim yn ddrwg o gwbl.

Gafaelodd yn dynn amdani a'i chusanu'n llawn.

Welodd yr un o'r ddau lenni ffenest y llofft yn symud.

Dechreuodd y glaw unwaith eto pan oedd Emlyn ar ei ffordd yn ôl i Gae Bach ond nid oedd yn poeni dim amdano.

Rhyw hanner awr ar ôl i Elaine ac Emlyn adael canodd y ffôn yn Awel y Môr. Roedd Liz wedi mynd i'w gwely ond roedd Dei yn dal ar ei draed yn gwylio *Match of the Day* yr oedd wedi ei recordio yn gynharach. Dei atebodd y ffôn felly.

—Helô... nac'di, cofiwch... tua hanner awr mae'n siŵr, o leia... ylwch, Mrs Finch fach, dwi ddim yn ddallt be 'dach chi'n drio'i ddeud...

Roedd Liz wedi codi a sefyll ar y landin yn edrych i lawr ar ei gŵr.

Rhoddodd Dei y ffôn yn ôl yn ei grud a sefyll yn llonydd.

—Be sy? holodd Liz.

—Mam Emlyn oedd 'na.

—Ei daid o?

—Ia.

—Cr'adur bach.

— 37 —

Ar ôl cinio ar y dydd Llun canlynol daeth rhywun o'r ysbyty i Gae Bach i nôl y gadair olwyn.

—'Dach chi ddim yn wastio blydi amser, nac 'dach, meddai Emlyn pan agorodd y drws iddynt.

—Mae 'na alw mawr, chi. Mae *wheelchairs* wedi mynd yn betha prin. Hen hogia'n eu dwyn nhw am yr olwynion. Beth bynnag, fydd o ddim ei hangen hi rŵan, yn na fydd?

—Mae hynny'n ddigon gwir.

Gwyliodd Emlyn y dyn yn rowlio'r gadair ar ei hagor tuag at ei fan. Cafodd gryn drafferth i'w phlygu ond yn y diwedd fe lwyddodd ac aeth y gadair olwyn i gefn y fan. Caeodd Emlyn y drws ffrynt ac aeth drwodd i'r gegin at ei fam.

—'Dach chi'n iawn, Mam fach?

—Sioc ydy o, 'te. Beth bynnag ddyfyd neb, mae o'n dal yn sioc. Fydd hi'n anodd wynebu pobl eto, bydd? Ond dyna ni, rhywbeth sydd raid i ni ei wneud, 'te. Gen i flys rhyw wisgi bach... jest rhywbeth i sadio'r nerfa. Gymri di un?

Estynnodd botel o Teachers o'r cwpwrdd. Fedrai Emlyn ddim cuddio ei ddiflastod o weld y label ar y botel.

—Wel os oes raid. Rhowch lot o ddŵr ar ei ben o i mi.

—Mae 'na lemonêd.

—Ach a fi. Dŵr plîs... a rhew.

Aeth Mary Finch i'r gegin fach i redeg dŵr i mewn i wydr Emlyn. Gallai Emlyn ei chlywed yn curo'r bocs plastig ar ochr y sinc i geisio rhyddhau'r rhew. Yn ôl y

sŵn, aeth y rhan fwyaf o'r blociau rhew i mewn i'r sinc.
—Hidiwch befo'r rhew. Wneith dŵr oer y tro yn iawn.

Agorodd drws y ffrynt a daeth rhywun i mewn i'r tŷ a cherdded ar hyd y cyntedd i gyfeiriad y gegin. Nid oedd Mary Finch yn gallu dod allan o'r arfer o adael y goriad yn y drws. Cyn gynted ag yr oedd wedi codi yn y bore a dod i lawr y grisiau byddai'n rhoi'r goriad yn y drws cyn gwneud dim byd arall. Ac yno y byddai wedyn tan amser gwely. Roedd Emlyn wedi pregethu digon nad oedd unman yn ddiogel bellach, ddim hyd yn oed Llanddeiniol, ond yn ofer.

Daeth sŵn y traed yn nes ac agorodd drws y gegin.
—Dechra'n gynnar iawn, meddai George Lloyd wrth gerdded i mewn i'r ystafell ac eistedd i lawr wrth y tân.
—Steddwch, Tada bach, meddai Mrs Finch wedi iddo wneud, gewch chi un bach hefyd.
—Wyddoch chi be, Taid, dwi'n amau mai meddwl am fynd drwy dragwyddoldeb heb gael llymaid bach ddaeth â chi'n ôl o'r dibyn.
—O naci, 'ngwas i. Ro'n i'n agos iawn tro yma. Agos ar y diawl hefyd, gad i mi ddeud wrthat ti. I gyd o achos Jock Roberts.
—Tad Ianto?
—Y feri dyn.
—Ond be wnaeth hwnnw i chi? Mae hwnnw wedi hen fynd.
—Ac wedi trio 'nghael inna i fynd i'w ganlyn! Ddaeth o'n agos tro yma hefyd. Yr hen gont a fo!
—Tada!
—Mary fach, does 'na ddim gair arall i'w alw fo. Ei fai o oedd o i gyd. Dim ond digwydd bod hefo fo oeddwn i a Dil Bevan – rhyw foi o Aberystwyth, heddwch i'w lwch.

Ddudodd Dil wrtho am dynnu ei gap cyn mynd i mewn i'r amgueddfa nionod. Wrandodd o? Do, o ddiawl. Ddudodd y ddau ohonon ni wrtho fo am beidio gwneud hwyl am ben yr hen ddyn bach.

Edrychodd Emlyn ar ei fam. Roedd hithau fel yntau yn amlwg yn cael trafferth dilyn stori'r hen ŵr.

—Pa ddyn bach?

—Yr hen fakir!

—Tada. Dwi'n falch iawn o'ch cael chi'n ôl ond oes raid i chi regi?

Gwenodd George Lloyd ar Emlyn.

—Un fel'na oedd Jock. Wnâi o wrando ar neb mewn awdurdod heb sôn am wrando ar Dil a fi. Byth a beunydd mewn trwbwl ar bob llong. Roedd yn rhaid iddo fo gael gwneud hwyl am ben yr hen ddyn bach, doedd. Hen beth bach tena digri hefo croen fel lledar ac yn wallt ac yn locsyn i gyd. Un daint melyn hyll yn 'i drap bwyd o a rhyw hen dywel bach pyg rownd 'i ganol. Wrthi'n trwsio'i wely hoelion oedd o pan aeth Jock ato a sibrwd rhywbeth yn ei glust. Beth bynnag ddudodd o, wel mi yrrodd yr hen ddyn bach o'i go'. Mi gododd ar ei draed a rhyw neidio yn ei unfan ar un goes a bytheirio a phoeri a phwyntio. Nid at Jock yn unig ond at Dil a fi hefyd.

—Be 'dach chi'n drio'i ddeud, Tada bach? Mai dyna pam yr oeddech chi'n sâl?

—Paid ag amau eu pŵer nhw. Welais i rywbeth mawr yn Chittagong y diwrnod hwnnw. Ma' Machon yn dallt.

—Be sgin hwnnw i'w 'neud hefo'r peth?

—Tydi'r hen ffycar bach yn gefnder iddo fo!

Cododd George Lloyd o'i gadair a cherdded at y drws.

—Byd bach ydy o, 'te? Mi ddyla Maureen fod yn rhoi genedigaeth cyn bo hir rŵan. Mi fydd hi'n rhyfedd bod yn dad eto.

Beth bynnag oedd y gwirionedd y tu ôl i salwch rhyfedd George Lloyd a'r gwelliant rhyfeddach fu yn ei iechyd nid oedd yr un meddyg yn gallu ei esbonio. Roedd yn haws o lawer esbonio pam y bu Dr McNab farw yn ei drôns.

— 38 —

Yn gynnar ar nos Fercher daeth Elaine draw i Gae Bach. Roedd Emlyn yn aros amdani ac wedi newid i'w ddillad gorau yn barod. Ar yr eiliad olaf roedd wedi penderfynu fod y tei yn ei dagu felly gwisgai grys â choler agored. Wedi i Elaine ddweud helô wrth Mrs Finch ac mor falch yr oedd o wybod fod Taid wedi twyllo'r meddygon unwaith eto, aeth hi ac Emlyn allan i'r car a gyrru draw i gartref Elaine.

Roedd mam a thad Elaine yn falch iawn o weld Emlyn hefyd a'r un mor falch ei fod ef ac Elaine wedi penderfynu ailgynnau eu perthynas.

—'Dach chi'ch dau wedi'ch gwneud i'ch gilydd, siŵr. Pawb yn deud. Hyd yn oed Kitty, c'neithar y ffariar. A dydy hi ddim yn eich nabod.

—Siŵr iawn, ategodd Mr Rees. Gwneud hen lol fel'na. Rŵan 'ta, Emlyn, be gymri di?

Gwyddai Emlyn yn rhy dda mai yn Perfect Price yr oedd Mr Rees yn prynu ei wisgi ac mai'r un math ag un Mrs Finch oedd hwnnw, felly setlodd am gan o lagyr. Roedd y lagyr yn rhad ac yn ddyfrllyd ond roedd yn well na wisgi rhad a pharaffinllyd.

—Iechyd da, meddai Mr Rees wedi iddo baratoi diod i'r pedwar. Tro yma, chi'ch dau, daliwch ati. Does dim yn dod yn hawdd, yn nagoes Grace?

—Nagoes, atebodd. Roedd tôn ei llais yn awgrymu ei bod yn cynnwys byw hefo'i gŵr ymysg y pethau nad oedd yn dod yn rhwydd.

Eisteddodd y pedwar rownd y tân yn dathlu'r ffaith fod y garwriaeth yn ôl ar y lôn. Bob hyn a hyn gallai Emlyn glywed arogl llosgi annifyr yn dod o'r gegin ond doedd neb arall fel petai'n sylwi. O'r diwedd daliodd Emlyn lygaid Elaine a chyfleu iddi, drwy wasgu ei drwyn a nodio ei ben i gyfeiriad y gegin ei fod yn credu fod rhywbeth o'i le. Cododd hithau a mynd i'r gegin.

—Oes 'na rywbeth yn llosgi, Mam?

—Go brin, 'ngeneth i. Bwyd oer 'dan ni'n 'i gael.

Diolchodd Emlyn am hynny gan fod bwyd poeth Mrs Rees yn anfwytadwy.

Ond roedd rhywbeth yn drewi.

A'r rhywbeth hwnnw oedd y tatws. Er mai ham oer a salad oedd yr arlwy roedd Mrs Rees wedi berwi tatws hefyd. Ond roedd y tatws wedi cipio yng ngwaelod y sosban a llosgi. Wnaeth hynny ddim gwahaniaeth o gwbl i Mr a Mrs Rees oedd yn eu claddu fel petai dim yn bod.

Cododd Emlyn un ar ei blât i drio ond yr unig ffordd y gallai ei bwyta oedd wedi ei boddi mewn menyn a *salad cream*. Wnaeth Elaine ddim hyd yn oed mentro un daten. Roedd hi'n gwybod yn rhy dda am safon coginio ei mam.

Roedd y pwdin yn ogoneddus – sbwnj surop a chwstard. Bu Emlyn yn hael iawn ac uchel iawn ei ganmoliaeth a gobeithiai ei fod wedi gallu cuddio'r syndod yn ei lais.

—Pwdin cartre, 'te Emlyn bach. Fedrwch chi ddim 'i guro fo, na fedrwch. Mi fydda i'n ei brynu yn Perfect Price ac yna'i dwymo fo adre yn y microdon.

Edrychodd Emlyn arni gyda syndod yn union fel petai hi wedi tynnu babŵn o dwll ei thin.

—Cofiwch eich bod chi'n cael *good look round*. Elaine?

Ti'n clywed?
—Mam! Plîs. Dim hogan fach ydw i.
—Na, ond dim iws i chi ruthro i brynu'r gynta weli di. *Shop around*.
—Mae dy fam yn iawn. Prynwch ar hast a ballu, 'te.

* * *

Roedd yn pluo eira'n ysgafn pan oedd Elaine yn gyrru'n ôl o Gaer gydag Emlyn wrth ei hochr.
—Ma' hynna wedi ei setlo felly, ydy? Y soffa fawr a'r gadair yn yr hufen 'na?
—Wel, ia. Rwyt ti a fi'n eu lecio, felly i be sydd isho mynd i ch'lota fwy? Maen nhw'n gyfforddus ac mi ffitian nhw'n iawn mewn stafall debyg i un Dei a Liz. Be amdanat ti? Ti'n ddigon hapus?
—Be ti'n ei feddwl? Os ti o ddifri yn deud y medri di fforddio talu amdani, fedra i ddim meddwl am fodrwy neisiach.

Roedd yn rhyfedd sut y gallai teimladau rhywun newid cymaint dros gyfnod o ychydig fisoedd. Petai rhywun wedi holi Emlyn ar Ddydd Gwener y Tramp beth oedd ei obeithion a'i ragolygon byddai pob arlliw o wên wedi diflannau oddi ar ei wyneb. Bryd hynny roedd wedi derbyn yn ddigwestiwn y bywyd oedd wedi ei fapio allan iddo. Oni bai iddo golli ei limpyn hefo'r tramp tybed a fyddai unrhyw beth yn ei fywyd wedi newid? Y digwyddiad byrfyfyr hwnnw a roddodd iddo'r syniad fod modd herio trefn. Ond roedd yn sicr o un peth, ofer oedd edrych yn ôl.

Ni fyddai fyth yn gwybod bellach beth fyddai wedi digwydd petai fan Ambrose heb achosi i gar Maureen sgrialu i'r clawdd a'i lladd. Go brin y byddai wedi mynd i fyw at y Teulu i Rosysgall. Annhebygol fyddai hefyd iddo fod yn eistedd mewn car hefo Elaine ar ôl bod yn edrych ar ddodrefn a modrwyau.

Y gwahaniaeth bellach oedd ei fod eisiau dyweddïo. Roedd eisiau i bobl weld Elaine wrth ei ochr a gweld y fodrwy ar ei bys. Roedd o'n falch ohoni. Ac fe wyddai ei fod yn ei charu wedi iddo ddod mor agos at ei cholli.

Dim ond ychydig fisoedd y bu'r ddau ar wahân ond roedd hynny wedi bod yn ddigon i newid agwedd. Un newid amlwg a phwysig oedd fod y ddau wedi dysgu cyfaddawdu. Nid oedd reswm yn y byd dros beidio â dal i fynychu'r El Cordobes Bistro, wedi'r cyfan, roedd gan Elaine ffrindiau yno. Ond roedd hithau bellach wedi dod i hoffi awyrgylch fyglyd, ddi-lol y King's Head. Yn aml iawn byddai Elaine yn awgrymu'r King's Head am noson allan gan fod Dei Stamp a Liz yn mynd i fod yno.

—Chdi oedd yn iawn, 'sti, *all along*. Mi 'neith Dei Stamp was priodas bendigedig.

—Be am Pugwash? Mae ganddo ei ffaeleddau fel y gŵyr pawb. Ond heb ei fai.

—Geith o fod yn *matron of honour*, ia?

—Neu *page boy*. Biti na fasa fo'n medru gadael twll 'i din ar y llong pan mae o'n seinio off hefyd.

Roedd tair wythnos wedi mynd heibio ers noson y swper yn nhŷ Dei Stamp a'r cymodi. Yn ystod y cyfnod hwnnw roedd Elaine ac Emlyn wedi bod yng nghwmni ei gilydd bron bob nos. Gan fod Emlyn ar y dôl aros i mewn yn ystafell ffrynt Mr a Mrs Rees fyddant gan amlaf gydag ambell drît yn y King's Head, yr El Cordobes, y Bozan neu'r Groti Mahal.

Nid oedd neb yng nghartref Elaine pan ddaeth y ddau yn ôl o Gaer. Aeth Elaine i fyny i'w llofft i drio'i dillad newydd ac aeth Emlyn i'r gegin i wneud paned. Roedd ei geg yn grimp. Roedd y tegell bron wedi berwi pan waeddodd Elaine arno o'r llofft. Nid oedd yn deall beth ddywedodd hi. Aeth Emlyn at waelod y grisiau.

—Be ti isho?

—Tyrd i fyny.

—Mae'r tecall bron 'di berwi. Ti'm isho panad? Dwi jest â thagu. Lle wyt ti?

—Llofft.

Sylweddolodd Emlyn nad oedd ganddo syniad ble roedd llofft Elaine. Yr unig dro yr oedd wedi bod i fyny'r grisiau yma o'r blaen oedd i fynd i'r lle chwech.

Dilynodd sŵn ei llais at ddrws oedd yn lled agored. Gwthiodd y drws yn araf.

—Wel. Be ti'n feddwl?

Roedd Elaine yn sefyll yn noeth o'i flaen. Atgoffwyd Emlyn ar unwaith pa mor hyfryd yr oedd hi'n edrych heb ei dillad. Roedd misoedd wedi mynd heibio ers iddo ei gweld felly ac roedd y gwahanu wedi codi hiraeth a'r cymodi yn codi awydd.

Safai'n gwbl naturiol o'i flaen, ei bronnau caled a'i thusw eurgoch yn codi awydd a min. Trodd yn araf yn ei hunfan fel bod ei thin yn chwarae'i rhan yn llawn yn y ddrama hefyd.

—Wel, ti am dynnu dy ddillad, 'ta? Dim ond yn *Pobol y Cwm* weli di rhywun yn caru mewn trôns a fest.

Ciciodd Emlyn ei sgidiau i un cyfeiriad a thaflu ei sanau i gyfeiriad arall. Daeth Elaine i'w helpu gyda botymau ei grys ac fe ddaeth y trowsus a'r trôns i lawr fel un dilledyn, yn union fel petaent wedi eu gwnïo i'w gilydd.

Doedd dim digon o amser i dynnu dillad y gwely'n ôl, dim ond neidio'n syth ar ei ben. Doedd dim digon o amser i wneud gormod o ffidlan a thylino na thynnu a mwytho, dim ond derbyn fod y ddau'n barod, yn hen ddigon parod i garu. A doedd dim digon o amser i boeni am ymestyn y perfformiad na newid safleoedd na cheisio dim byd oedd yn ymwneud â gymnasteg; roedd cnychiad cenhadwr yn ddigon da a phum munud yn hen ddigon hir.

Gorweddai'r ddau yn ôl wedyn, yn boeth, yn wlyb ac yn fodlon. Ac yn ddigon pell o'r presennol i beidio clywed drws y ffrynt yn agor.

Bu Mrs Rees yn iŵ-hŵian yng ngwaelod y grisiau am sbel cyn dod i fyny at ddrws y llofft a churo'n dawel. Erbyn hynny roedd Elaine ac Emlyn wedi glanio unwaith eto ar lawr solat ac yn dechrau sgrialu ar ôl dillad ac ymbalfalu i'w gwisgo.

—Blydi trowsus 'ma. Sbia'i siâp o.

Cafodd Elaine bwl o chwerthin distaw ac afreolus wrth weld Emlyn yn ceisio ymladd ei hun i mewn i drowsus oedd wedi troi bob siâp.

—Arhoswch funud, Mam.

Llwyddodd Elaine i stopio chwerthin digon i agor y drws. Roedd yn ymwybodol bod ei bochau'n goch o achos y caru.

—Jest dangos y dillad newydd i Emlyn o'n i. Gewch chi'u gweld nhw eto.

Gallai Mrs Rees weld Emlyn yn sefyll tu ôl i Elaine yn ei grys a'i drowsus ac yn nhraed ei sanau.

—Wel agor y ffenast, 'ta. 'Dach chi'n chw'su chwartia, y ddau ohonoch chi. Brynoch chi rhywbeth neis, Emlyn?

—Dim byd.

—Trowsus newydd, Emlyn?

—Naci.
—Wel caewch eich balog, ’ta.
Gwenodd Mrs Rees ar y ddau a mynd yn ôl i lawr y grisiau.

— 39 —

Roedd y Nadolig yn agosáu a Llanddeiniol fel pob tref arall yn dechrau byrlymu hefo'r cynnwrf tymhorol. Eisoes roedd dynion y Cyngor wedi bod o gwmpas yn gosod y goleuadau a'r addurniadau ac roedd disgwyl eiddgar ymysg rhai o'r trigolion o leiaf at y noson pryd y byddai Alan Titchmarsh yn dod i droi'r goleuadau ymlaen. Dr John Taran Cadwaladr-Pugh (Taranfab) oedd wedi llwyddo i sicrhau gwasanaeth y bonwr. Credai Dei Stamp fod garddwyr ar randiroedd Llanddeiniol oedd wedi anghofio mwy am arddio nag a ddysgodd Alan Titchmarsh erioed.

Ar hyd y Stryd Fawr a Stryd y Cei roedd y siopau am y gorau yn addurno'r ffenestri. Roedd Deiniol Fruits wedi llenwi blaen ei siop hefo coed Nadolig, tangerîns, datys a chnau o bob siâp. Cymerodd brynhawn cyfan i Mr Piggot sgwennu 'Nadolig Llawen i'n cwsmeriaid oll' tu ôl ymlaen yn y ffenest fawr a defnyddio'r un chwistrell gwyn i wneud llun o goeden Nadolig a charw. Roedd hyd yn oed y Moti Mahal Tandoori wedi mynd i drafferth i ddathlu gŵyl nad oedd yn golygu affliw o ddim i'r perchnogion drwy roi poster mawr yn y ffenest yn dymuno 'Cyfarchion y Tymor' i bawb.

Fel Cristion o argyhoeddiad roedd Parry-Edwards wedi sicrhau fod gwir arwyddocâd yr ŵyl yn cael ei bwysleisio yn yr arddangosfa yn y llyfrgell. Llwyddodd Miss Simply Hafina Wonderful Christmastime i ddod o hyd i hen gopi o *Llyfr y Nadolig Cymreig* gan Ifor ap Gwilym yn y stordy ac roedd hwnnw'n rhan o'r arddangosfa ynghyd â llyfrau'n ymwneud â'r geni a chanu carolau.

Canhwyllau coch a gwyn o bob siâp a maint oedd prif ganolbwynt yr addurno yn Astarte's. Dros gyfnod y Nadolig yn unig roedd y gloch ar y drws wedi cael ei thynnu a hen beiriant bach yn rhedeg ar fatri ac yn canu bariau cyntaf 'Ding Dong Merrily on High' wedi ei roi yn ei le. Roedd y siop yn drewi o *Christmas Pine* a 'Django Kominsky's Xmas Pan Pipes' yn chwarae drosodd a throsodd drwy'r dydd. Roedd Anjelique a Savannah wedi paratoi cannoedd o fins peis llysieuol gyda thoes o flawd gwenith cyflawn i'w rhannu ymysg y cwsmeriaid. Neilltuwyd un silff gyfan ar gyfer pwdin Nadolig cartref Libby, ond i'w gwerthu yr oedd y rhain.

Wedi cyfnod ansefydlog iawn yn yr ysbyty roedd Mr Wordley yn ddigon da i gael mynd adref i Bolton. Gosodwyd plât yn ei ben yn lle'r tamaid a sleisiwyd i ffwrdd gan y llechen ac ni châi dynnu'r cadachau am rai wythnosau eto. Ond roedd Mrs Wordley wedi prynu het newydd iddo i godi ei galon.

Bu digwyddiad arall anghynnes gerllaw ysgol gynradd Llanddeiniol ond y tro hwn nid oedd dim amheuaeth ynglŷn â Dewi ap Rhydderch. Roedd o hefo Manon ap Rhydderch mewn dosbarth *ante natal*. A beth bynnag, roedd llygad-dyst dibynadwy. Tra oedd y genod bach yn sgrechian 'neidar, neidar' ac yn rhedeg i ffwrdd roedd Gary Parry wedi dal ei dir ac o ganlyniad roedd yr heddlu yn chwilio am ddyn hefo gwegil goch, siaced camofflâj ac ofarôl hefo godra ei drowsus yn y golwg oddi tani. Nid oedd neb yn credu y byddai'n rhy hir cyn i'r drwg-weithredwr gael ei ddal.

Un noson aeth Elaine ac Emlyn i weld tŷ oedd ar werth ddwy stryd i ffwrdd oddi wrth tŷ Dei Stamp a Liz. Nid oedd yn annhebyg o ran siâp na maint ac roedd yn plesio. Roedd y ddau bellach wedi dod i gytundeb a dealltwriaeth. Cyn penderfynu'n derfynol roeddent wedi bod draw i weld tŷ oedd ar werth ar stad Maes Afallon, ond y tŷ bach yn y dre oedd yr un delfrydol. Derbyniwyd eu cynnig a bellach roedd 'Malcolm Lloyd – *Sold subject to contract*' wedi ei osod ar draws yr arwydd 'Ar Werth'. Roedd Elaine wedi bod yno'i hun rai nosweithiau wedyn yn mesur y ffenestri ac yn penderfynu'n union ymhle'r oedd y soffa a'r gadair freichiau i fynd.

Un bore roedd haenen lithrig o farrug ar hyd y strydoedd. Fyddai hynny ynddo'i hun yn ddim ond roedd y cachu ci meddal a'r barrug yn fwy na digon i achosi i Twm Salt wneud y *splits* pan sathrodd yn y baw. O ganlyniad i'r gamp honno roedd wedi rhwygo gewyn yn ei ben-glin. Roedd hefyd wedi gwneud niwed mawr i'r ddisg drafferthus yn ei gefn ac fe dderbyniodd gyngor Dr Monroe i roi'r gorau i'w waith am byth ac ymddeol yn gynnar. Huw Stamp gafodd y pleser o dorri'r newyddion da i Emlyn ei fod yn ôl mewn gwaith, ond y tro hwn, gwaith parhaol.

Does bosib fod blwyddyn i fod i orffen hefo cymaint o lwc. Rhaid i bob lwc droi.

***

Roedd yn nos Wener, bum diwrnod cyn y Nadolig ac roedd yn bwrw eira. Y noson honno oedd noson dathlu dyweddïad Elaine ac Emlyn, er nad oedd Emlyn wedi cael cyfle i brynu'r fodrwy eto. Dyna oedd ar yr agenda ar gyfer y dydd Sadwrn, os byddai'r tywydd yn caniatáu taith i Gaer. Bu cryn drafod ynglŷn â lleoliad cynnal y parti ond yn y diwedd penderfynwyd ar y King's Head; byddai'n barti mwy preifat, llai ffurfiol a mwy cyfeillgar yno nag ynghanol hwyl ffug yr El Cordobes, ac fe fyddai'r bwyd yn well. Roedd Liz, Elaine a Manon ap Rhydderch wedi cytuno i helpu gwraig Barney i baratoi bwffe henffasiwn.

Penderfynodd Emlyn fynd am dro cyn mentro draw i'r King's Head a chyn i dacsi Mr a Mrs Rees alw yng Nghae Bach i nôl Mrs Finch a George Lloyd. Cerddodd ar hyd y Stryd Fawr a throi a cherdded ar hyd Stryd y Cei ac ymlaen at y môr. Roedd y môr yn dawel ac yn dywyll.

Cerddodd Emlyn i lawr at y cei ac i gyfeiriad yr iard bysgota. Roedd y lle yn dywyll a'r gatiau wedi cau. Treuliodd amser hapus iawn y tu ôl i'r gatiau yr haf hwnnw, yr haul ar ei gefn a gwynt y môr a'r heli ar ei groen, a diolch i ffawd byddai'n cael mynd yn ôl yno pan ddeuai'r flwyddyn newydd. Cofiodd yn sydyn sut y daeth Maureen yno un prynhawn ac mor rhwydd y llwyddodd i'w hudo i'w gafael a sut y bu iddi bron â newid cwrs ei fywyd. Ond bellach roedd llwch Maureen ar rostir Rhosysgall wedi hen fynd yn rhan o'r ddaear.

Edrychodd allan i'r môr a'r eira'n pluo o'i gwmpas. Yn rhywle ar y môr hwn roedd Pugwash heno.

Ddoi di'n ôl 'ma byth?

Er gwaethaf popeth, nid oedd Emlyn wedi gweld dim mwy ar y byd na'r môr na'r hyn a allai ei weld o'r *look-out*. Roedd blwyddyn arall bron drosodd a chystal oedd iddo dderbyn mai dyna'r cyfan o'r byd a'r môr yr oedd yn debygol o'i weld. Ganwyd rhai i aros yn eu milltir sgwâr ac roedd o yn amlwg yn un o'r rheini. Roedd wedi derbyn hynny bellach.

Roedd yn dechrau pluo eira o ddifrif ac roedd yr eira yn dechrau setlo yn y corneli mwyaf cysgodlyd. Trodd Emlyn yn ôl i gyfeiriad y dre a'r King's Head. Dylai fod yn teimlo'n hapus gyda'r Nadolig yn agosáu, gwaith i fynd iddo a chariad driw a ffyddlon ond ni allai yn ei fyw â chael gwared ar yr hen deimlad hiraethus am y flwyddyn oedd wedi mynd. Chwyrlïai gwylanod uwch ei ben â'u sgrechiadau yn llawn o hiraeth.

Tyrd o'na'r diawl gwirion. Edrych ymlaen sy isho rŵan. Edrych ymlaen.

Roedd wedi dechrau siarad yn uchel â fo'i hun pan sylweddolodd fod cysgod yn symud yn y lloches bysys. Fel yr agosâi at y lloches gallai glywed arogl mwg a wisgi ac arogl dyn budr. Hefyd, gallai glywed gwddf yn cael ei garthu'n swnllyd a sŵn poeri anghynnes. Gwelai Emlyn Twm Dempsey'n eistedd yn y lloches, potel yn ei law a'i lygaid ar gau. Roedd Emlyn wrth ei ymyl cyn i'r tramp sylweddoli ei fod yno. Yna agorodd Twm Dempsey ei lygaid a neidio.

—Cadwa draw, cachu – ti'n blydi maniac.

Ddywedodd Emlyn ddim, dim ond mynd i boced ei grys lle'r oedd pres y fodrwy. Tynnodd wad o bapurau degpunt allan a'u taflu wrth draed Twm Dempsey.

—Dyma chdi. Meddwa dy ffordd i'r bedd. Cyn i chdi farw o fudreddi... y cachu uffar.

Cerddodd i ffwrdd.

Edrychodd y tramp yn syn ar Emlyn yn cerdded ac ar y pentwr pres bob yn ail, fel petai'n amau rhyw dric. Yna, pan oedd Emlyn yn ddigon pell i ffwrdd cythrodd at yr arian gan chwerthin fel dyn o'i go.

—Maniac. Hei, cachu! Ti'm yn gall.

Roedd yn bwrw eira'n drwm bellach. Cerddodd Emlyn yn ei flaen tuag at y dref a rhialtwch y Nadolig.

Rhywsut roedd yn credu y byddai Elaine yn deall yn iawn y tro hwn.

Ond mae'r nofelydd hefyd yn gerddor! Ar y gweill — cyfrol o holl ganeuon Ems! Gwyliwch y wasg am fanylion.

Catalog 2000
www.ylolfa.com